가
가
교
이
치
로
加賀恭一郎

냉철한 머리, 뜨거운 심장, 빈틈없이 날카로운 눈매로 범인을 쫓지만, 그 어떤 상황에서도 인간에 대한 따뜻한 배려를 잃지 않는 형사 가가 교이치로. 때로는 범죄자조차도 매료당하는 이 매력적인 캐릭터는 일본 추리소설계의 일인자 히가시노 게이고의 손에서 태어나, 30년 넘게 그의 작품 속에서 함께해왔다.

가가 교이치로가 제일 먼저 등장한 것은 청춘 미스터리 소설 『졸업』이다. 교사가 될 꿈을 품은 평범한 대학생인 가가는 친구들의 연이은 죽음을 접하며 인간의 양면성과, 사건 해결에 대한 자신의 재능을 깨닫는다. 하지만 형사였던 아버지가 가정에 소홀했기 때문에 어머니가 집을 떠났다고 생각한 가가는 형사라는 직업 대신, 교사의 길을 택한다. 그러나 운명은 그를 평범한 교사로 머물게 두지 않았다. 가가 교이치로는 재직 중 어떤 사건으로 인해(자세한 내용은 『악의』에서 밝혀진다) 자신이 '교사로서는 실격'이라 판단하고 사직, 경찰에 입문한다.

가가 교이치로가 다른 추리소설 속 명탐정들과 다른 점은 무엇일까? 가가 형사는 그 어떤 경우에도 다정함과 최고의 선을 향한 인간적인 배려를 잃지 않는다. 이는 상대가 범죄자라 해도 마찬가지이다. 그리고 그것이 바로 가가 형사가 '인간의 심리를 가장 완벽하게 꿰뚫는 한 편의 드라마' 같은 추리소설을 쓰는 히가시노 게이고, 그에게 가장 사랑받는 캐릭터인 이유이다.

〈가가 형사 시리즈〉는 『졸업』을 시작으로 『잠자는 숲』 『악의』 『둘 중 누군가 그녀를 죽였다』 『내가 그를 죽였다』 『거짓말, 딱 한 개만 더』와 나오키상 수상 이후의 첫 작품 『붉은 손가락』, 『신참자』 『기린의 날개』 『기도의 막이 내릴 때』까지 총 10권이 출간되었다.

DOCHIRAKA GA KANOJO WO KOROSHITA
© Keigo HIGASHINO 1999
All rights reserved.
Original Japanese edition published by KODANSHA LTD.
Korean translation rights arranged with KODANSHA LTD.
through Shinwon Agency Co.

이 책의 한국어판 저작권은 신원에이전시를 통한
저작권자와의 독점계약으로 ㈜**현대문학**에 있습니다.
저작권법에 의해 한국 내에서 보호를 받는 저작물이므로
무단전재와 무단복제를 금합니다.

KEIGO HIGASHINO

現代文學 가가 형사 시리즈 東野圭吾

히가시노 게이고

양윤옥 옮김

둘 중 누군가 그녀를 죽였다

H
현대문학

제1장

1

두 장째 편지지의 중간쯤까지 써 내려간 참에 글자를 잘못 써버렸다. 그냥 넘어가려고 틀린 부분을 고쳐봤지만 도리어 지저분해지고 말았다. 이즈미 소노코는 얼굴을 찌푸리며 편지지를 뜯어내 꾸깃꾸깃 뭉쳐서 쓰레기통에 던져버렸다.

새로 쓰기 전에 다시 한번 첫 장을 읽어보았다. 잘된 글이라고 하기에는 한참 모자라다. 소노코는 그 편지지도 뜯어내 역시 꾸깃꾸깃 뭉쳐서 던져버렸다. 이번에는 쓰레기통에 들어가지 않고 한 차례 벽을 튕기고 바닥 카펫에 떨어졌다.

소노코는 유리 테이블 밑으로 다리를 쭉 펴고 몸을 눕혀 왼팔을 뻗었다. 뭉쳐진 편지지가 손에 잡히자 다시 쓰레기통을 향해 던졌다. 하지만 이번에도 빗나가 벽 쪽에 떨어졌다. 그냥 내버려두기로 했다.

몸을 일으켜 다시금 편지지를 마주했다. 하지만 더 이상 편지를 쓸 마음은 나지 않았다. 지금의 심정을 글로 옮긴다는 것 자체가 애초에 말도 안 되는 일이라는 생각이 들었다.

소노코는 편지지를 덮어 책장에 집어넣었다. 그리고 만년필도 피에로 모양의 연필통에 꽂았다. 모자를 씌우면 연필통이 아니라 그냥 도자기 인형으로 보인다.

그리고 그녀는 시계를 흘끔 쳐다보고 탁자에 놓인 무선전화기를 집어 들었다. 가장 익숙한 번호를 눌렀다.

"네, 이즈미입니다." 오빠의 무뚝뚝한 목소리가 들려왔다.

"응, 나야."

"어, 소노코구나"라고 그는 말했다. "건강하게 잘 지내지?"

항상 하는 질문이었다. 소노코 역시 항상 하던 대로 "잘 지내지"라고 대답하고 싶었다. 하지만 그럴 만한 기운이 없었다.

"응……, 실은 내가 좀 안 좋아."

"왜, 감기 걸렸어?"

"아니, 아픈 건 아니고."

"무슨 일 있어?" 그 즉시 오빠의 말투에서 여유가 사라졌다. 수화기를 한 손에 들고 등을 꼿꼿이 세운 모습이 눈에 선하게 떠오르는 것 같다.

"응, 그게 좀……."

"무슨 일인데?"

"이래저래 복잡해. 근데 걱정하지 마, 괜찮으니까. 내일, 나고야에 내려가도 괜찮을까?"

"그야 괜찮지, 네 집인데."

"그럼 내일 갈 수 있으면 갈게. 오빠는 일하는 중?"

"아니, 비번이야. 그보다 대체 무슨 일인데 그래? 우선 그거부터 말해봐. 신경 쓰이잖아."

"미안. 내가 이상한 소릴 해버렸다. 신경 쓰지 마. 내일이면 좀 괜찮아질 거야."

"야야, 소노코."

수화기 건너편에서 낮은 신음 소리가 들려왔다. 오빠가 답답해할 것을 생각하니 미안한 마음이 들었다.

"사실은……." 그녀는 작은 소리로 말했다. "배신을 당했어, 믿었던 사람에게."

"남자냐?"라고 오빠는 물었다.

소노코는 뭐라고 대답해야 좋을지 알 수가 없었다.

"이제 오빠 말고는 아무도 믿을 수가 없어."

"무슨 소리야?"

"내가 죽으면"이라고 조금 목소리를 크게 해서 말하고는 "아마 가장 좋을 거 같아"라고 침울한 목소리로 덧붙였다.

"뭐어?"

"아냐, 농담, 농담"이라고 말하고 오빠에게 들리도록 웃음소리를 크게 냈다. "미안. 잠깐 장난 좀 쳤어."

오빠는 입을 꾹 다물었다. '농담'이라는 말로 끝낼 만한 일이 아니라는 것을 직감한 것이리라.

"내일, 꼭 집에 내려와."

"응, 갈 수 있으면 갈게."

"꼭 와."

"응. 오빠, 잘 자."

전화를 끊은 뒤에도 소노코는 한참이나 무선전화기를 물끄러미 바라보았다. 오빠가 다시 전화를 걸어올 것 같은 마음이 들었기 때문이다. 하지만 전화는 울리지 않았다. 오빠는 소노코 자신이 생각하는 것보다 훨씬 더 여동생이 강하다고 믿는 모양이었다.

하지만 오빠, 난 그렇게 강하지 못해. 소노코는 전화를 향해 중얼거렸다. 강하지 못하기 때문에 오빠가 걱정할 만한 전화를 했던 것이다. 누군가가 지금 이 고통을 알아주었으면 하고.

2

이즈미 소노코가 쓰쿠다 준이치를 만난 것은 작년 10월이다. 장소는 그녀가 근무하는 회사 바로 근처였다.

소노코가 근무하는 회사는 전자부품 회사의 도쿄 지사다. 고층 빌딩의 10층과 11층 전체를 임대해서 사용하고, 종업원은 200여 명. 본사는 아이치현에 있지만 실질적으로 회사의 핵심 부서는 모두 도쿄 지사에 있다고 해도 그리 틀린 말은 아니다.

소노코는 판매부 소속이었다. 부원은 약 50명. 그중 여직원은 소노코를 포함하여 13명이었다. 대부분은 그녀보다 나이가 어렸다.

점심시간, 소노코는 혼자 점심을 먹으러 나갔다. 입사 동기들이 모두 퇴직한 뒤로 점심을 직장 동료와 함께 먹는 일은 거의 없었다. 이전에는 후배들이 같이 가자고 청하기도 했지만, 요즘은 그런 일도 없어졌다. 소노코 씨는 혼자인 게 더 좋은가 봐, 라고 다들 알아준 모양이다. 물론 그러는 게 그녀들로서도 눈치 볼 것 없이 편히 먹을 수 있어서 좋을 것이다.

소노코가 후배들과 함께하는 점심을 그리 달가워하지 않는 건 음식 취향이 전혀 달랐기 때문이다. 그녀는 가정식을 좋아해서 아침에도 대개는 밥을 먹었다. 그런데 몇 살 아래의 후배들은 대부분 양식을 선호했다. 소노코도 딱히 싫어하는 것은 아니지만 매일같이 그런 쪽이니 지겨워질 수밖에 없었다.

소노코는 메밀국수를 먹으러 갈 생각이었다. 회사에서 걸어서 10분쯤 되는 거리에서 좋은 식당을 발견했던 것이다. 그녀는 제대로 우려낸 국물을 쓰는 그 식당의 튀김 메밀국수를 좋아했다. 아이치현이 고향인 만큼 원래는 우동파였지만 도쿄에서 살게 된 뒤부터 메밀국수의 맛도 알게 되었다. 게다가 아직 개점한 지 얼마 안 된 탓인지 그 식당에서 아는 사람들과 얼굴을 마주친 적이 없었다. 그것 역시 그녀가 자주 이용하는 이유였다. 입에 발린 웃음을 지어가며 식사를 한다는 건 그녀에겐 고통일 뿐이다.

메밀국숫집이 있는 좁은 길로 들어서자 길가에서 한 청년이 그림을 팔고 있었다. 그렇기는 한데 그 청년은 접이식 의자에 앉아 잡지를 읽고 있을 뿐이었다. 10여 장의 그림이 캔버스째로 뒤편 빌딩 벽에 기대고 세워져 있었다. 유화의 범주에 들어가는 그림이라는 건 이런 쪽에 문외한인 소노코도 알 수 있었다.

청년은 소노코보다 연하로 보였다. 스물네다섯 살쯤일 것이다. 검은 인조가죽 점퍼를 걸치고 양 무릎이 찢어진 청바지를 입고 있었다. 점퍼 밑에는 티셔츠였다. 얼굴빛은 그다지 좋지 않았다. 그리고 한참 옛날의 뮤지션처럼 지독히 마른 사람이었다. 그는 소노코가 발을 멈추고 바라보는데도 잡지에서 얼굴을 들려고 하지 않았다.

소노코는 10여 장의 그림을 둘러보았다. 그녀의 마음을 끈 것은 가운데쯤에 놓인 그림이었다. 그게 마음에 든 이유는 별것도 아니었다. 그녀가 좋아하는 새끼 고양이가 그려져 있었기 때문이다. 잘 그린 그림인지 어떤지는 전혀 알지 못했다.

한참 들여다보다가 청년 쪽으로 눈을 던지자 어느새 그도 얼굴을 들고 그녀를 보고 있었다. 뾰족한 턱에 수염이 덥수룩했다. 나른한 표정이었지만 그 눈에는 순수함이 깃들어 있는 것처럼 보였다. 이 여자 손님은 혹시 내 그림이 마음에 들었는지도 모른다―. 그렇게 생각하고 잔뜩 기대하는 눈빛이었다.

그 기대에 한번 응해줘볼까, 라고 소노코는 생각했다. 그리 대단한 일을 할 것도 없다. 그냥 한마디만 해주면 되는 것이다. 이거 얼마예요, 라고.

하지만 그녀가 막 입을 열려고 하는 순간, 한 사람이 시야에 들어섰다.

"엇, 소노코 씨!" 그 인물이 큼직한 소리를 냈다.

소노코의 상사인 이데 계장이었다. 이데는 두 손을 바지 호주머니에 찌른 채 다가왔다. 키가 작고 얼굴이 큼직한 그는 손을 집어넣으면 더욱더 키가 작아 보였다.

"이런 데서 뭐 하고 있어?" 이데가 소노코의 얼굴과 줄을 선 그림들을 번갈아 보며 물었다.

"저기 메밀국숫집에 가려고요"라고 그녀는 대답했다.

"소노코 씨도 그 식당을 알고 있었어? 아니, 실은 좋은 식당이 있다고 누가 알려줘서 말이지, 나도 지금 가려던 참이야."

"그러셨어요?" 인사차 웃어주면서, 덕분에 내가 좋아하는 식당이 또 하나 줄어드는구나, 하고 소노코는 생각했다.

이데가 앞장서서 가는 바람에 소노코도 그 뒤를 따라갈 수밖에 없었다. 청년을 돌아보니 그는 벌써 잡지에 눈을 떨구고 있었다. 그녀를 쓸데없이 눈요기만 하는 손님 중의 하나라고 생각한 게 틀림없었다. 그것이 어쩐지 마음에 걸렸다.

"그림에 관심이 있어?"라고 이데가 물었다.

"아뇨, 딱히 관심이 있는 건 아니고요. 좀 괜찮은 그림이 있어서 잠깐 보고 있었어요."

왜 변명을 하고 있는 걸까, 하고 스스로에게 화가 났다.

이데는 그녀의 대답에 별 관심도 없는 기색이었다. 한 차례 고개를 끄덕이더니 전혀 다른 말을 했다.

"그나저나 저런 인간은 도대체 어쩔 작정인지 모르겠어."

"저런 인간이라뇨?"

"저 그림 파는 젊은 녀석 말이야. 아마 미대 출신일 텐데 요즘 같은 불황에 취직도 못 하는 처지에 저러고 있어도 되나? 앞으로 대체 어떻게 살아갈 생각인지 한번 물어보고 싶다니까."

"그림 그리면서 살아가려는 거 아닐까요?"

소노코의 대답에 이데는 쓴웃음을 지었다.

"그림으로 먹고살 수 있는 사람은 진짜 몇 명 안 돼. 아니지, 기껏해야 한두 명일걸? 그걸 알면서 저러고 있는 건지 뭔지. 한마디로 머리가 나쁜 거야. 하긴 새파랗게 젊은 놈이 생산적인 일을 하는 대신 예술가가 되겠다고 까부는 걸 보면 애초에 현실도피적인 성격인 거야."

상사의 말에 소노코는 맞장구를 치지 않았다. 예술에 대해 아무것도 모르는 주제에, 라고 마음속으로 욕을 퍼부었다. 그리고 이런 사람과 함께 점심을 먹어야 하는 자신의 처지를 한탄했다.

메밀국숫집에서 그녀는 닭고기 메밀국수를 먹었다. 기대했던 튀김 메밀국수를 이데가 먼저 주문해버렸기 때문이다.

이데는 콧물을 훌쩍여가며 메밀국수를 빨아들이고 그 틈틈이 소노코에게 이러니저러니 말을 걸어왔다. 화제는 대부분 결혼 이야기였다. 그는 20대 후반인데도 아직 결혼하지 않은 여직원이 자신과 같은 부서에 존재하는 것은 자신의 수치라고 생각하는 모양이었다.

"일하는 것도 물론 좋지만, 아이를 키우는 것도 인간으로서 아주 소중한 일이야."

튀김 메밀국수 한 세트를 먹는 사이에 이데는 그 말을 세 번이나 되풀이했다. 소노코는 내내 억지웃음을 짓고 있었다. 메밀국수 맛을 즐길 새도 없었다.

소노코가 다니는 회사는 퇴근이 오후 5시 20분이다. 하지만 그날은 잔업이 있어서 7시가 넘어서야 건물을 나설 수 있었다. 그녀는 평소처럼 역을 향해 걸음을 옮기려다가 문득 생각나는 게 있어서 중간에 옆길로 빠졌다. 낮에 메밀국숫집에 가기 위해 지나갔던 길이다.

이 시간에는 없을지도 모르는데―. 그렇게 생각하며 청년이 그림을 팔던 자리에 가보았다. 그는 아직 그곳에 있었다. 하지만 이제 그만 장사를 접으려는지 그림을 정리하는 참이었다.

소노코는 천천히 다가갔다. 그는 그림을 두 개의 큼직한 가방에 넣고 있었다. 낮에 본 새끼 고양이 그림은 벌써 넣어버렸는지 벽 앞에는 없었다.

인기척을 느끼고 청년이 돌아보았다. 그는 한순간 의외라는 듯 눈이 둥그레졌지만 금세 하던 일을 계속했다.

소노코는 살짝 심호흡을 한 뒤, 마음을 굳게 먹고 말을 건넸다.

"그 새끼 고양이 그림, 벌써 팔렸어요?"

청년의 손이 멈췄다. 하지만 그는 아무 말도 하지 않았다. 다시 바쁘게 손을 움직일 뿐이었다.

무시하는 건가, 하고 소노코가 생각했을 때였다. 청년이 한 장의 캔버스를 가방에서 꺼내 들었다. 새끼 고양이 그림이었다.

"내 그림, 한 번도 팔린 적이 없어요." 그는 그림을 소노코 쪽으로 내밀며 말했다. 부루퉁하게 내뱉은, 하지만 어딘가 쑥스러운 느낌의 말투였다.

소노코는 새삼 그림을 바라보았다. 가로등 불빛 때문인지 그 그림은 낮에 봤을 때와는 또 다른 표정을 보여주었다. 갈색 새끼 고양이가 한쪽 다리를 들고 자신의 가랑이 사이를 핥고 있는 장면인데, 몸이 뒤로 발랑 넘어지지 않도록 한쪽 앞다리로 버티는 모습이 무어라 말할 수 없이 사랑스러웠다. 그녀는 자기도 모르게 입술을 풀며 웃었다.

그림에서 얼굴을 들자 그와 눈이 마주쳤다.

"이거, 얼마예요?"라고 소노코는 낮에 미처 묻지 못했던 것을 물었다.

그러자 그는 잠깐 생각해보는 기색으로 침묵한 뒤, 역시 부루퉁하게 말했다.

"됐어요, 그냥 가져가요."

예상 밖의 대답에 소노코는 눈이 둥그레졌다.

"왜요? 그러면 너무 미안한데……."

"됐어요. 그 그림 보고 웃어줬잖아요. 그거면 충분해요."

소노코는 청년의 얼굴을 마주 바라보며 한 차례 그림에 시선을 떨구었다가 다시 그를 보았다.

"정말요?"

"내가 그거 그리면서 생각했거든요. 이 그림을 보고 웃어주는 사람에게 선물하고 싶다고." 그렇게 말하더니 그는 가방 안에서 큼직한 흰색 봉투 하나를 꺼내 왔다. "여기 넣어서 들고 가요."

"정말 괜찮아요?"

"괜찮다니까요."

"고마워요. 그럼 감사히 받을게요."

청년은 웃으며 고개를 끄덕였다. 그리고 그림들을 두 개의 가방에 모두 챙겨 넣더니 한쪽을 왼편 어깨에 걸고 또 하나는 오른손에 들고 일어섰다. 그동안 내내 소노코는 곁에 서 있었다. 한마디 말을 건네려고 기회를 엿보고 있었던 것이다.

"저기⋯⋯." 그녀는 마음먹고 말했다. "배 안 고파요?"

그는 장난스러운 몸짓으로 배를 꾸욱 누르며 말했다. "엄청 꼬르륵거리네요."

"그럼 뭐 좀 먹으러 갈래요? 그림을 받은 답례로 내가 사드릴게요."

"내 그림, 라면값도 안 될 텐데?"

"나는 그런 그림도 못 그리는데요, 뭘."

"그림은 못 그려도 훨씬 더 쓸 만한 특기가 있겠죠. 그러니 저기 저런 메밀국숫집에서 점심도 먹지." 그러면서 소노코가 낮에 들어갔던 메밀국숫집을 가리켰다.

"어머, 봤어요?"

"저 메밀국숫집, 꽤 비싸요. 나도 배가 고파서 한번 가볼까 했는데 가격표 보고 관뒀어요."

"그럼 메밀국수로 할까요?"

그녀가 말하자 그는 잠깐 생각하고 나서 말했다.

"스파게티가 좋겠네요."

"오케이. 내가 좋은 식당 알아요"라고 소노코는 대답했다. 후배들과 어울려 이탈리안 레스토랑에 가보기를 잘했다고 생각했다.

체크무늬 식탁보가 깔린 테이블을 사이에 두고 두 사람은 마주 앉았다.

메뉴는 거의 다 소노코가 정했다. 어패류를 넉넉히 넣은 오르되브르를 몇 가지 주문하고, 메인 디시로는 농어 오븐구이를 골랐다. 와인을 마시겠느냐고 물었더니 그는 잠깐 생각해보고 '샤블리'로 마시겠다고 했다. 프랑스산 화이트와인의 상품명까지 말할 줄은 생각을 못 했기 때문에 소노코는 내심 놀랐다.

그는 쓰쿠다 준이치라고 이름을 밝혔다. 이데 계장이 추측했던 대로 역시 취직은 못 한 모양이었다. 하지만 그 이유는 이데가 말했던 내용과는 달랐다. 그는 그림 그릴 시간을 충분히 확보하려고 일부러 취직하지 않았다는 것이다. 현재는 대학 선배가 운영하는 디자인 사무실 일을 거들어주며 생활비를 벌고 있다고 했다.

"내 그림이 액자에 담겨 벽난로가 있는 방에 장식된다는 식의 결과를 바라는 게 아니에요. 좀 더 편안하게 많은 사람들이 내 그림을 좋아하고 내 그림과 놀아주면 좋겠어요. 이를테면 티셔츠에 인쇄한다든가 하는 거."

"새끼 고양이 그림을 보고 웃는다든가?"

"그렇죠, 바로 그런 거." 준이치는 포크에 파스타를 돌돌 말면서 씨익 웃었다. 그런데 문득 뭔가 생각난 듯 그 웃음을 지웠다.

"하지만 모든 게 다 꿈이었어요."

"무슨 말이에요?"

"제한 시간이 다 됐다는 얘기."

"제한 시간?"

"약속을 했거든요. 졸업하고 3년 내에 성과를 내지 못하면 취직하기로."

"누구랑?"

그는 어깨를 으쓱 쳐들었다. "당연히 부모님이죠."

아아, 하고 소노코는 고개를 끄덕였다. "그럼 내년 4월부터는 회사에 다녀야 해요?"

"뭐, 그렇죠."

"그림은 관두고요?"

"계속하고 싶긴 한데, 아마 어려울 거예요. 그래서 꿈과 결별하기 위해 지금까지 그렸던 그림을 팔고 있던 중이었죠. 전혀 팔리지는 않았지만."

"어떤 회사예요?"

"그냥 시시한 회사예요." 그렇게 말하고 준이치는 와인을 꿀꺽 마셨다. 그러고는 거꾸로 소노코에 대해 물어왔다. 어떤 회사에 다니느냐고.

소노코가 회사 이름을 말하자 쓰쿠다 준이치는 한순간 뜻밖이라는 듯한 얼굴을 했다.

"전자부품 회사에 다닐 사람 같은 느낌이 전혀 아닌데요? 학교 교재 같은 걸 만드는 회사 쪽이 더 잘 어울려요."

"그거, 별로 칭찬하는 말로 안 들리는데요."

"아니, 칭찬도 아니고 무시도 아니에요. 회사에서는 어떤 일을 하죠?"

"판매."

"흐응." 준이치는 이번에도 고개를 갸웃거렸다. "경리인 줄 알았네."

"왜요?"

"그냥 어쩐지. 회사라는 곳에 어떤 부서가 있는지도 잘 몰라요. 그저 여자들은 대개 경리일 거라고 생각했어요. 추리소설 같은 거 읽어보면 대개 그렇거든요."

"추리소설 좋아해요?"

"뭐, 가끔 읽어요."

두 사람의 대화는 끊이지 않았다. 정말 신기한 일이라고 소노코는 느꼈다. 식사 중에 이렇게 말을 많이 한 적은 한 번도 없었다. 자신은 대체로 말수가 적은 편이라고 생각해왔다. 하지만 준이치와 함께 있으면 대화에 능수능란한 사람이 된 듯한 기분까지 드는 것이었다.

결국 그날 저녁 식사는 두 시간 가까이 걸렸다. 그렇게 느긋하게 저녁 식사를 해본 것도 오랜만이었다.

"대접을 너무 거창하게 받아서 미안해요." 레스토랑을 나서면서 준이치가 말했다. "그러려고 한 건 아닌데."

"괜찮아요, 나도 오랜만에 영양 보충을 하고 싶던 참이니까."

이제 어디로 갈지 물어볼까 말까, 소노코는 망설였다. 이대로 헤어지고 싶지는 않았다. 꽤 오래 이야기를 했는데도 준이치의 연락처는 묻지 못했다. 자신의 연락처도 가르쳐주지 못

했다.

준이치와 나란히 걸으며 소노코는 자기 자신을 타일렀다. ─이 사람이 이즈미 소노코라는 연상의 여자에게 앞으로 연락할 리가 없어. 식사를 대접한 건 그냥 내가 좋아서 한 짓이고, 아니 그보다 원래 그림값 대신이었잖아. 오랜만에 즐거운 시간을 보낼 수 있었던 행운에 감사해야지. 따분한 나날의 반복 속에서 아주 작은 추억이 되었잖아?

역에 도착한 뒤에도 준이치는 다른 말만 할 뿐 소노코의 연락처를 묻지 않았다. 그리고 그녀가 타야 할 전차가 플랫폼에 들어왔다.

전차에 오르는 소노코를 향해 준이치는 슬쩍 손을 흔들며 인사를 건넸다. 차 안에는 소노코와 비슷한 나이의 여자들이 타고 있었다. 소노코는 뭔가 자랑스러운 기분이었다.

소노코는 쓰쿠다 준이치를 만나고 나흘이 지난 뒤에도 여전히 그에 대해 생각하고 있는 것에 스스로도 놀랐다.

새로운 만남 따위, 더 이상은 없을 것이다─. 그즈음 소노코는 그런 식으로 생각하며 살아왔기 때문이다. 드라마틱한 연애 같은 건 자신에게 일어날 리도 없고, 그저 주위 사람들이 소개해주는 남자와 이것저것 타협해가며 평범하게 결혼하게 될 거라고 생각했다. 그런 식으로 결혼한 친구들을 그녀는 몇 명이나 알고 있었다. 그게 불행한 일이라고는 조금도 생각하지 않았다. 많은 사람들이 텔레비전 드라마 같은 연애와는 아무 인연이 없는 인생을 보내게 마련이라는 게 그녀의 생각이었다. 그리고 자신은 그런 다수파 중 하나일 것이라고 자기분석을 했었다.

그랬는데―.

자신의 마음속을 쓰쿠다 준이치라는 존재가 온통 차지하고 있어서 회사 일에 집중하기가 어려울 정도였다. 그와의 만남이 청량음료를 마신 것처럼 상쾌한 것이기는 했지만, 이렇게까지 길게 그 영향이 남을 줄은 그녀 스스로도 미처 예상하지 못했다.

점심시간이 되자 소노코는 그 메밀국숫집으로 향했다. 그날 이후로 처음이었다. 가슴이 두근거리는 것을 인정하지 않을 도리가 없었다. 사실은 좀 더 빨리 가고 싶었지만 내내 꾹 참고 있었다. 이유는, 그 남자가 자신을 만나고 싶어 한다는 보장이 없다는 것이었다. 뭔가 크게 착각하고 있는 여자, 라는 역할을 연출하고 싶지는 않았다.

혹시 그 남자가 와 있어도 너무 친한 척 다가가지 말고 우선은 멀리서 웃음을 던지는 정도로 해두자―. 소노코는 마음의 준비를 했다. 그리고 다행히 그 남자 쪽에서 뭔가 말을 걸어준다면 그때 다가가면 되는 것이다.

하지만 그 자리에 쓰쿠다 준이치의 모습은 없었다. 그 대신 쓰레기가 담긴 반투명 봉지 몇 개가 그 자리에 놓여 있었다. 원래 쓰레기를 내놓는 곳이었던 모양이다. 소노코는 메밀국숫집을 향해 걸으며 슬쩍 주위를 둘러보았다. 다른 자리에도 준이치는 없었다. 그녀는 잔뜩 실망한 채 식당 안으로 들어갔다.

그런데─.

소노코가 튀김 메밀국수를 먹고 있으려니 맞은편 자리에 누군가 앉았다. 점심시간에는 사람들로 상당히 붐비는 이 가게는 합석하는 게 당연한 일이라서 굳이 신경 쓰지 않고 국수만 먹고 있었다. 하지만 "튀김 메밀국수 주세요"라고 주문하는 목소리를 듣고 소노코는 고개를 번쩍 들었다. 앞자리에서 준이치가 싱글싱글 웃고 있었다.

"어휴, 깜짝이야"라고 소노코는 말했다. "지금 막 들어온 거예요?"

"네. 근데 우연히 온 게 아니에요. 소노코 씨가 들어가는 걸 보고 따라 들어왔지."

"어디 있었어요? 나도 아까 찾았는데." 그렇게 말하고 나서 소노코는 아차 했다. 하지만 준이치는 그녀가 한 말의 의미를 깊이 생각하지는 않는 듯했다.

"맞은편 커피숍에 있었어요. 일하던 중에 들렀죠. 그나저나 내 감이 딱 맞았네. 오늘쯤은 소노코 씨가 나타날 것 같은 예감이 들었거든요."

준이치가 자신을 기다렸다는 것을 알고 소노코는 마음이 두 둥실 떠오르는 것을 느꼈다.

"나한테 무슨?"

"실은 주고 싶은 게 있어서."

"뭔데요?"

"우선 밥부터 먹고 나중에 얘기하죠." 점원이 가져다준 메밀 국수를 앞에 놓고 그는 나무젓가락을 딱 쪼갰다.

밖에 나오자 준이치는 옆구리에 '계획 미술'이라고 적힌 큼 직한 스포츠백 안에서 캔버스를 한 장 꺼냈다. 그것은 지난번 에 받은 새끼 고양이 그림하고 비슷했다.

"이거 주려고요."

"왜요?"

"지난번 그림은 영 마음에 안 들었어요. 어디가 잘못됐는지 계속 고민하다가 겨우 답을 찾아서 다시 그렸어요. 그래서 기 왕이면 더 잘 그려진 쪽으로 주는 게 좋겠다 싶어서."

소노코는 새삼 그림을 보았다. 분명 조금 달라져 있었다. 하 지만 이전 그림보다 어디가 어떻게 좋아졌다는 것인지, 소노 코는 전혀 알지 못했다.

"그럼 지난번 그림은 어떻게 해요?"

그 그림은 이미 그녀의 방에 장식되어 있었다.

"그냥 내버려도 돼요. 비슷한 그림이 두 장이나 있어봤자 소용도 없고, 그쪽은 실패작이니까."

"그래도 둘 다 걸어둘래요. 아직 벽에 빈 공간이 많으니까."

"뭔가 이상한데, 그건?"

"괜찮아요, 내가 고양이를 진짜 좋아하거든요."

"아, 네……."

그 뒤 그야말로 자연스럽게, 회사가 끝난 뒤에 만나기로 약속했다. 먼저 말을 꺼낸 건 준이치 쪽이었다. 소노코는 마치 자신의 염원이 하늘에 통한 듯한 느낌이 들었다.

그날 저녁에는 꼬치구잇집에서 맥주와 일본주를 마셔가며 식사를 했다. 준이치는 술에 취하자 좀 더 말이 많아져서, 일본에서 예술로 먹고산다는 건 죄악을 의미한다, 라는 등의 말을 몇 번이나 되풀이했다. 꿈을 포기한다는 것에 아직도 미련이 남은 모양이라고 소노코는 약간 멍해진 머리로 생각했다.

그러다가 다음에는 소노코가 직접 요리해서 대접해주겠다, 라는 이야기가 나왔다. 준이치가 요즘 몇 달째 외식 아니면 편의점 도시락밖에 먹지 못했다고 말했기 때문이다.

"직접 요리를 해주다니, 진심이에요?"

"물론이죠"라고 소노코는 대답했다. 대답하면서 '너의 진심은 어떤데?'라고 마음속에서 묻고 있었다.

그리고 준이치는 자기 집 전화번호를 알려주었다. 소노코도 명함 뒤에 집 전화번호를 적어서 건넸다.

이 약속은 일주일 뒤에 이루어졌다. 네리마구에 있는 소노코의 맨션에 준이치가 시원하게 얼린 샴페인을 선물로 들고 찾아온 것이다. 소노코는 조금은 서툰 서양식 요리로 그를 대접했다.

그리고 그날 밤, 작은 침대에서 둘이 함께 잤다.

3

만난 지 석 달쯤 되었을 때, 소노코는 처음으로 준이치의 집에 갔다. 그가 혼자 사는 집이 아니라 그의 부모님이 사시는 집이었다. 세타가야구 도도로키의 고급 주택가에 자리 잡고 있었다. 대문으로 안을 들여다보면 까마득히 저 멀리에 집 현관문이 보이더라, 라고 할 만한 훌륭한 서양식 저택이었다.

"어떻게 된 거야?" 택시에서 내려 대문 앞에 선 소노코는 준이치에게 물었다.

그는 멋쩍은 미소를 지으며 그제야 비밀을 털어놓았다. 그의 아버지가 일류 출판사의 사장이라는 것, 그가 이번 봄부터 취직하기로 한 곳은 바로 그 출판사라는 것, 그리고 그가 이 집안의 장남이라는 것 등을 소노코는 알게 되었다. 모두 다 처음 듣는 소리였고 전혀 생각도 못 한 일이었다.

"왜 지금까지 그런 얘기를 안 했어?" 소노코는 저도 모르게 따지고 드는 말투로 물었다. 지금까지 들은 이야기로는, 준이치의 부모님은 작은 서점을 한다고 했다.

"일부러 감추려고 한 거 아냐. 어쩌다 보니 말을 못 했어."

"최소한 어제라도 미리 말을 해줄 것이지." 소노코는 자신의 차림새가 마음에 걸렸다. 그의 처지를 생각해 일부러 수수한 옷을 골라 입고 온 것이다. "나, 이런 차림으로 괜찮을까?"

"괜찮아. 우리 부모님은 훨씬 더 서민적이야."

망설이는 그녀의 등을 준이치는 다정하게 밀어주었다.

그의 부모님은 아닌 게 아니라 서민적인 분위기가 없는 건 아니었다. 하지만 그건 여유에서 나온 것이라고 해석해야 할 부분이었다. 아버지의 능숙한 화술도, 어머니의 세련된 몸짓도 소노코로서는 처음 접하는 것이었다.

하지만 참으로 훌륭하게도 그들의 태도에 소노코를 숨 막히게 하는 느낌을 주는 것은 털끝만큼도 없었다. 오히려 몹시 마음이 편안해지는 세계였다. 이런 곳에서 살 수 있다면, 이라고 상상하며 소노코는 가슴이 설레는 것을 느꼈다.

소노코의 부모님이 모두 돌아가셨다는 것은 그들의 기대를 배반하는 조건은 아닌 듯했다. 그보다 그들은 소노코 오빠의 직업에 대해 신경을 쓰는 눈치였다.

경찰관이에요, 라고 하자 부모님의 얼굴에 분명하게 안도하는 기색이 보였다.

"흠, 아주 견실한 직업이시네." 그렇게 말하며 아버지는 웃었고, 아내와 마주 보며 고개를 끄덕였다. 그런 모습을 보고 겉으로는 아무리 서민적이어도 이 사람들 나름대로 가리는 게 있는 모양이라고 소노코는 해석했다. 그리고 '견실한 직업'을 가져준 오빠에게 감사했다.

그 자리에서 장래에 대한 구체적인 이야기, 즉 결혼에 관한 화제는 나오지 않았다. 준이치의 출판사 근무가 이제 겨우 시작 단계이기 때문에 부모님도 결혼 얘기를 꺼내기가 머뭇거려졌다고 보는 게 옳을 것이다. 하지만 소노코는 자신을 부모님에게 소개했다는 것만으로도 크게 만족스러웠다.

돌이켜볼 때마다, 그 뒤 곧장 준이치를 오빠에게 데려갔어야 하는데, 라고 소노코는 후회하곤 했다. 오빠라면 분명 준이치에게 결혼에 대한 언질을 얻어냈을 게 틀림없기 때문이다. 그랬더라면 그 뒤의 일도 전혀 다르게 흘러갔을지 모른다.

하지만 소노코가 준이치에게 가장 먼저 소개해준 사람은 오빠가 아니었다.

유바 가요코는 소노코에게는 유일하게 마음을 터놓을 수 있는 친구였다. 둘의 만남은 고등학교 시절까지 거슬러 올라간다. 즉 가요코도 아이치현 출신이다. 모 현립 고등학교 1학년과 3학년 때 같은 반이었다.

좀 더 친해진 것은 대학생이 된 뒤였다. 소노코와 가요코는 고향을 떠나 나란히 도쿄의 같은 대학 같은 학부에 입학했던 것이다.

낯선 타지에서 혼자 살게 되면 같은 고향, 게다가 같은 고등학교 출신의 친구가 곁에 있다는 건 무엇보다 마음 든든한 일이다. 도쿄에 올라와 알게 된 친구들에게는 물어볼 수 없는 일이라도 별 부끄러움 없이 서로 물어볼 수 있었다.

"얘, 충견 하치코 동상은 어디에 있어?"

이건 가요코가 처음으로 데이트를 하기 전날에 소노코에게 물어본 것이었다. 그곳을 약속 장소로 잡은 모양이었다. 상대 남학생이 거기서 만나자고 하는데 나는 그런 곳은 모른다는 말은 차마 못 하겠더라고 가요코는 털어놓았다.

그 마음을 소노코는 아플 만큼 이해할 수 있었다. 그녀도 '충견 하치코'라는 이름은 물론 알고 있지만 그 동상이 서 있는 정확한 위치는 알지 못했다. 창피해서 누구에게 물어볼 수가 없었기 때문이다. 두 사람은 도쿄 정보지를 사다가 '하치코'의 위치를 알아보았다.

다만 대학 생활 4년 동안에 가요코가 완전히 바뀌었다, 라는 점은 있었다. 처음 입학했을 때는 둘 다 거의 비슷하게 별로 눈에 띄지 않는 여대생들이었다. 그런데 가요코는 눈 깜짝할 사이에 변모해갔다. 옷차림도 화장도 나날이 화려해졌다. 그녀들이 다닌 고등학교는 유난히 교칙이 엄하기로 유명했기 때문에 대학에 들어오자마자 그에 대한 반발이 일시에 터져 나온 것 같았다. 소노코 역시 나름대로 어른스러워지고 촌티도 벗었다고 생각했지만, 가요코를 보면 자신이 몹시 덤덤한 인생을 보내는 것처럼 생각되곤 했다.

둘이서 쇼핑을 나가면 가요코는 소노코를 위해 옷을 척척 골라주었다. 영화 〈프리티 우먼〉에서 줄리아 로버츠가 입었던 것 같은 옷이었다. 하지만 소노코는 결국 입지 않았다. 자신이 그런 옷을 입으면 우스꽝스러울 뿐이라고 생각했기 때문이다.

그런데 그런 옷을 가요코는 멋지게 입어냈다. 그리고 잘 어울리기도 했다. 소노코보다 훨씬 키도 작고 평소에는 딱히 예쁜 얼굴인 것 같지도 않았는데, 그런 때는 온몸에서 여배우 같은 광채가 나는 것이었다. 자신감이 내면에서 배어 나오기 때문인지도 모른다.

"화장도 중요하지만 좋은 옷을 입는 건 훨씬 더 중요해." 가요코는 곧잘 그런 말을 했다. "좋은 옷을 입으면 저절로 얼굴 표정이 팽팽하게 긴장하거든. 실제로 볼살이 1센티미터쯤은 줄어들걸? 얘, 이거 진짜야."

외모를 잘 꾸미면 내면도 따라온다는 것이 가요코의 지론이었다.

　이윽고 취직을 생각해야 할 시기가 다가왔지만 두 사람 모두 고향 아이치현에 돌아갈 마음은 전혀 없었다. 특히 가요코는 "난 무슨 일이 있어도 방송계 쪽으로 갈 거야!"라고 단호하게 말하곤 했다.

　소노코는 외삼촌의 연줄로 아이치현에 본사가 있는 지금의 회사에 취직했다. "어휴, 웬 전자부품? 너무 촌스러워"라고 가요코는 질색을 했지만, 소노코는 연줄 없이 들어갈 수 있는 회사를 찾아낼 자신이 없었던 것이다.

　그리고 그런 가요코도 결국 방송계 쪽은 포기하고 작은 보험회사에 입사했다. 역시 친척이 손을 써준 모양이었다. 대부분의 여대생이 취직하지 못해 쩔쩔매는 요즘 상황을 생각하면 두 사람은 운이 좋았다고 해야 할 것이다.

　그리고 몇 년이 지났다. 두 사람 모두 아직 싱글이었다. 결혼할 상대가 정해지면 반드시 보고할 것―. 그것이 소노코와 가요코의 약속이었다.

　그렇다, 그건 약속했던 일이었다. 그래서 소노코는 준이치를 그녀에게 소개했던 것이다.

　7월의 어느 토요일 저녁, 소노코는 가요코와 함께 신주쿠의 호텔 로비에 와 있었다. 두 사람은 쇼핑을 하고 돌아오는 길이었고, 업무 때문에 그 근처에 나와 있던 준이치와 거기서 만나기로 했다.

소노코는 준이치에 대해 가요코에게 대충 이야기를 해두었다. 가난한 화가인 줄 알았더니 큰 출판사의 후계자였더라는 이야기를 가요코는 부럽다기보다 어이없다는 얼굴로 듣고 있었다.

이윽고 준이치가 나타났다. 전과는 달리 머리를 말끔하게 손질한 그는 그새 양복이 잘 어울리는 사회인이 되어 있었다.

"소노코에게서 얘기는 많이 들었습니다." 준이치는 가요코에게 미소를 지으며 말했다.

"어떤 얘기를 했지? 은근히 신경 쓰이는데?" 가요코는 소노코와 준이치의 얼굴을 번갈아 보았다.

"절세미녀라고 했어."

"뭐야? 말도 안 돼!" 가요코는 소노코를 흘겨보고 그다음에는 수줍은 듯이 준이치를 보았다.

"상상했던 것보다 훨씬 더 멋진 분이라 깜짝 놀랐어요."

"아이, 왜 그러세요. 둘이 합세해서 나를 놀리시네." 가요코는 손수건으로 얼굴에 부채질을 했다.

레스토랑에서 식사를 하고 칵테일 바에서 잠깐 술을 마신 뒤에 가요코와는 헤어졌다. 준이치는 소노코를 집까지 바래다주었다. 오는 길의 대화에서 그는 몇 번이나 똑같은 말을 입에 올렸다. "멋진 여자"라는 것이다. 가요코를 두고 한 말이었다.

"신비한 매력이 있어. 수많은 사람 속에서도 왠지 금세 눈에 띄는 매력. 화려하다고 해야 하나? 레스토랑에서도 흘끔흘끔 가요코 씨를 쳐다보는 남자들이 있었어. 그런 사람은 연예계에 들어가야 하는 거 아냐?"

"대학 때 잠깐 그런 쪽으로 가려고 했던 적이 있어. 오디션 같은 것도 보고."

"역시. 근데 안 됐어?"

"꽤 높은 데까지는 올라갔었는데."

"그쪽이 요즘 경쟁이 치열하지. 아무튼 그런 여자가 아직까지 싱글이라니, 뜻밖이야. 사귀는 사람도 없나?"

"지금은 없을걸? 직장에 좋은 남자가 하나도 없다고 툴툴거렸어."

"보험회사라고 했지?"

"응. 보험 들 일 있으면 연락해."

소노코는 그날의 성과가 만족스러웠다. 준이치는 가요코를 그리 나쁘게 생각하지 않은 눈치였다. 소노코는 그녀와는 평생 친구로 지낼 생각이었기 때문에 장래의 남편과도 성격이 맞을지 은근히 신경이 쓰였던 것이다.

설마 그날의 만남이 파멸을 부르는 일이 될 줄은 꿈에도 생각하지 않았다.

4

소노코는 어려서부터 수더분한 성격이라는 말을 들었다. 하지만 그건 겉으로 보이는 모습의 느낌이 크게 작용한 것이었다. 결코 뚱뚱한 편은 아니지만 얼굴 윤곽이 눈의 착각을 부르는지 약간 통통하다는 평을 듣는 일이 많았다. 그리고 일본인에게는 이런 타입의 여자는 대개 '수더분한 성격'이라는 고정관념이 있다.

수더분한 부분도 없는 건 아니지, 라고 소노코 스스로도 생각했다. 하지만 그것과는 정반대의 요소가 자신에게는 더 많다는 자각도 있었다. 신경질적이기도 하고 겁도 많다. 그러면서 질투심은 남보다 두 배는 강하다. 그런 성격이 스스로 싫어질 때도 있었다.

하지만 정말로 '수더분한 성격'이었다고 해도 최근 한두 달 사이에 생긴 준이치의 변화를 깨닫지 못하는 일은 없었을 거라고 소노코는 생각했다. 그럴 만큼 명확하게 그의 태도는 달라져갔다.

우선 데이트가 극단적으로 줄어들었다. 바빠서 그렇다고 그는 말했다. 하지만 예전에는 낮에는 시간을 낼 수 없었다면서 한밤중에 집에 불쑥 찾아온 적도 있었다.

전화도 줄었다. 아니, 그보다 그가 먼저 연락하는 일은 아예 없어졌다. 항상 소노코 쪽에서 먼저 했다. 그런 때도 준이치는 말을 받아주기는 해도 결코 자기가 먼저 새로운 화제를 꺼내지는 않았다. 마치 전화가 길어지는 걸 피하는 것만 같았다.

불길한 발소리가 한 발 한 발 다가오는 것을 소노코는 느끼지 않을 수 없었다. 대체 준이치에게 어떤 심경의 변화가 일어났는지 알고 싶었다.

하지만 그녀는 굳이 캐묻지 않았다. 그것은 마치 무너지려는 건물에서 버팀목까지 빼내는 것 같은 일처럼 느껴졌기 때문이다. 시간이 지나면 그 무너지려던 건물도 다시 꼿꼿이 일어설지 모른다는 환상을 버리지 않고 있었다.

하지만 결국 그것이 달콤한 착각이었다는 것을 소노코는 철저히 깨닫게 되었다.

이번 주 월요일이었다. 소노코의 회사로 준이치가 전화를 걸어왔다. 정말 오랜만의 전화였다. 오늘 저녁에 집에 가도 괜찮겠느냐고 그는 물었다.

"물론 괜찮지. 맛있는 거 해놓고 기다릴게."

"아냐, 식사는 하고 갈 거야. 저녁에 회식이 있어서."

"그럼 술을 준비해둘까?"

"미안하지만 출판사에 다시 들어와야 해서……."

"……그렇구나."

"이따 저녁때 보자"라고 말하고 그는 전화를 끊었다.

모처럼 준이치를 만날 텐데도 소노코는 전혀 마음이 설레지 않았다. 오히려 두려움이 그녀의 가슴속을 뒤덮었다. 그가 뭔가 절망적인 선고를 하러 오는 게 분명하다는 예감이 들었다.

하지만 어디로 도망칠 수도 없었다. 그녀는 집에서 그를 기다렸다. 저녁밥이 목에 넘어가지 않았다.

이윽고 찾아온 준이치는 방에 들어와서도 넥타이를 풀지 않았다. 소노코가 내놓은 커피에도 입을 대지 않았다.

그리고 굳어버린 표정으로 말했던 것이다. 자신을 잊어달라―. 소노코가 예상했던 최악의 말이었다.

왜냐고 소노코는 물었다. 다른 좋아하는 여자가 생겼어, 라고 그는 대답했다.

"누군데? 어떤 여자야?" 연달아 소노코는 물었다. 그 물음에 그는 대답하지 않았다. 그게 아무래도 이상하다고 소노코는 생각했다. 그래서 다시 캐물었다. 울면서 물었다.

계속 감춰서는 이야기가 안 되겠다고 생각했는지 결국 준이치는 그 이름을 입에 올렸다. 소노코가 전혀 예상도 하지 못한 이름이었다. 너무나 뜻밖이어서 그 이름의 주인이 누구인지, 잠시 알지 못했을 정도였다.

"거짓말!"이라고 소노코는 말했다. "왜, 왜 하필 가요코야?"

"미안." 준이치는 고개를 숙였다.

5

그날 밤의 일이 생각나면 소노코는 너무나 슬퍼서 현기증이 나려고 한다. 엉엉 울면서 준이치의 몸에 매달리고 화를 내고 허탈해하고 그리고 또다시 울었다. 혼란 속에서 그 자리에 없는 가요코에게도 욕을 퍼부었다. 어떤 말을 어떤 식으로 했는지도 잘 생각나지 않는다. 기억에 남은 것은 "나는 포기 못해!"라고 소리쳤던 말이다. "반드시 당신을 되찾을 거야!"라고도 했다. 그런 그녀를 서글픈 눈빛으로 내려다보던 준이치의 얼굴도 희미하게 눈꺼풀 안쪽에 남아 있다.

그로부터 며칠이 지났다.

이 정도의 시간으로 마음의 상처가 치유될 리 없다. 하지만 조금은 냉정해졌다. 그래서 고향 집에나 한번 다녀오자고 마음먹었던 것이다. 왜 그런지 오빠가 몹시도 그리웠다.

'내가 죽으면 아마 가장 좋을 거 같아.'

그 말을 듣고 오빠는 분명 깜짝 놀랐을 것이다. 해서는 안 될 말을 했다고 소노코는 생각했다. 하지만 그녀로서는 솔직한 심정이었다.

준이치든 가요코든 둘 중 누군가—.

소노코는 불길한 상상을 했다. 둘 중 누군가 나를 죽여준다면 좋을 텐데, 라고.

그때였다.

현관 차임벨이 울렸다.

제2장

1

이즈미 야스마사가 차를 몰고 도메이 고속도로 요가 인터체인지를 나선 것은 12월의 첫 번째 월요일이었다. 그곳에서 간조環狀 8호선을 타고 북쪽으로 올라갔다. 역시 연말답게 대형 트럭이며 영업용 차량들로 도로가 절망적일 만큼 정체되었다. 샛길을 알았더라면 어떻게든 타개책을 강구했을지도 모르지만, 야스마사는 도쿄 지리에 밝지 못했다. 섣불리 옆길로 빠졌다가 이리저리 헤매게 되는 어리석음만은 피하고 싶었다.

역시 신칸센을 타고 올 걸 그랬다는 생각이 다시금 야스마사의 뇌리를 스쳤다. 하지만 그때마다 그는 부정했다. 어떤 일이 기다리고 있을지 모르는 터라서 일단 자동차는 꼭 필요한 것이다.

택배 트럭의 꽁지를 바라보고 있던 야스마사는 지루함에 차 안의 라디오 주파수를 맞췄다. FM만 해도 꽤 많은 방송이 있었다. 도쿄는 역시 다르다고 생각했다. 그는 아이치현의 나고야에서 살고 있다.

이번 상경은 갑작스럽게 정해진 일이었다. 정확히 말하자면 오늘 새벽에 결심한 일이다.

애초의 발단은 지난주 금요일에 걸려온 여동생 소노코로부터의 전화였다. 소노코는 도쿄에 올라와 여대를 다녔고 졸업 후에도 모 전자부품 회사의 도쿄 지사에 취직했다. 그래서 오누이 간에 얼굴을 마주하는 일은 1년에 한 번 있을까 말까였다. 특히 3년 전에 어머니가 병으로 돌아가신 뒤로 점점 더 그 빈도가 줄어든 것 같다. 아버지는 야스마사와 소노코가 어렸을 때 뇌일혈로 돌아가셨다.

하지만 달랑 둘만 남은 혈육이었기 때문에 자주 만나지는 못해도 서로 간에 연락이 끊긴 일은 없었다. 특히 소노코 쪽에서 전화를 해오는 일이 많았다. 특별한 볼일이 있어서 연락을 하는 일은 거의 없다. "오빠, 밥은 잘 먹고 다녀?"라는 식의 안부 전화가 대부분이었다. 자신이 외로워서 연락한 게 아니라 분명 오빠가 이제 슬슬 내 목소리를 듣고 싶어 할 것이다, 라고 생각해서 전화했다는 것을 야스마사는 잘 알고 있었다. 그렇게 다정한 마음씨를 지닌 누이였다.

하지만 지난주 금요일 밤에 걸려온 전화는 지금까지와는 너무도 이질적인 것이었다. 건강하게 잘 지내느냐고 물으면 "나야 항상 건강하지!"라는 씩씩한 대답이 돌아왔는데 이번만은 생전 처음으로 뜻밖의 말이 전화기를 통해 들려왔다.

"응……, 실은 내가 좀 안 좋아." 소노코는 코가 막힌 듯한 목소리로 힘없이 말했다. 하지만 무슨 일이 있었는지는 결국 말해주지 않았다. 그 대신 마지막에 야스마사의 가슴이 철렁 내려앉을 소리를 했다.

"내가 죽으면, 아마 가장 좋을 거 같아."

곧바로 농담이라고 부정하기는 했지만 그런 말을 농담으로 할 리가 없었다. 누이의 신상에 무슨 일인가 일어난 것이다.

그 전에 소노코는 이런 말도 했다. 믿었던 상대에게 배신을 당했다, 라고.

다음 날인 토요일은 비번이어서 야스마사는 내내 집에서 소노코가 돌아오기만을 기다렸다. 돌아오면 둘이서 초밥을 먹으러 가자고 마음먹고 있었다. 그것이 소노코가 고향 집에 내려올 때마다 항상 하는 행사였다.

하지만 소노코는 돌아오지 않았다. 낮 3시쯤에 소노코의 맨션으로 전화를 했지만 연결이 되지 않아서 벌써 출발한 모양이라고 생각했다. 그런데 저녁이 되고 밤중이 되어도 소노코는 나타나지 않았다.

그리고 일요일 아침부터 월요일 아침, 즉 오늘 아침까지 야스마사는 당직 근무를 서야 했다. 그는 그런 특수한 직업을 갖고 있었다. 근무 중에 몇 번이나 집에 전화를 해보았다. 소노코도 집 열쇠를 갖고 있어서 자신이 집에 없더라도 안에 들어갈 수 있을 터였다. 하지만 아무도 전화를 받지 않았다. 부재중 전화에도 누이에게서 온 메시지는 들어 있지 않았다. 도쿄의 맨션에도 다시 전화를 해보았지만 거기서도 소노코의 목소리를 듣지 못했다.

소노코가 어디로 갔는지 그는 전혀 아무 짐작도 가지 않았다. 누이가 고등학교 때부터 친하게 지내는 친구가 역시 도쿄에서 혼자 산다는 이야기를 들은 적이 있지만 연락처까지는 알지 못했다.

어떤 일도 머릿속에 들어오지 않는 상태로 야스마사는 당직의 밤을 보냈다. 그나마 갑작스럽게 큰 사건이 터지지 않은 게 다행이었다. 그렇게 새벽을 맞이하면서 야스마사는 도쿄에 가보기로 결심했다. 불안은 이제 어떻게도 할 수 없을 만큼 커져 있었다.

당직에서 해방되어 집에 돌아오자마자 두 시간쯤 선잠을 자둔 뒤, 야스마사는 소노코의 직장에 전화를 해보았다. 전화를 받은 계장의 말에 야스마사는 더더욱 불안해졌다. 소노코는 회사에 나오지 않았고 아직껏 아무런 연락도 없다는 것이었다.

야스마사는 급히 짐을 챙겨 차를 몰고 집을 나섰다. 밤새 당직을 선 뒤였지만 도메이 고속도로를 달리는 동안에도 전혀 졸리지 않았다. 아니, 졸릴 여유가 없었다.

간조 8호선을 빠져나오는 데 한 시간 넘게 걸리고서야 겨우 야스마사는 목적지에 도착했다. 네리마구의 메지로에서 조금 들어간 곳이었다.

연한 베이지색 타일로 장식된 4층 건물이 소노코가 사는 맨션이었다. 야스마사는 전에 딱 한 번 찾아온 적이 있었다. 겉모양새는 그럴싸하지만 실제로는 싸구려 날림 건물이라는 것을 첫눈에 알아본 야스마사는 좀 더 제대로 된 맨션으로, 임대하지 말고 아예 사버리라고 소노코에게 말했었다. 하지만 소노코는 미소를 지으면서도 선뜻 그러겠다고는 하지 않았다. 좀 더 꼭 필요한 곳에 돈을 쓸 거라고 말했다. 누이의 고집이 여간 아니라는 것을 야스마사는 진즉부터 잘 알고 있었다.

맨션의 1층은 임대 점포였다. 하지만 요즘의 불경기를 상징하듯이 셔터가 내려지고 세입자를 모집하는 광고지가 나붙어 있었다. 야스마사는 그 앞에 차를 세우고 점포 옆에 있는 입구를 지나 안에 들어갔다.

가장 먼저 점검한 것은 1층 로비의 우편함이었다. 215호실이 소노코의 방 번호인데, 예상했던 대로 그곳에는 사흘 치로 보이는 신문이 억지로 쑤셔 넣어져 있었다. 야스마사의 안 좋은 예감은 점점 더 짙어져갔다.

평일 낮 시간인 데다 혼자 사는 사람이 많은 탓인지 맨션 안은 쥐 죽은 듯이 조용했다. 야스마사는 어느 누구와도 마주치지 않고 2층 소노코의 집 앞까지 갔다.

우선 인터폰을 눌러보았다. 하지만 아무리 기다려도 반응은 없었다. 확인차 문을 두세 번 두드렸지만 결과는 마찬가지였다. 안에서 사람이 움직이는 기척도 없었다.

야스마사는 호주머니를 뒤져 열쇠를 꺼냈다. 전에 왔을 때 소노코에게서 받은 것이었다. 집을 빌려준 부동산업자에게서 열쇠 두 개를 받았다고 했다. 각자 결혼해서 가정을 꾸리기 전까지는 서로 집 열쇠를 나눠 가지자고 한 것은 부모님을 모두 잃었을 때 오누이 간에 정한 약속이었다. 열쇠를 구멍에 꽂아 넣을 때, 손끝에 정전기가 내달렸다.

열쇠를 빼고 야스마사는 손잡이를 돌렸다. 그리고 문을 당기는 순간, 그의 가슴속에 한 줄기 바람이 서늘하게 빠져나갔다. 불길한 바람이었다. 그는 침을 꿀꺽 삼키고, 모종의 마음의 준비를 했다. 무엇을 예상하고 무엇을 각오했느냐고 묻는다면 막상 대답하기 어려웠겠지만, 아무튼 그는 업무상 사고 현장에 뛰어나갔을 때와 같은 마음의 준비를 했다.

소노코의 방은 원룸 스타일이었다. 현관 바로 앞이 거실 겸 부엌, 그리고 그 안쪽이 침실이다. 쓰윽 둘러본 바로는 거실과 부엌에 별 이상은 없는 것 같았다. 침실과는 미닫이문으로 나뉘었는데 그것이 지금은 닫혀 있었다.

현관에는 갈색 펌프스와 하늘색 샌들이 나란히 놓여 있었다. 야스마사는 구두를 벗고 안으로 들어갔다. 실내 공기는 차갑게 얼어붙어서 적어도 오늘 아침부터 난방이라고는 전혀 하지 않은 것 같았다. 전깃불은 꺼져 있었다.

거실 테이블 위에 작은 접시가 놓여 있고, 종이를 태웠는지 타고 난 재와 종이 귀퉁이가 남아 있었다. 하지만 야스마사는 그것을 살펴보기 전에 우선 침실 문부터 열었다.

방 안을 들여다본 순간, 야스마사의 숨이 턱 막혔다. 동시에 온몸이 뻣뻣하게 굳어버렸다.

침실은 세 평 정도의 넓이로, 벽 쪽에 침대가 놓여 있었다. 그 위에 야스마사의 누이는 눈을 감고 누워 있었다.

그는 잠시 문을 붙잡은 채 우두커니 서 있었다. 머릿속이 한순간 하얗게 비어버리고, 그다음에는 온갖 생각과 감정이 군중의 발소리가 다가오듯 밀려들었다. 그리고 이윽고 그 군중은 귓가로 몰려와 와와 소리치기 시작했다. 하지만 그는 그것들을 미처 정리하지 못한 채 그저 멍하니 서 있을 수밖에 없었다.

이윽고 야스마사는 천천히 발을 앞으로 내밀었다. 소노코, 라고 조그맣게 불러보았다. 하지만 대답은 없었다.

죽었다는 건 틀림이 없었다. 야스마사는 업무상 일반인보다 훨씬 더 많은 사체를 보아왔다. 피부색이나 탄력을 얼핏 보는 것만으로도 생체 반응이 있는지 없는지 판단할 수 있다.

소노코는 가슴까지 담요를 덮고 있었다. 야스마사는 자디잔 꽃무늬가 들어간 담요를 가만히 젖혀보았다. 여기서 그는 다시 한번 헉 하고 숨을 삼켰다.

타이머 스위치가 그녀의 몸 옆에 놓여 있었다. 야스마사도 본 기억이 있는 물건이었다. 소노코가 나고야에 살던 시절부터 사용해온 오래된 것이다. 언뜻 보기에는 자명종 시계 같지만, 전원 코드가 달려 있고 문자판 옆에 콘센트 삽입구 두 개가 있는 점이 다르다. 삽입구 한쪽에는 ON이라는 문자가, 또 다른 한쪽에는 OFF라는 문자가 찍혀 있었다. 설정해둔 시각이 되면 ON의 콘센트에 전기가 흐르기 시작하고 OFF 콘센트에서는 그때까지 흐르던 전기가 끊기는 방식이다.

지금은 ON 쪽으로 켜져 있었다. 그곳에 플러그가 꽂혀 있는 것인데 그 플러그에 붙어 있는 두 줄기의 코드는 중간에서 갈라져 소노코의 파자마 속으로 들어가 있었다.

야스마사는 타이머 스위치의 세트 시각을 보았다. 1시로 설정되어 있었다. 오래된 아날로그 타입의 문자판이라서 오전인지 오후인지는 알 수 없었다.

파자마를 젖혀보는 것까지는 하지 않았지만 두 줄기의 코드가 어떤 식으로 사용되었는지, 야스마사는 알고 있었다. 한쪽 코드 끝은 가슴에, 또 다른 한쪽은 등에 붙였을 터였다. 설정한 시각이 되면 전류가 심장을 통과하여 쇼크사하는 것이다. 그는 타이머의 전원 코드를 콘센트에서 뽑았다. 그때까지 움직이던 타이머의 바늘이 4시 50분을 가리킨 참에 정지했다. 그것은 현재 시각과 일치했다.

야스마사는 침대 옆에 웅크리고 앉아 소노코의 오른손을 가만히 잡아보았다. 차갑게 굳은 감촉이 있었다. 지난주 금요일까지는 분명하게 있었을 터인 싱싱한 탄력은 사라지고 없었다.

검은 비구름이 퍼지듯이 슬픔이 야스마사의 마음을 점거했다. 그것이 퍼지는 기세대로 내맡겨두면 이대로 자리에서 일어서는 것조차 못 할 게 틀림없었다. 울고 싶은 만큼 실컷 울어버릴까 하는 생각도 머리를 스쳤지만, 한시라도 빨리 다음 행동으로 옮겨 가야 한다는 생각이 그의 몸을 움직이게 해주었다. 이것은 그의 직업과도 관계가 있었다.

가장 먼저 해야 할 일은 경찰에 연락하는 것이었다. 야스마사는 전화기를 찾기 위해 다시금 실내를 찬찬히 둘러보았다.

방 안에는 침대 외에 옷장, 텔레비전, 책장 등이 있었다. 화장대 같은 건 없었다. 그 대신 책장의 가운데 칸에 화장품을 넣어두었다. 화장품 아래쪽 칸은 문방구를 놓는 자리였다. 셀로판테이프와 포장용 테이프 등이 있고 그 옆에서 피에로 모양의 도자기 인형이 으스스하게 웃고 있었다.

그리고 침대 옆에는 작은 테이블이 있었다. 테이블 위에는 화이트와인이 반쯤 들어 있는 와인 잔, 그리고 그 곁에 빈 약봉지 두 개가 있었다. 수면제일 거라고 야스마사는 생각했다. 와인과 함께 마신 모양이었다. 테이블 위에는 그 밖에도 수첩에 딸린 것인 듯한 짧고 가느다란 연필, 새끼 고양이 사진이 인쇄된 달력 등이 있었다.

무선전화기가 테이블 다리 옆에 떨어져 있었다. 야스마사는 그것을 집어 올리려다가 문득 손을 멈추었다. 전화기와 나란히 떨어져 있는 것에 눈길이 갔기 때문이다.

그것은 와인의 코르크 마개였다. 게다가 스크루식의 병따개가 꽂힌 채였다.

뭔가 마음에 걸렸다.

야스마사는 그것을 잠시 바라보다가 자리에서 일어나 부엌으로 갔다. 그리고 우선 냉장고 문을 열었다.

달걀이 세 개, 종이 팩에 든 우유, 구운 연어 한 토막, 마가린, 마카로니 샐러드, 랩을 씌워놓은 밥 등이 눈에 들어왔다. 하지만 그가 찾는 것은 없었다.

야스마사는 싱크대 쪽을 살펴보았다. 와인 잔이 또 하나, 개수대 안에 세워져 있었다. 그는 그것을 잡으려다가 손을 거둬들였다. 호주머니에서 손수건을 꺼내 손끝을 덮고 다시 와인 잔에 손을 내밀었다. 그리고 냄새를 맡아보았다.

와인 잔에서는 아무런 향기도 풍겨 오지 않았다. 적어도 와인 냄새는 나지 않았다.

다음에는 잔에 입김을 후우 불어 형광등 불빛에 비춰 보았다. 지문은 찍혀 있지 않은 것 같았다.

잔을 원래 위치에 돌려놓는 순간, 또 다른 것이 그의 눈길을 끌었다. 그것은 개수대 옆의 조리대 위에 있었다.

뭔가를 깎아낸 듯한 약 1센티미터 길이의 부스러기 같은 것이었다. 대충 헤아려본 바로는 10여 조각이었다.

무엇일까, 생각하면서 찬찬히 들여다보는 사이에 머릿속에 번뜩 떠오르는 게 있었다. 그는 되도록 큰 부스러기 하나를 골라 들고 침실로 돌아갔다. 그리고 소노코의 몸과 타이머를 연결하고 있는 전기 코드와 비교해보았다.

생각했던 대로였다. 부스러기는 전기 코드의 비닐 피복이었다. 몸에 전기를 통하게 하려면 코드 가장자리의 비닐 피복을 깎아내 전기선이 드러나도록 해야 한다. 이 부스러기는 그때

나온 것인 모양이었다.

하지만 왜 그런 작업을 조리대에서 했을까—.

야스마사는 다시 부엌으로 가서 이번에는 쓰레기통을 찾았다. 장미꽃 무늬의 작은 쓰레기통이 거실 테이블 옆에 있었지만 그 안은 텅 비어 있었다. 그 밖에 큼직한 플라스틱 쓰레기통 두 개가 한쪽 구석에 나란히 놓여 있었다. 태우는 쓰레기와 태울 수 없는 쓰레기로 구별하는 모양이었다.

조금 전부터 야스마사가 찾고 있던 것은 태울 수 없는 쓰레기통 쪽에 들어 있었다. 빈 독일산 와인병이다. 그는 여기에서도 손수건을 사용해 와인병을 꺼내고 우선 그 내용물부터 확인했다. 안은 완전히 비어 있었다. 지문은 몇 개인가 찍혀 있는 것 같았다.

이 쓰레기통에는 또 한 개의 유리병이 버려져 있었다. 국내산 사과주스병이었다. 이건 알코올이 포함되지 않은 것이다.

두 개의 빈 병을 원래의 자리에 돌려놓고 야스마사는 다시 싱크대 옆으로 가서 주위를 살펴보았다. 그릇을 씻어 엎어두는 바구니 안에 채소용 식칼 한 개가 들어 있었다. 여기에서도 그는 손수건을 사용해 칼을 집어 들었다.

칼날이 아래로 향하게 잡고 자세히 들여다보니 오른쪽 면에 조금 전의 전기 코드 피복 부스러기가 달라붙어 있었다. 아, 그렇구나, 하고 야스마사는 깨달았다. 이 칼로 전기 코드의 피복을 깎아낸 것이라고 짐작할 수 있었다. 그래서 조리대에 부스러기가 남아 있었던 것이다.

그는 달라붙은 부스러기를 떼어내고 채소용 칼을 식기 바구니에 다시 넣었다. 그리고 크게 심호흡을 했다.

온몸의 피가 수런수런 들끓기 시작했다. 조금 전 소노코의 죽음을 확인했을 때와는 질이 다른 감정의 동요가 그의 몸을 서서히 지배해나갔다. 그러면서도 정신은 이상할 만큼 냉정했다.

우뚝 선 채로 야스마사는 이제부터 자신이 취해야 할 행동을 냉철하게 머릿속으로 정리했다. 그는 지극히 짧은 순간에 수많은 것을 상정하고 고민하고, 그리고 결단하지 않으면 안 되었다. 그 결단에는 용기가 필요했다. 결코 뒤로 물러설 수 없는 길로 들어서는 것이었기 때문이다.

하지만 야스마사는 거의 망설임 없이 결단을 내렸다. 그렇게 하는 게 당연한 일이라고 그는 생각했다.

한바탕 생각을 정리하자 그는 한숨을 내쉬고 손목시계를 보았다. 오후 5시를 넘어선 참이었다. 꾸물거리고 있을 여유가 없었다.

그는 구두를 신고 현관의 도어뷰로 바깥 상황을 확인한 뒤에 재빨리 문을 열고 밖으로 나왔다. 그리고 계단을 향해 빠른 걸음을 옮겼다.

맨션을 나서면서 주위를 둘러보았다. 100미터쯤 떨어진 곳에 24시 편의점이 보였다. 그는 블루종 재킷의 옷자락으로 얼굴을 반쯤 가리고 그 편의점으로 향했다.

스트로보가 딸린 일회용 카메라 두 개와 얇은 비닐장갑, 그리고 비닐봉지 팩을 사 들고 다시 맨션 앞으로 돌아왔다. 그 옆에 세워둔 자신의 자동차를 본 순간, 문득 생각난 것이 있었다. 그래서 야스마사는 차 트렁크를 열었다. 거기에는 야구 배트와 글러브 등이 뒹굴고 있었다. 그는 직장 아마추어 야구팀의 에이스였다.

트렁크 안쪽에서 대형 공구 상자를 끌어내 뚜껑을 열었다. 상자는 2단식으로 되어 있다. 아랫단에 금속 커터가 들어 있었다. 거대한 가위 모양의 커터였다. 그것을 꺼내고 차 트렁크를 닫았다.

다시 소노코의 집 앞으로 돌아와 주위에 사람이 없는 것을 확인한 뒤에 현관문을 조금만 열고 거기로 슬쩍 몸을 밀어 넣었다. 그때 현관문 안쪽에서 작은 금속음이 들렸다. 우편함 안에서 들린 것 같았다. 신문이나 우편물은 보통 1층 로비의 우편함까지만 배달해주지만, 속달일 경우에는 현관문에 붙은 우편함에 넣어준다는 이야기를 예전에 소노코에게서 들은 적이 있었다.

야스마사는 문에 달린 우편함을 열어보았다. 하지만 안에 들어 있는 것은 우편물이 아닌 열쇠였다. 그것을 꺼내 잠시 바라보고 나서 그는 자신이 현관문을 열 때 사용한 열쇠와 비교해보았다. 모양은 똑같지만 소노코가 집주인인 부동산업자에게서 받은 것이 아니라 나중에 열쇳집에서 따로 만든 복사키인 것 같았다. 그는 그 열쇠를 블루종 재킷 가슴팍의 지퍼 달린 호주머니에 넣었다. 이 열쇠에 대해 현시점에서 어떤 대답을 찾아내는 건 그로서는 불가능했다. 하지만 이것을 경찰에게 내주는 것은 그리 바람직한 일이 아니라고 판단했다.

이어서 야스마사는 현관문의 체인을 걸었다. 가만 생각해보니 이곳에 처음 왔을 때 이 체인이 걸려 있지 않았던 것도 이상하다. 소노코가 문단속에 관해서는 몹시 신중한 성격이라는 것을 야스마사는 잘 알고 있었다. 그런 습관이 자살 전에 갑작스레 깨어졌다고 보기는 어렵다. 그런 생각을 하면서 야스마사는 금속 커터로 현관문의 체인 한가운데를 절단했다.

금속 커터는 우선 현관 옆의 신발장 위에 올려놓았다. 그리고 일회용 카메라도 그 옆에 꺼내놓았다. 그는 양손에 비닐장갑을 끼고, 사 들고 온 비닐봉지 한 장을 꺼내 왼손에 들었다. 이제부터의 행동에 대해서는 절대로 경찰에 들켜서는 안 된다.

야스마사는 구두를 벗고 들어가 거실 바닥에 납작 엎드렸다. 그리고 턱이 바닥에 닿을 만큼 눈높이를 낮추고 뭔가 흔적을 찾으며 천천히 전진하기 시작했다. 이 파충류 같은 자세도, 눈높이를 조절하는 방법도 그에게는 익숙한 것이었다.

거실 바닥에서는 머리카락 10여 개가 발견되었다. 그 밖에 마음에 걸린 것은 모래나 흙 같은 작은 알갱이가 아주 조금 떨어져 있다는 것이었다. 깔끔한 성격의 소노코가 방바닥에 흙 같은 것을 흘려놓을 리 없었다. 그런 알갱이도 가능한 한 주워 모아 머리카락과 함께 비닐봉지에 넣었다.

다음에는 비닐봉지를 바꾸어 침실에서도 똑같은 작업을 했다. 기묘한 일은 이 방에도 모래와 흙이 소량이나마 떨어져 있다는 점이었다. 마치 누군가 흙발로 집 안에 들어온 것 같았다.

아니, 흙발이라고 하기에는 양이 너무 적은데—.

야스마사는 고개를 갸웃거리며 작업을 계속했다. 사람이 사는 집이라면 당연한 일이지만, 이 방에도 머리카락이 몇 개나 떨어져 있었다.

기묘하다고 생각되는 일이 또 한 가지가 있었다. 침실 구석에 원통형 휴지통이 있는데 그 주위에 루주가 묻은 화장지와 우편 광고물이 꾹꾹 뭉쳐진 채 흩어져 있었다. 이런 단정하지 않은 짓은 소노코의 성격과는 합치되지 않았다.

또한 방구석에는 사용처가 불분명한 끈 하나가 떨어져 있었다. 비닐 끈으로, 굵기는 4~5밀리미터, 길이는 5~6센티미터 정도였다. 고운 초록색 끈이다. 야스마사는 집 안을 둘러보면서 이 끈이 뭔가 생활하는 데 도움이 되는 물건이었는지 확인해보려고 했다. 하지만 이 끈을 유용하게 쓸 만한 곳은 눈에 띄지 않았다. 그는 이 끈도 자신만의 증거물로서 확보해두기로 했다.

침대 옆에는 갈아입은 옷을 넣어두기 위한 등나무 바구니가 놓여 있었다. 살펴보니 면바지와 스웨터 같은 평상복이고 맨 위에는 하늘색 털실 카디건이 걸쳐져 있었다.

다시 침대 위의 타이머를 보았을 때, 야스마사는 아차 싶었다. 바늘이 4시 50분을 가리킨 채 멈춰 있었다. 조금 전에 그가 콘센트를 뽑아 멈추게 한 것이다. 하지만 이대로 두는 건 좋지 않다. 그는 소노코의 몸과 연결된 전기 코드가 당겨지지 않도록 조심스럽게 타이머를 뒤집어 바늘을 약간 앞으로 보냈다. 새로 표시된 시각은 5시 30분이다.

병따개가 꽂힌 채로 버려진 코르크 마개는 어떻게 할지, 야스마사는 잠시 망설였다. 하지만 결국 이건 가져가지 않기로 했다. 코르크 마개는 빈 와인병이 들어 있던 쓰레기통에 버리고 스크루식 병따개는 찬장 서랍에 챙겨 넣었다.

그때 거실 테이블에 있는 접시와 그 안의 타고 남은 종이 귀퉁이가 마음에 걸렸다. 이것이 중요한 증거라는 건 의심할 여지가 없다. 문제는 이대로 놓아두느냐 마느냐 하는 것이었다.

야스마사는 10여 초 만에 결단을 내렸다. 새 비닐봉지를 가져와 접시 안의 것을 신중하게 옮겼다. 그리고 접시는 수돗물에 씻어 그대로 개수대 안에 두었다. 잠시 생각한 끝에, 그 곁에 있던 와인 잔도 가볍게 물에 행구고 손수건으로 닦아 찬장의 적당하다고 생각되는 자리에 넣어두었다.

마지막으로 일회용 카메라로 실내의 상태와 특히 마음에 걸린 부분을 집중적으로 촬영했다. 하지만 죽어 있는 소노코의 모습만은 찍지 않았다. 사진관 직원이 사체라는 것을 알아볼 가능성이 있었기 때문이다.

이상의 작업을 마치자 정확히 6시가 되었다. 사실은 아직 더 점검하고 싶은 게 많았다. 우편물이나 일기, 메모 등을 살펴볼 수 있다면 좋을 텐데. 하지만 더 이상 시간을 끄는 건 위험했다.

야스마사는 카메라와 비닐봉지 같은, 본래 이 집에 있어서는 안 될 물건들을 모두 모아 편의점 봉지에 넣었다. 그리고 남의 눈에 띄지 않게 조심조심 집을 나와 자신의 차 운전석 밑에 그 극비의 물건들을 감춰두었다. 그리고 소노코의 집으로 다시 돌아왔다.

야스마사가 소노코의 사체 옆에서 무선전화기를 집어 들고 경찰에 신고한 것은 오후 6시 6분의 일이었다. 경찰이 올 때까지 야스마사는 부엌 테이블 의자에 앉아 기다리기로 했다. 그때 냉장고 문짝에 한 장의 종이가 마그넷으로 고정되어 있는 게 눈에 들어왔다. 거기에는 전화번호 몇 개가 적혀 있었다. 세탁소와 신문배급소 등과 함께 다음과 같은 번호가 있었다.

J　03-3687-××××

가요코　03-5542-××××

야스마사는 그것을 떼어내 작게 접어서 호주머니에 쑤셔 넣었다.

2

신고한 지 몇 분 만에 가장 가까운 파출소에서 제복 경찰 두 명이 현장 보존을 위해 찾아왔다. 그들은 현장 상황을 한 바퀴 둘러보자마자 왜 그런지 안도하는 눈빛을 보였다. 야스마사가 물어보니, 며칠 전에 근처 아파트에서 독신 직장 여성이 살해되는 사건이 터져서 혹시 이번에도 그것과 관련된 살인사건이 아닌지 걱정했었다고 한다. 범인은 아직 잡히지 않은 모양이었다. 현재 그 사건의 수사본부가 네리마 경찰서에 설치되었다는 이야기였다.

"물론 유족으로서는 똑같이 가슴 아픈 일이라는 건 잘 압니다"라고 경찰 한 명이 얼버무리듯이 말했다. 그들은 소노코의 죽음을 자살이라고 미리 단정하고 있는 기색이었다.

그리고 다시 몇 분 뒤에 맨션 앞에 관할서인 네리마 경찰서의 순찰차 몇 대가 줄을 섰다. 소노코의 방에서 지문 채취며 사진 촬영 같은 정보 수집 작업이 시작되었다.

이즈미 야스마사는 소노코의 집 현관문에서 조금 떨어진 곳에 선 채로 형사의 질문을 받았다. 형사는 네리마 경찰서의 야마베라고 이름을 밝혔다. 40대 중반쯤의 마르고 주름이 많은 사람이었다. 이 인물이 지휘권을 잡고 있는 것으로 보아 아마 담당 계장일 거라고 야스마사는 짐작했다.

정해진 절차에 따라 야스마사는 우선 주소와 이름을 밝혔다. 직업에 대해서는 지방공무원이라고만 말했다. 그것이 습관이 되었기 때문이다.

"그럼 시청 쪽인가요?"

"아뇨." 잠시 틈을 둔 뒤에 야스마사는 말했다. "도요하시 경찰서예요."

야마베와 젊은 형사는 동시에 눈을 둥그렇게 떴다.

"그러시군요." 야마베는 크게 고개를 끄덕이며 말했다. "그래서 이렇게 침착하게 대응해주셨네. 괜찮으시다면 소속도 좀."

"교통과입니다."

"그렇군. 도쿄에 올라오신 건 업무 때문인가요?"

"아뇨, 아닙니다. 여동생이 좀 마음에 걸려서 갑작스럽게 올라오게 됐습니다." 야스마사는 미리 생각해둔 대로 말했다.

이 말에 야마베가 반응을 보였다. "무슨 일이 있었어요?"

"금요일에 여동생에게서 전화가 왔었어요"라고 야스마사는 말했다. "그때, 말하는 게 어쩐지 평소와는 다르더라고요."

"그건 무슨?"

"울었어요."

호오, 하고 야마베는 입을 동그랗게 오므렸다. "울게 된 이유를 물어봤습니까?"

"물론 물어봤습니다. 여동생은 도쿄 생활에 너무 지쳤고, 이제 그만 나고야로 내려오고 싶다고 했어요."

"도쿄 생활에 지쳤다?"

"더 이상 도쿄에서 살아갈 자신이 없다고 하더라고요. 그래서 내가 농담 삼아 물어봤어요. 실연이라도 당했느냐고."

"그랬더니 여동생이 뭐라고?"

"실연당하고 싶어도 상대가 없다고 하더군요."

"아하, 예." 어떤 식으로 이해를 했는지 야마베는 몇 번이나 고개를 끄덕이더니 수첩에 뭔가 메모를 했다.

"대학 시절까지 계산하면 여동생이 도쿄에 올라온 지 벌써 10년 가까이 되는데, 아마 마음을 터놓을 만한 상대가 없었던 모양이에요. 그런 인간관계 때문에 고민하고, 게다가 직장에서는 시집 못 간 노처녀라는 식으로 바라보고, 혼자 몹시 힘들었던 것 같아요. 지난주에 전화로 그런 얘기를 털어놓을 때까지 나는 전혀 알지 못했습니다. 내가 너무 무심했어요. 좀 더 잘 보살펴줬으면 이런 일은 없었을 텐데."

야스마사는 얼굴을 일그러뜨리고 침통한 심정이 충분히 전해지도록 말했다. 이 이야기 자체는 그가 지어낸 것이지만, 반쯤은 연기가 아니었다. 갑작스럽게 여동생을 잃은 괴로운 심정은 그가 한 말과 전혀 다르지 않았고, 소노코가 인간관계 때문에 괴로워한 것 같다는 말도 사실인 것이다.

"그러면 그 전화를 끊을 때도 여동생은 별로 기분이 나아지지 않았습니까?" 야마베가 물었다.

"글쎄요. 목소리에 힘이 없기는 했어요. 내일 나고야에 가도 되느냐고 묻길래 언제든지 오라고 했습니다. 그랬더니 여동생은 어쩌면 정말 갈지도 모르겠다고 하면서 전화를 끊었어요."

"그 뒤로 연락은?"

"없었습니다."

"그 전화를 한 게 금요일 밤 몇 시쯤이었지요?"

"10시쯤이었을 겁니다." 이건 사실 그대로였다.

"10시쯤이라⋯⋯." 형사는 다시 뭔가 수첩에 적어 넣었다. "하지만 결국 여동생은 나고야에 내려오지 않았군요."

"예, 그래서 이제는 기운을 차린 모양이라고 생각했는데, 혹시나 해서 토요일 밤에 전화를 해봤어요. 근데 아무도 안 받더라고요. 일요일에도 몇 번이나 해봤는데 마찬가지였습니다. 그래서 오늘 아침 여동생 회사에 전화했더니 결근을 했다는 거예요. 어쩐지 안 좋은 예감이 들어서 달려온 겁니다."

"그렇군요. 감이 아주 좋으시네." 야마베는 감탄하듯이 말했지만, 전혀 위로가 되지 않는 말이라는 것을 깨달은 모양이었다. "아, 그러면 처음 발견했을 때의 상황을 되도록 정확하게 말해주세요. 그게 그러니까, 열쇠는 미리 갖고 있었군요?"

"갖고 있었습니다. 벨을 눌러도 반응이 없어서 어떤 상황인지 들어가 보려고 열쇠로 열었어요. 하지만 문을 당겼는데 체인이 걸려 있었어요."

"그래서 이상하다고 생각했군요."

"체인이 걸려 있다는 건 당연히 안에 사람이 있다는 거니까요. 일단 몇 차례 문틈으로 불러봤는데 여전히 대답이 없어요. 그래서 이건 분명 안에서 뭔가 일이 난 모양이라고 생각하고 내 차에 가서 공구 상자의 커터를 들고 왔죠."

"아, 그거 말인데, 용케 그런 걸 갖고 다니시네. 상당히 특수한 공구 같은데."

"내 손으로 만드는 걸 좋아해서 공구류는 웬만한 건 다 구비했어요. 자동차 수리 같은 것도 하니까 항상 차 트렁크에 싣고 다닙니다."

"그러셨구나. 자, 그러면 그다음 방에 들어가 여동생을 발견했다는 건가요?"

"그렇습니다."

"방에 들어갔을 때, 무슨 특이한 점은 없었어요?"

"딱히 특이한 점은 없었어요. 어떻든 제일 먼저 침실 문을
열고 여동생이 죽은 것을 발견했습니다. 그래서 뭐랄까, 집 안
을 찬찬히 관찰할 여유 같은 건 없었어요." 그 말을 하면서 야
스마사는 양팔을 슬쩍 펼치고 고개를 좌우로 저었다.

그야 그러셨겠지, 라는 듯 형사는 고개를 끄덕였다.

"그래서 그 뒤에 곧바로 신고를?"

"그렇습니다. 그리고 신고한 뒤에는 계속 여동생 곁에 앉아
있었어요."

"허 참, 갑작스레 큰일을 겪으셨네. 또 뭔가 물어볼 일이 있
겠지만 우선은 여기까지만 해두지요." 야마베는 수첩을 덮어
양복 안주머니에 넣었다.

"역시 감전사인가요?" 야스마사는 질문을 던져보았다. 그로
서도 정보 수집이라는 목적이 있었다.

"아무래도 그런 거 같아요. 유체의 가슴과 등에 전기 코드가
달려 있는 건 보셨지요?"

"예, 봤습니다. 그래서 자살이라고 생각했어요."

"그렇죠. 한때 이런 식으로 자살하는 게 유행이었으니까요.
아니, 유행했다는 건 좀 이상한 표현이지만, 어떻든 감식과 쪽

얘기로는 코드를 붙인 살갗에 희미하게 탄 흔적이 보인다는군요. 이건 그 방법으로 사망했을 때의 특징이에요."

"그렇습니까……."

"아, 그리고 깜빡 잊었는데, 타이머 콘센트는 이즈미 씨가 뽑았어요?" 야마베가 물었다.

예, 라고 야스마사는 대답했다. "여동생의 모습을 보자마자 순간적으로 뽑아냈습니다. 별 의미도 없는 일이었지만."

그 심정이야 충분히 이해가 되지요, 라고 나이 지긋한 형사는 동정의 눈빛으로 말했다.

그 뒤 야스마사는 야마베 일행과 함께 집 안으로 들어갔다. 소노코의 유체는 이미 실려 나가고 없었다. 일단 네리마 경찰서에 실려 가고 거기서 다시 상세한 검시를 한 뒤에 부검에 들어갈 거라고 야스마사는 생각했다. 사법 해부가 될지 아니면 행정 해부가 될지는 모르지만, 어느 쪽이건 사체에 부자연스러운 점은 없을 거라고 그는 확신하고 있었다.

집 안에서는 두 명의 형사가 작업을 하고 있었다. 한 사람은 책장을 조사하고, 또 한 사람은 테이블에 앉아 편지류를 펼쳐 놓고 있었다. 둘 다 소노코의 자살을 뒷받침할 물증을 찾고 있는 게 틀림없었다.

"뭐 좀 찾아냈어?" 야마베가 부하들에게 물었다.

"가방 속에 수첩이 있었는데요." 침실에서 책장을 보고 있던 형사가 작은 수첩을 들고 나왔다. 빨간 표지에 모 은행 이름이 인쇄되어 있었다. 뭔가 예금을 하면서 받아 온 모양이었다.

"안을 살펴봤어?"

"대충 봤습니다. 하지만 딱히 눈에 띄는 내용은 적혀 있지 않아요."

야마베는 수첩을 받아 들더니 야스마사의 허락을 구하듯이 잠깐 고개를 숙이고 수첩을 펼쳤다. 야스마사도 곁에서 들여다보았다.

젊은 형사의 말대로 수첩에는 거의 아무것도 적혀 있지 않았다. 간간이 적혀 있는 내용도 요리 만드는 법이나 쇼핑할 것을 메모해둔 것이었다.

수첩의 마지막 부분은 주소록이었다. 그곳에 세 개의 전화번호가 적혀 있었다. 모두 다 개인의 것이 아니라 회사나 상점의 번호인 듯했다. 하나는 아마도 이 맨션을 임대해준 부동산업자고, 나머지 두 개 중 하나는 미용실인 것 같았다. 마지막 하나는 '계획 미술'이라고 적혀 있었지만 이건 회사인지 아니면 가게인지 이름만으로는 알 수 없었다.

"이건 일단 우리가 가져가도 괜찮겠지요?" 야스마사에게 야마베가 물어왔다.

"예, 괜찮습니다."

"미안합니다. 나중에 꼭 돌려드리지요." 그렇게 말하고 야마베는 수첩을 부하에게 건넸다. 그때, 야스마사는 수첩에 연필이 꽂혀 있지 않은 것을 깨달았다.

"그 수첩에 딸린 연필, 분명 침실에서 본 거 같은데?"라고 야스마사는 말했다.

젊은 형사가 금세 뭔가 생각난 듯한 얼굴로 침실에 들어갔다. 그리고 침대 옆 테이블에서 연필을 집어 들었다. "이거죠?"

분명 그 연필이었다. 젊은 형사는 짧고 가느다란 연필을 수첩의 등 부분에 꽂았다. 꼭 맞게 들어갔다.

"일기장 쪽은 어때?"라고 야마베는 뒤를 이어 그 형사에게 물었다.

"아직은 발견이 안 됐어요."

"그래?" 야마베는 야스마사 쪽으로 향했다. "여동생이 일기를 쓰는 습관이 있었습니까?"

"아마 없었을 거예요."

"그래요……."

야마베는 그리 낙담하는 기색도 아니었다. 요즘은 일기 쓰는 사람을 만나는 것 자체가 드문 일이라는 걸 잘 알고 있는 듯했다.

"여동생이 좀 외로운 상황이었던 것 같은데, 이쪽에 친한 친구는 없었어요?"

이 질문이 나오리라는 건 야스마사도 예상하고 있었다. 그럴 경우의 대답도 정해두었다.

"그런 얘기는 들은 적이 없어요. 친구가 있었다면 그렇게 고민하면서 나한테 전화하지도 않았겠지요."

"그건 그렇겠네요." 야마베는 유족이 하는 말에 거짓이 있을 줄은 전혀 상상도 못 하는 것 같았다.

야마베는, 테이블에서 이쪽으로 넓은 등을 내보이고 앉아 있는 형사에게 말을 건넸다. "편지 쪽은 어때? 뭔가 찾아냈어?"

그 형사는 돌아보지도 않고 대답했다.

"최근 몇 달 안에 온 편지나 엽서는 눈에 안 띄는군요. 가장 마지막에 온 것이 7월 말의 여름철 안부 엽서예요. 그것도 세 장밖에 없고, 그 밖에는 우편 광고물뿐입니다. 이 광고물을 보관해둔 건 아마 추첨 복권 때문인 모양이에요."

"정말 고독의 상징 같군요." 야스마사는 탄식했다.

"아니, 요즘은 다 그래요." 야마베가 위로하듯이 말했다. "방을 조사할 때는 우선 편지꽂이부터 조사하라고 예전 선배들은 자주 말했었는데, 요즘 젊은 사람들 방에는 편지꽂이 자체가 없어요. 편지 같은 건 아예 안 쓰는 시대라니까."

"예, 그런지도 모르겠네요."

나는 언제 편지를 써봤나, 하고 야스마사는 생각했다. 소노코와 좀 더 자주 편지를 주고받았더라면 그녀에게 무슨 일이 생겼는지 미리 알 수 있었을 텐데, 하고 후회했다.

형사들의 조사는 8시 반쯤까지 계속되었다. 하지만 야스마사가 보기에도 수확은 거의 없는 것 같았다. 그래도 책임자인 야마베는 자살로 결론을 내리는 데 별다른 망설임을 느끼는 기색이 없었다. 만일 조금이라도 자살이라는 데 의심을 품었다면 형사 조사관을 부를 터였다. 현재로서는 그런 기미는 없었다.

오히려 마음에 걸린 것은 편지 쪽을 살펴보던 형사였다. 그 형사는 편지 외에도 영수증 종류를 열심히 들여다보고 있었다. 게다가 개수대를 살펴보고 쓰레기통 속을 들여다보았다. 그러면서도 마지막까지 야스마사에게는 한 마디도 질문을 던지지 않았다. 야마베 일행과는 또 다른 의도를 갖고 움직이고 있는 것처럼 야스마사에게는 느껴졌다.

야마베는 돌아가기 전에, 오늘 밤에 어디서 잘 예정이냐고 야스마사에게 물었다. 심리적인 상태를 고려해보더라도 이 집에서는 잘 수 없을 거라고 생각했기 때문일 것이다.

"호텔에라도 가야겠어요. 저 침대에서 잠이 올 리도 없고."

"그러시겠지."

숙박할 곳이 정해지면 일단 자기들 쪽에 연락을 해달라고 야마베는 말했다. 야스마사는 순순히 응했다.

이케부쿠로역과 가까운 비즈니스호텔에 체크인한 것이 밤 10시가 넘어서였다. 이미 야마베에게는 연락을 했다. 근처 편의점에서 샌드위치와 맥주를 사다가 호텔 방에서 간단히 저녁 식사를 하기로 했다. 식욕은 전혀 없었지만, 먹지 않으면 안 된다는 의지가 발동했다. 그리고 그는 이런 때라도 밥을 먹을 수 있는 위장을 갖고 있었다. 그것 역시 직업에 의한 훈련 덕분인지도 모른다.

식사를 마치자 그는 경찰 상사에게도 전화를 했다. 계장은 그의 말을 듣고는 펄쩍 뛸 듯이 놀라는 눈치였다.

"어허, 이것 참, 자네가 힘들겠네." 신음하는 듯한 목소리로 상사는 말했다. 약간 고집스러운 면이 있지만, 인정이 넘치고 별로 뒤 꿍꿍이 같은 게 없는 인물이었다.

"그래서 내일부터 경조사 휴가를 받았으면 합니다. 형제간의 경우는 3일이었던 것 같은데, 죄송하지만 연휴 좀 써도 될까요?"

"물론 괜찮고말고. 하나밖에 없는 동생이잖아. 과장님께는 내가 잘 말할게."

"부탁드립니다."

"이봐, 이즈미, 그보다……." 계장은 목소리의 톤을 떨구었다. "자살이라는 건 틀림이 없어?"

야스마사는 잠깐 틈을 두었다가 대답했다. "그건 틀림없을 겁니다."

"그래. 현장을 발견한 자네가 그렇게 말하는 걸 보면 확실하겠지. 그렇다면 이상한 쪽으로 생각할 필요는 없겠네."

상사의 말에 야스마사는 침묵하고 있었다. 계장도 대답을 바란 건 아닌 듯했다.

"그럼 이쪽 일은 걱정 말고 잘 치르고 와."

"죄송합니다. 잘 부탁드릴게요."

전화를 끊자 야스마사는 침대에 앉아 다른 편의점 봉지를 가방에서 꺼냈다. 소노코의 방에서 가져온 유류품을 넣어둔 봉지였다.

바닥에 떨어진 머리카락이 한 종류가 아니라는 건 얼핏 살펴본 것만으로도 알았다. 소노코의 머리카락은 가늘고 길다. 그리고 파마를 하지 않았다. 비닐봉지 안에는 굵고 짧은 머리카락 몇 개가 섞여 있었다.

다음에 그는 타고 남은 재와 종이 귀퉁이가 담긴 봉지를 꺼냈다. 거실 테이블에 있던 작은 접시 안의 것이었다.

거의 모두 재로 변했지만 네모난 종이 귀퉁이 부분 세 개가 남아 있었다. 그중 두 개는 분명하게 사진으로 보였다. 컬러사진이라는 건 알았지만, 무엇이 찍혀 있었는지는 전혀 짐작할 수 없었다.

나머지 한 개의 종이쪽도 사진이지만 카메라로 찍어 인화한 것이 아니었다. 아마도 인쇄물일 것이다. 흑백사진의 인쇄물이라는 것을 가까스로 알 수 있었다.

무슨 사진인가. 어째서 태웠는가—.

야스마사는 침대에 몸을 눕혔다. 그리고 다시 한번 소노코가 주검으로 누워 있던 상황을 머릿속에 떠올렸다. 슬픔과 안타까움이 선명하게 되살아났지만, 감정에 휩쓸려 냉정한 판단력을 잃어서는 안 된다고 생각했다. 하지만 마음의 동요를 가누기에는 아직 한참 시간이 필요할 것 같았다.

야스마사는 상사에게 여동생은 자살한 게 틀림없다고 대답했다. 하지만 본심은 완전히 반대였다. 현재 야스마사는 소노코가 자살한 게 아니라고 확신하고 있었다. 누군가에 의해 살해된 것이다. 그 근거가 몇 가지나 있었다. 오직 하나뿐인 혈육이기 때문에 알 수 있는 작은 힌트들이지만, 모두 다 야스마사에게 강렬한 메시지를 발하고 있었다.

"배신을 당했어."

소노코의 마지막 말이 새삼스럽게 귓가에 되살아났다. 누이는 대체 누구에게 배신을 당했을까. 그토록 심각하게 우울해할 만큼 충격을 받은 것을 보면 그 상대는 소노코가 가장 믿어왔던 사람이라고 생각해도 좋지 않을까. 그런 사람이라면 과연 누구일까.

역시—.

남자 문제일 거라고 야스마사는 생각했다.

전화로 어떤 일이든 모두 말해주는 소노코였지만 이성과의 교제에 대해서는 거의 말한 적이 없었다. 야스마사도 그게 당연하다고 생각했기 때문에 굳이 꼬치꼬치 물어본 적은 없었다. 하지만 누이에게 특정한 상대가 있다는 건 어렴풋이 감지했다. 소노코가 하는 말 속에서 그런 힌트가 이따금 묻어났던 것이다. 그녀로서도 마음속으로는 오빠가 알아주기를 바랐는지도 모른다.

그 남자에게 배신을 당했다, 라는 건 충분히 생각해볼 수 있는 일이다. 그리고 치정 문제가 얽힌 갈등이 최악의 결과를 낳는다는 건 흔하게 듣는 이야기였다.

어떻든 상대 남자를 파악하는 게 선결 과제였다.

그는 블루종 재킷 호주머니에서 착착 접은 종이쪽지를 꺼냈다. 소노코의 집 냉장고에 마그넷으로 붙어 있던 종이쪽지다. 전화번호를 적은 메모인 것 같았지만 그중에 두 가지, 마음에 걸리는 번호가 있었다.

J 03-3687-××××

가요코 03-5542-××××

이 'J'라는 게 소노코가 사귀던 남자 이름의 머리글자일 거라고 야스마사는 추리했다. 확인하려면 일단 전화를 해보는 게 가장 빠를 테지만, 아직 그럴 단계는 아니라고 그는 생각했다. 이건 어느 정도 예비지식을 얻은 뒤에 해봐도 늦지 않다. 그 예비지식을 얻는 데 아래의 '가요코'라는 인물이 도움이 될 거라고 야스마사는 생각했다.

조금 전 형사에게서 소노코가 친하게 지내던 사람을 혹시 아느냐는 질문을 받았을 때, 야스마사는 모른다고 대답했다. 하지만 사실은 한 사람, 머리에 떠오르는 이름이 있었다.

그게 이 '가요코'다. 정확하게는 유바 가요코.

소노코와는 나고야의 고등학교에 다니던 시절부터 친구였다. 그대로 나란히 도쿄의 여자대학에 들어가고 한때는 같은 방을 빌려 살았던 적도 있었다. 사회인이 된 뒤에도 각자 회사는 다르지만 계속 친구 사이를 유지해왔다는 건 야스마사도 소노코에게 직접 들어서 알고 있었다. 소노코는 "오빠 말고는 유일하게 마음을 털어놓을 수 있는 친구"라고 자주 말했다. 이 친구에게 물어보면 최근에 소노코에게 무슨 일이 있었는지 알려줄 거라고 야스마사는 생각했다. 소노코가 사귀던 남자에 대해서도 알고 있을 가능성이 높다.

야스마사는 시계를 보았다. 지금 당장이라도 유바 가요코에게 전화해볼까 하고 생각했다.

하지만 그 직후에 그의 머리에는 또 다른 의심이 피어올랐다. 동시에 소노코의 목소리가 다시 떠올랐다.

"이제 오빠 말고는 아무도 믿을 수가 없어."

그 말을 그대로 해석한다면, 그동안 가장 친한 친구라고 생각해온 유바 가요코조차 믿을 수 없게 되었다는 말이 아닐까. 소노코가 배신을 당했다는 상대라는 게 반드시 남자라고만은 할 수 없는 것이다.

하지만 설마, 하고 생각했다.

야스마사는 직접 유바 가요코를 만나본 일은 없었다. 그래도 소노코의 이야기를 통해 대체적인 인물상은 그려낼 수 있었다. 활발하고 명랑하며 게다가 총명하다는 인상을 주는 아가씨였다. 살인자의 이미지와는 전혀 부합되지 않는다.

게다가 가장 친한 친구가 소노코를 죽일 이유가 없지 않은가—.

야스마사의 추리가 거기까지 진행되었을 때, 사이드 테이블 위의 전화기가 갑자기 따르릉 울렸다. 그 소리가 너무 크게 들려서 야스마사는 펄쩍 몸을 일으켰다.

"가가 씨라는 분에게서 전화가 왔는데요."

"아, 연결해줘요." 말을 하면서 조금 긴장했다. 야마베가 부하 중의 한 사람을 가가라고 불렀던 게 생각났기 때문이다. 영수증 쪽을 조사하던 형사다.

여보세요, 라는 남자 목소리가 들려왔다. 분명 그 남자의 목소리였다.

"네, 이즈미 야스마사인데요."

"밤늦게 고단하실 텐데 죄송합니다. 네리마 경찰서의 가가예요. 조금 전에는 감사했습니다." 배우처럼 또박또박한 말투였다.

"아뇨, 그쪽에서 수고가 많으셨죠."

"정말 죄송한데, 몇 가지 여쭤볼 게 있어서요. 지금 그쪽으로 잠깐 찾아가도 괜찮겠습니까? 몹시 피곤하신 줄은 잘 압니다만."

말투는 공손했지만, 거절을 허용하지 않는 위력이 있었다. 야스마사는 수화기를 쥔 손가락에 힘을 주었다.

"그건 괜찮은데, 어떤 것을 물어보려고 하시는지……."

"그건 만난 뒤에 차근차근 말씀드리는 게 좋겠군요. 몇 가지, 궁금한 게 있어서."

"몇 가지 궁금한 것……." 그렇다면 왜 아까 소노코의 집에서 물어보지 않았을까, 하고 야스마사는 생각했다. "여기서 기다리고 있으면 됩니까?"

"원하신다면 그것도 좋지만, 그 호텔이라면 맨 위층에 바가 있을 거예요. 그곳이 어떨까요?"

"알겠습니다. 몇 시쯤 오시죠?"

"지금 바로 찾아뵙지요. 실은 벌써 그쪽으로 가는 중이에요. 아, 호텔이 보이는군요."

차 안에서 전화를 하는 모양이었다.

"그럼 저도 지금 바로 가야겠군요."

"죄송합니다. 잠시 후에 뵙지요."

수화기를 놓고 방을 나서기 전에 침대 위에 꺼내놓은 것들을 가방 속에 챙겨 넣었다. 혹시라도 바가 문을 닫았을 경우에는 가가 형사와 함께 이 방에 오게 될지도 모르기 때문이다.

3

바는 다행히 영업 중이었다. 유리창을 따라 작은 원형 테이블이 늘어선 가게였다. 야스마사는 웨이터의 안내를 받아 입구에서 테이블 세 개쯤을 지나간 자리에 앉았다. 거기에서라면 입구를 지켜볼 수 있었다.

와일드 터키* 온더록스를 주문하고 잠시 기다리자 거무스레한 색깔의 재킷을 입은 남자가 들어왔다. 어깨가 넓고 키가 큰 남자였다. 조금 전의 그 형사가 틀림없었다. 가게 안을 둘러보는 눈빛에 독특한 날카로움이 있었다.

남자는 곧바로 야스마사를 알아보았다. 큰 걸음으로 성큼성큼 다가왔다.

✤ 미국산 버번위스키의 한 가지.

"죄송합니다"라고 그는 선 채로 머리를 숙였다.

"아뇨, 천만에요." 야스마사는 앞자리를 권했다. 하지만 형사는 자리에 앉기 전에 명함을 내밀었다.

"현장에서는 일이 바빠서 자기소개도 깜빡 잊었어요. 실례했습니다."

형사의 이름은 가가 교이치로, 계급은 경사였다.

어라, 하고 야스마사는 생각했다. 이 이름이라면 어디선가 들은 기억이 있다. 그렇게 생각하며 새삼 상대를 보니, 턱이 뾰족하고 윤곽이 짙은 그 얼굴을 따라 기억이 꿈틀거리는 게 느껴졌다. 하지만 그게 확실하지를 않았다. 어디서 만났었는지 생각해봤지만, 도쿄 형사 중에 아는 사람이 있을 리 없었다.

"나중에야 두세 가지 확인할 게 생각났어요"라고 가가는 말했다.

"예, 괜찮아요. 우선 앉으시죠."

"실례합니다." 그제야 가가는 자리에 앉았다. 웨이터가 다가오자 우롱차를 주문했다.

"차 운전하고 오셨군요"라고 야스마사는 물었다.

"예, 맞아요. 그나저나 이런 곳에서 우롱차를 마시는 건 처음이군요." 그렇게 말하고 가가는 뭔가 생각난 듯한 얼굴을 했다. "그러고 보니 이즈미 씨는 교통과에서 근무한다면서요?"

"예, 교통 지도계를 맡고 있어요."

"그렇다면 사고 처리도 하시겠네. 일이 힘들죠?"

"서로 마찬가지죠, 뭐."

"나는 아직 교통과로 발령받은 적은 없지만, 아버지가 예전에 그쪽에서 일했어요."

"아버님도 경찰관이에요?"

"아니, 옛날에 그랬단 얘기예요"라면서 가가는 웃었다. "어쨌든 정말 바쁘다고 했었어요. 하긴 요즘에는 그 당시하고는 비교도 안 될 만큼 사고가 많을 테지만."

"네, 아이치현은 특히 교통사고가 많죠." 야스마사는 말하면서 눈앞에 앉은 남자의 아버지의 이미지를 머릿속에 그려보았다.

가가는 고개를 끄덕였다. "자, 그럼 질문을 좀 해도 될까요?"

"네, 물론입니다."

"우선 약에 대해서."

"약?"

"수면제요." 가가는 메모할 자세를 취했다. 하지만 마침 그때 온더록스가 나왔다. 야스마사가 손을 내밀지 않았더니 "아, 마시면서 하시죠"라고 가가가 권해주었다.

"그럼, 실례." 야스마사는 잔을 입가로 가져와 혀끝으로 핥으며 한 모금 마셨다. 독특한 자극이 입 안에서 온몸으로 퍼졌다. "수면제가 무슨?"

"이즈미 소노코 씨의 방에 있던 테이블 위에 빈 수면제 봉지 두 개가 있었어요. 거실 테이블이 아니라 침실의 작은 테이블 쪽이죠. 그거, 보셨어요?"

"네, 봤습니다. 분명 빈 약봉지가 있었어요."

"두 개 다 소노코 씨의 지문이 똑같이 찍혀 있었습니다."

"그래요?"

범인이 용의주도하게 양쪽 다 찍어둔 게 틀림없다.

"소노코 씨는 수면제를 상용하셨던가요?"

"수면제를 자주 먹는다는 이야기는 들은 적이 없어요. 하지만 갖고는 있었을 겁니다."

"그건 자주 먹지는 않았지만 가끔씩은 복용했다는 뜻인가요? 아니면 요즘은 전혀 먹지 않지만 전에는 복용했다는 건가요?"

"아주 가끔 먹은 적이 있었다는 뜻이에요. 그 애가 약간 신경질적인 면이 있어서, 이를테면 여행을 가거나 하면 전혀 잠을 못 자는 일이 있었어요. 그래서 아는 의사에게 찾아가 가끔 약을 타 온 모양이에요. 그런 식으로 해결하는 거, 나는 별로 좋게 생각하지는 않았지만."

"아는 의사라는 건?"

"나고야의 의사 선생님이에요. 돌아가신 아버지와 친하게 지내시던 분이죠."

"그분의 성함이나 병원 이름은 알고 있습니까?"

"예, 알아요." 야스마사는 병원 이름과 의사의 이름을 말했다. 전화번호까지는 모르겠다고 했더니, 가가는 자기 쪽에서 조사해보겠다고 대답했다.

우롱차가 나와서 형사는 잠시 질문을 멈추고 목을 축였다.

"그러면 소노코 씨가 중증의 불면증이었던 건 아니군요?"

"네, 중증은 전혀 아니었죠. 물론 자살할 만큼 고민이 컸던 모양이니까 요즘 들어 잠을 못 잔 일이 있었는지도 모르지요."

가가는 고개를 끄덕이더니 뭔가를 수첩에 적어 넣었다.

"그 자살 방법에 대해 뭔가 마음에 걸리는 건 없습니까?"

"그건 무슨 말씀이신지."

"뭐랄까, 젊은 여성이 선택하기에는 상당히 전문적인 방법이에요. 우선 감전사라는 것 자체가 드문 일이고, 가슴과 등에 코드를 붙여 전기를 통하게 한 점도 특이해요. 전류의 경로를 생각했을 때, 가장 확실하게 감전사할 수 있는 방법이거든요. 게다가 전기가 통하는 시각을 타이머로 정해놓고 자신은 수면제를 먹고 잠이 든다는 건 전혀 고통을 느끼지 않고 죽을 수 있는 방법입니다. 어디선가 들었다거나 읽었다거나, 아무튼 그런 예비지식이 없다면 도저히 할 수 없는 발상인 것 같은데."

가가가 하려는 말이 무엇인지 야스마사도 이해가 되었다. 그 자살 방법에 대해 야스마사는 그다지 의외라는 생각이 들지 않았지만, 그의 말을 듣고 보니 그건 역시 중요한 포인트인지도 모른다.

"실은 고등학교 시절에 같은 반 친구가 그 방법으로 자살을 했었어요."

야스마사의 대답에 가가는 적잖이 놀란 모양이었다. 등을 꼿꼿이 세웠다.

"고등학교 시절에? 누구의?"

"여동생의 고등학교 시절에. 정확하게 말하자면, 졸업 직전이었을 겁니다."

그때 자살한 사람은 소노코와 같은 반의 남학생이었다. 소노코가 "1년 동안에 말을 겨우 두세 번 해본 정도"라고 했었으니까 별로 친한 사이는 아니었다. 하지만 충격적인 사건이었던 데다 매스컴에서 크게 떠들어댄 영향도 있어서 소노코 주위에서 온갖 정보가 어지럽게 떠돌았다. 야스마사도 그녀를 통해 사건의 자세한 내용을 알았다.

그 남학생은 한마디로 말해 '학력 중시 사회에 문제를 제기한다'라는 목적을 위해 죽음을 선택한 것이라고 했다. 자기 방에 남겨둔 유서에는 대학 합격통지서를 받은 날에 자살하기로 1년 전부터 결심했었다, 라고 적혀 있었다고 한다.

"어쩐지 곁에 다가가기 힘든 분위기를 지닌 남자애였어"라는 게 그 학생에 대한 소노코의 평가였다.

그리고 그때 그 남학생의 자살 방법이 바로 이번에 사용된 것이었다. 그래서 야스마사는 타이머와 코드를 본 순간, 그때와 똑같은 방법이라는 것을 금세 알아보았던 것이다.

"그런 일이 있었군요. 그래서……." 가가도 이해가 된 모양이었다.

"그 방법은 잠든 사이에 죽을 수 있으니까 전혀 무섭지 않아서 좋다고 예전에 소노코가 말했던 적이 있어요."

"그걸 기억하고 있었던 거군요."

"그랬을 겁니다."

대답을 하면서 야스마사는 자기 나름대로 생각을 굴리고 있었다. 범인은 소노코의 의식 속에 그런 자살 방법이 있다는 것을 알고 있었던 셈이다. 유바 가요코는 같은 고등학교 출신이다. 그 사건에 대해서는 당연히 잘 알고 있었을 것이고, 틀림없이 그 일로 소노코와 이야기를 나눈 적도 있을 것이다. 물론 그렇다고 유바 가요코만 수상한 것은 아니다. 소노코가 고등학교 시절의 특이한 에피소드로서 그 감전사 자살에 대한 이야기를 연인에게 했다는 것도 충분히 고려해볼 수 있다.

"그 타이머는 전에도 본 적이 있습니까? 내가 보기에는 꽤 오래된 물건이던데." 가가가 물었다.

"그건 아마 전기담요용 타이머일 거예요"라고 야스마사는 대답했다.

"전기담요용?"

"소노코가 추위를 타는 편이었어요. 전부터 겨울에는 고타쓰나 전기담요가 없으면 잠을 못 자겠다고 했어요. 하지만 그런 난방기구는 처음에는 따뜻해서 좋지만 나중에는 지나치게 뜨거워져서 잠자기 힘들잖습니까."

"네, 그렇죠."

"그래서 소노코가 타이머를 자주 썼어요. 잠든 사이에 스위치가 꺼지게 하는 거. 그러면 너무 뜨거워서 잠이 깨는 일도 없으니까요."

"흠, 그런 거였군." 가가는 고개를 끄덕이고 수첩에 뭔가 써넣었다. "분명 소노코 씨의 침대에 전기담요가 있긴 했어요."

"그렇죠."

"하지만 전기는 꽂혀 있지 않았는데."

"엇, 그래요?"

거기까지는 야스마사도 확인해보지 못했다.

"아니, 그보다 전기를 꽂을 수가 없었겠지요. 타이머에 연결된 전기 코드가 전기담요의 전원용 코드였으니까요. 그걸 끄고서 이쪽에 사용한 겁니다."

이것도 야스마사가 못 보고 지나간 일이었다. 전기 코드의 비닐 피복을 깎아낸 부스러기가 눈꺼풀에 선하게 떠올랐다.

"얼른 갖다 쓸 만한 코드가 눈에 띄지 않았던 모양이죠."

"그런 모양입니다. 그래서 소노코 씨는 마지막 잠을 차가운 잠자리에서 경험한 셈이지요." 가가는 문학적인 표현을 했다.

"수면제를 먹었으니 추워도 잘 수 있다고 생각했었나?"

"지금으로서는 그렇게 생각하는 게 타당할 것 같군요."

지금으로서는—.

그 말투가 마음에 걸려 야스마사는 형사의 얼굴을 보았지만, 형사 쪽은 딱히 의미심장한 말이라는 의식도 없었는지 다시 수첩으로 시선을 떨구고 있었다.

"소노코 씨는……." 가가가 다음 질문으로 옮겨 갔다. "술은 어땠어요? 자주 마시는 편이었습니까?"

"좋아하는 편이었죠. 하지만 그리 잘 마시는 편은 아니었어요." 야스마사는 온더록스 잔을 비스듬히 기울였다. 잔 속의 얼음이 잘그랑 소리를 냈다.

"소노코 씨가 마지막으로 마신 건 화이트와인이었어요. 침대 옆 테이블에 와인이 든 글라스가 있었습니다."

"그 애다운 일이었죠. 술 중에서도 와인을 가장 좋아했으니까. 명품 와인에 대해서도 꽤 많이 알고 있었어요."

그러면서도 식사는 양식 쪽을 별로 좋아하지 않았다. 보통 밥을 먹으면서 와인을 마시는 게 자기는 가장 좋다고 말했던 것이 야스마사의 머릿속에 새삼 떠올랐다.

"그럼, 이건 어때요? 술을 그리 잘 마시는 편은 아니라고 하셨는데, 혼자서 와인 한 병을 비울 정도는 되었던가요?"

가가의 질문에 그때까지는 덤덤하던 야스마사의 가슴속에 자그마한 파문이 일었다. 하지만 그런 것을 눈치채여서는 안 된다. 야스마사는 다시 온더록스 잔을 들고 한 모금 마시면서 어떻게 대답해야 할지 생각했다.

"그건 아닐 거예요. 기껏 마셔봤자 반병 정도였을 겁니다."

"그래요? 그렇다면 남은 와인은 어떻게 했을까요? 빈 와인 병이 쓰레기통에 버려져 있었는데요."

이 질문은 야스마사가 충분히 예상한 것이었다. 애초에 그 빈 술병을 이상하게 생각하고 가가는 소노코가 술을 잘 마시느냐고 물었을 것이다.

남은 와인은 부엌 개수대에 버렸을 거라고 말하려다가 야스마사는 그 생각을 접었다. 지금까지 나눈 대화를 통해 이 형사를 만만하게 봐서는 안 된다는 결론을 내렸기 때문이다.

"아마 남은 술이었을 거예요."

"남은 술?"

"와인을 딴 건 그 전날이거나 전전날이 아닐까요? 그때 반 절쯤 마시고 그 나머지를 자살하기 전에 다 마셨겠지요."

"미리 따둔 와인이라는 건가요? 와인 전문가는 그런 일을 안 할 텐데?"

"소노코가 와인을 좋아하기는 했지만, 딱히 전문가라는 건 아니고요. 다 마시지 못했다고 남은 술을 버리지는 않았겠지요. 술이 남으면 코르크 마개를 다시 막아 냉장고에 넣어뒀다가 그다음 날에 마신다, 그게 우리 집안의 방식이에요. 약간 궁상맞기는 하지만."

사실이었다. 돌아가신 어머니는 음식을 함부로 버리는 것을 가장 싫어했다.

"잘 알겠습니다. 그러시다면 이야기의 앞뒤가 통하는군요."

"마시다 만 와인이라도 아무튼 마지막에 그 애가 좋아하는 술을 마실 수 있었다는 건 다행이죠. 물론 죽지 않고 살아 있었다면 더 좋았겠지만."

"충분히 이해합니다. 근데 그 와인은 어떻게 된 걸까요?"

"어떻게 된 거라뇨?"

"즉 어디서 입수했느냐는 겁니다."

"그야 어딘가 주류 판매점에서 사 왔겠죠."

"하지만 영수증이 없어요."

"영수증?" 야스마사는 가가의 얼굴을 마주 보았다. 허를 찔린 듯한 심정이었다.

"소노코 씨는 돈 문제에는 상당히 꼼꼼한 편이었어요. 독신여성으로서는 보기 드물게 가계부를 착실히 써왔거든요. 11월분까지는 모두 다 적어두었고, 12월분은 영수증을 챙겨뒀더군요. 아마 월말에 한꺼번에 기입하려고 했던 거 같아요."

"근데 와인 영수증은 없다는?"

"그렇습니다. 확인차 지갑이며 가방 속을 조사해봤는데 발견되지 않았어요."

"흐음, 그래요?"

그런 거였구나, 하고 야스마사는 그제야 이해했다. 이 형사가 영수증을 유난히 꼼꼼하게 들여다본 이유를 깨달은 것이다.

"어째서일까요?"라고 가가는 다시 질문을 던졌다.

"그건 나도 모르겠네요." 야스마사는 별수 없이 그렇게 대답했다. "와인을 사면서 영수증을 깜빡 안 받았거나, 받기는 했는데 잃어버렸다거나······. 그게 아니면 그 와인을 누구에게서 받았다거나?"

"받은 것이라면 누구에게서 받았을까요? 그런 사람, 누구 짐작 가는 사람은 없습니까?"

"없는데······." 야스마사는 고개를 저었다.

"소노코 씨가 특히 친하게 지낸 사람은 없었던가요?"

"있었는지도 모르지만, 나는 듣지를 못했어요."

"한 사람도? 소노코 씨와 전화로 이야기할 때, 이따금 등장하는 이름이 그래도 한두 개쯤은 있었을 텐데요?"

"근데 그걸 잘 모르겠다니까요. 그 애는 자기 인간관계에 대해서는 거의 말을 안 했어요. 나로서도 그런 걸 시시콜콜 캐물을 수가 없더라고요. 이제 어린애도 아니고 해서."

"그건 그러시겠죠." 가가는 우롱차를 마시더니 수첩에 뭔가 써넣었다. 그리고 고개를 비스듬히 기울이며 관자놀이 근처를 긁었다. "소노코 씨에게서 마지막으로 전화가 왔던 게 금요일 밤이라고 하셨지요?"

"예, 금요일 밤이었죠."

"죄송하지만 그때 이야기를 다시 한번 해주시겠습니까? 이번에는 조금 더 자세하게."

"그야 괜찮지만, 정확하게는 기억을 못 하는데……."

"그래도 괜찮습니다."

야스마사는 야마베에게 했던 이야기를 다시 한번 되풀이했다. 경찰을 상대할 경우, 몇 번이고 똑같은 진술을 해야 한다는 건 누구보다 그 자신이 잘 알고 있었다. 게다가 가가는 간간이 그의 이야기를 중단시키고 질문까지 던져왔다. 소노코의 말투, 혹은 무슨 이야기를 하다가 울었는가, 라는 식으로 세세한 부분까지 파고들었다. 야스마사는 그런 질문들에 대해 재빨리 그 이면을 파악해가면서 혹시라도 나중에 치명상이 되지 않도록 조심스럽게 대답해나갔다. 한마디로, 애매한 대답으로 일관한 것이다.

"지금까지 말해주신 것만 봐서는 소노코 씨의 고민이라는 게 상당히 막연한 것처럼 느껴지는데요, 그 점은 어떻습니까?" 가가는 좁은 미간을 조금 더 좁히고 팔짱을 끼면서 물었다. 이 남자가 야스마사의 대답에 답답함을 느끼고 있다는 건 틀림이 없었다.

"글쎄요, 잘 모르겠어요. 막연하다고 하면 물론 그런지도 모르지만, 결국 도쿄 생활에 적응하지 못하고 혼자서 외롭게 지냈다는 점도 충분히 구체적인 자살 동기가 될 것 같기는 한데."

"무슨 말씀이신지는 알겠는데, 소노코 씨는 벌써 10년 가까이 도쿄에서 살았잖아요. 요즘 들어 특히 외로움을 느꼈다면 분명 그 계기가 될 만한 일이 있었을 텐데요." 변함없이 가가는 똑떨어지는 말투로 문제를 제기했다. 이 형사에게는 아무래도 당장 이 자리만 모면하려는 답변은 통할 것 같지 않았다.

"글쎄요, 모르겠어요. 뭔가 있었는지도 모르지만 나는 알지 못했어요." 야스마사는 이런 경우에 가장 효과적인 대답을 했다.

"유서는 없었는데, 그 점에 대해서는 어떻게 생각해요? 글이나 편지는 잘 쓰지 못하는 편이었던가요?"

"아뇨, 글을 꽤 많이 쓰는 편이었으니까 남보다 못 쓰는 편은 아니었죠." 야스마사는 이 점은 사실대로 말했다. 조사해보면 금세 알 만한 일은 거짓말을 안 하는 게 낫다. "아마 분명하게 글로 표현할 만한 동기가 아니었을 거예요. 아니면 유서를 쓰는 것까지는 미처 생각을 못 했다든가."

가가는 말없이 고개를 끄덕였다. 이 점에 대해서도 여전히 미심쩍은 눈치였지만, 더 이상 파고들 만한 질문거리가 없는 모양이었다. 형사는 흘끔 수첩을 들여다보고 나서 말했다. "또 한 가지 물어볼 게 있어요."

"뭔데요?"

"소노코 씨의 방에 들어가 유체를 발견하고 경찰에 신고한 후에는 내내 방에 가만히 있었다고 들었는데, 그 점은 틀림이 없습니까?"

이런 식으로 물어오는 가가의 눈을 야스마사는 경계심을 품고 마주 바라보았다. 말투는 지극히 사무적이지만, 바로 이런 말투일 때가 형사들이 덫을 놓는 때라는 것을 그는 알고 있었다. 이 질문에 어떤 꿍꿍이가 있는지, 몇 초 동안 생각을 더듬어본 뒤에 대답을 정해야 했다.

"함부로 집 안의 물건에 손을 대지는 않은 거 같은데……. 근데 왜요?"

"아뇨, 실은 개수대 안에 물기가 있었어요. 소노코 씨가 사망한 건 금요일 밤으로 추정되니까 토요일과 일요일, 이틀 동안은 아무도 싱크대를 사용하지 않았습니다. 그렇다면 공기가 건조한 요즘 같은 때에 아직까지 개수대에 물기가 있다는 건 아무래도 이해할 수 없는 일이지요."

"아, 그거요?" 야스마사는 고개를 끄덕이며 재빨리 변명거리를 생각했다. 태운 종이쪽이 들어 있던 접시와 빈 와인 잔을 그 개수대에서 씻었다는 건 앞으로도 절대 들키지 않도록 비밀로 해야만 한다. "미안해요. 내가 물을 썼는데, 그걸 깜빡했네요."

"개수대에서 뭘 하셨습니까?"

"뭐, 그냥 잠깐……."

"뭘 하셨죠? 별 지장이 없다면 꼭 말씀해주시면 좋겠는데." 미소를 지으며 물었지만, 가가는 당장 메모할 자세를 딱 잡고 있었다.

야스마사는 잠깐 한숨을 내쉬고 나서 대답했다. "얼굴을 좀 씻었습니다."

"얼굴을?"

"예, 경찰에 한심한 얼굴을 보이고 싶지 않아서……. 그러니까 그게, 눈물을 좀……."

"아, 예." 가가는 전혀 뜻밖이라는 눈치였다. 야스마사가 우는 얼굴이라는 것을 언뜻 상상하기 어려웠는지도 모른다. "그런 거였군요."

"처음부터 말을 했으면 좋았을 텐데 어쩐지 말하기가 거북해서. 일을 번거롭게 했다면 미안합니다."

"아뇨, 개수대에 물기가 있었던 문제가 해명되었으니까 그걸로 됐습니다."

"거기 말고 다른 곳은 손대지 않았을 텐데."

"그렇습니까?" 가가는 고개를 끄덕이고 수첩을 닫았다. "고맙습니다. 다시 뭔가 문의할 일이 있겠지만, 앞으로도 잘 부탁합니다."

"예, 수고하셨어요."

야스마사가 계산서를 집으려고 했지만 가가가 그보다 먼저 집어 들었다. 그리고 야스마사가 내겠다는 것을 만류하듯이 오른손을 펼쳐 보이더니 자리에서 일어나 계산대를 향해 걸음을 옮겼다. 야스마사는 형사 옆을 지나 가게를 나와서 예의상 그 앞에서 기다렸다.

가가가 지갑을 안주머니에 넣으면서 나왔다. 잘 마셨어요, 라고 야스마사는 인사를 건넸다.

두 사람은 함께 엘리베이터에 탔다가 야스마사만 객실이 있는 중간층에서 내렸다.

"그럼 이만."

"수고하셨습니다." 가가도 그렇게 인사를 해줘서 야스마사는 몸을 돌려 걷기 시작했다. 하지만 곧바로 뒤에서 부르는 소리가 들렸다. "아, 이즈미 씨."

야스마사는 발을 멈추고 돌아보았다. "왜요?"

가가는 엘리베이터 문을 손으로 잡고 있었다.

"야마베 선배에게서 들었는데, 소노코 씨의 몸에 붙은 전기 코드와 타이머를 보고 처음으로 자살이라는 걸 아셨다고 하던 데요?"

"예, 그랬어요. 근데 그게 왜요?"

"그러면 현관문의 체인을 잘라내셨을 때는 어떤 식으로 생각하셨죠?"

앗, 하고 야스마사는 하마터면 소리를 낼 뻔했다. 어쩌면 표정의 변화를 내보였는지도 모른다.

가가의 지적은 지당한 것이었다. 현관문에 체인이 걸려 있는 이상, 안에 사람이 있다는 건 확실한 일이고, 벨을 눌러도 반응이 없었던 그 시점에서 이미 뭔가 사고가 났다는 것을 예상하는 게 일반적이다. 게다가 그때까지의 일의 흐름으로 보자면 야스마사로서는 그때 이미 소노코의 자살을 생각했어야 마땅했다.

"그건 물론"이라고 야스마사는 운을 뗐다. "그때도 소노코가 자살한 게 아닌가 하는 생각은 머릿속에 있었죠. 그러다가 그 죽은 모습을 보고 역시 자살했구나, 하고 다시 생각했다는 얘 깁니다."

"아, 예." 가가는 눈을 몇 차례 깜빡였다. 별로 이해했다는 듯한 표정은 아니었다. 아니, 그보다 여전히 미심쩍다는 자신의 의사를 일부러 보여준 것인지도 모른다.

"야마베 씨에게 말을 정확하게 하지 못한 것 같군요. 미안해요. 아무튼 내가 정신이 없었던 참이라서."

"네, 이해합니다. 그러셨겠죠." 가가는 머리를 숙였다. "이상입니다. 시간을 빼앗아서 죄송합니다."

"저어, 가가 씨."

"네."

야스마사는 크게 숨을 들이쉬고 나서 물었다. "무슨 문제라도 있습니까?"

"문제, 라고 하시는 건?"

"그러니까 소노코의 죽음에 대해 뭔가 의문이 있나 해서요. 이를테면 자살이 아닐 가능성이 있다든가?"

그러자 가가는 뜻밖이라는 듯 눈을 둥그렇게 떴다.

"왜 그렇게 생각하시죠?"

"이래저래 수상하게 생각하는 것처럼 느껴져서. 내 생각 탓인지도 모르지만."

야스마사의 대답에 가가는 입가를 슬쩍 풀며 웃었다.

"불쾌한 질문이 있었다면 사과드립니다. 무엇이든 의심하고 보는 게 우리 일이거든요. 그런 점에 대해서 이즈미 씨라면 이해해주시겠지요?"

"그야 잘 알고 있긴 하지만."

"현장 상황에 대해 딱히 의문점은 없어요. 이대로 간다면 자살이라고 판단할 수밖에 없겠지요. 아무튼 현장은 추리소설에서 말하는 그거⋯⋯." 여기에서 가가는 말을 끊고 야스마사를 빤히 바라보았다. "이른바 밀실 상태였으니까요. 집 열쇠는 소노코 씨의 가방 속에 있었고, 이즈미 씨의 증언에 의하면 현관문의 체인도 걸려 있었어요. 그야말로 완벽한 밀실입니다. 그리고 추리소설처럼 쉽게 이 밀실을 깨뜨리기는 어렵겠지요."

야스마사는 이 형사를 마주 쏘아보는 건 그리 좋은 방법이 아니라고 생각했다. 그래서 한 차례 눈을 마주친 뒤, 일단 시선을 떨구었다가 다시 고개를 들었다.

"만일 뭔가 의문이 있을 때는 나한테도 즉시 알려주시면 좋겠는데." 야스마사는 그렇게 말했다.

"예, 물론 가장 먼저 연락하겠습니다."

"꼭 부탁합니다."

"자, 그럼." 가가가 버튼에서 손을 떼자 엘리베이터 문이 조용히 닫혔다. 닫힌 문을 응시한 채 야스마사는 그와 나눈 대화를 하나하나 반추해보았다. 실수는 하지 않았는가, 모순되는 말을 하지는 않았는가.

괜찮아―. 그렇게 자신을 다독이며 야스마사는 자기 방으로 향했다.

방에 돌아오자 야스마사는 조금 전에 가방에 넣었던 비닐봉지를 꺼내 다시 침대 위에 펼쳐놓았다.

어떤 이유 때문인지는 모르지만 가가가 소노코의 죽음에 의심을 품었다는 건 확실하다. 형사들 중에는 독특한 직감을 갖고 있는 자가 많다. 겉보기와는 달리 의외로 그런 쪽인지도 모른다.

하지만 가가가 진상을 알아내는 일은 없을 거라고 야스마사는 생각했다. 왜냐하면 진상에 도달할 수 있을 만한 물적 증거의 대부분이 지금 그의 눈앞에 있기 때문이다.

그나저나 와인병에 주목했다니, 여간내기가 아니구나—.

코르크 마개를 버리고 와인 병따개를 치워두기를 잘했다고 생각했다. 만일 그대로 두었다면 분명 감이 예리한 그 형사가 냄새를 맡았을 게 틀림없다.

야스마사가 자살에 의문을 품은 계기 역시 바로 그 와인이었다. 구체적으로 말하자면, 스크루식 병따개가 꽂힌 채 버려져 있던 코르크 마개다. 그런 게 떨어져 있었다는 건 와인을 그날 땄다는 이야기가 된다. 그렇다면 가가에게 설명했던 대로 소노코는 별로 술을 많이 마시지 못하기 때문에 어딘가에 술이 남아 있어야 한다. 하지만 발견된 것은 빈 와인병이었다.

남은 술을 싱크대에 버렸다는 것은 소노코의 성격을 생각해보면 아무리 죽기 전이라고 해도 있을 수 없는 일이다. 냉장고 안에는 그 외에도 버리기 애매한 음식이 많이 남아 있었다. 유독 와인만 없애버릴 이유가 없다. 게다가 침실 테이블 위에 놓여 있던 와인 잔에는 와인이 남아 있었다. 술병에 남은 술은 버리면서 그것은 왜 버리지 않았는가.

역시 좀 더 타당한 생각은 누군가와 둘이서 와인 한 병을 비웠다는 것이다. 그리고 그것을 뒷받침하듯이 개수대 안에는 또 하나의 와인 잔이 놓여 있었다.

소노코는 죽기 직전에 누군가와 와인을 마셨다. 그러면 그 상대가 돌아간 뒤에 소노코가 자살한 것인가. 그런 경우도 물론 생각할 수 있다.

하지만 그렇지 않다는 것을 야스마사는 확신하고 있었다. 틀림없이 소노코는 살해된 것이다. 그것을 보여주는 증거가 그 방에 남겨져 있었다.

그것은 부엌칼에 붙어 있던 비닐 부스러기다.

연필을 깎을 때, 칼에 녹스는 것을 방지하는 기름이 남아 있으면 연필 부스러기가 칼날에 붙게 된다. 그럴 경우, 부스러기는 반드시 칼날의 윗면에 붙는다. 오른손잡이일 경우 그것은 칼날의 오른편이 된다.

그 비닐 부스러기도 칼날의 오른편에 붙어 있었다. 하지만 그건 이상한 일이었다. 왜냐하면 소노코는 왼손잡이였기 때문이다.

그녀는 연필과 젓가락은 오른손으로 잡았다. 그렇게 하라고 아버지 어머니가 애써 고쳐준 것이다. 하지만 그 이외의 물건을 잡을 때는 모두 왼손을 썼다. 테니스를 할 때도 공을 던질 때도 왼손이었다. 그리고 소노코가 왼손으로 능숙하게 양배추 채를 써는 것을 야스마사는 수없이 보았다. 따라서 소노코 자신이 전기 코드의 비닐 피복을 깎아냈다면 비닐 부스러기는 칼날 왼편에 붙어 있어야 하는 것이다.

타살이라는 것을 깨달은 순간, 야스마사는 자신의 손으로 범인을 밝혀내기로 결심했다. 세상에는 내 손으로 해야 할 일과 그렇지 않은 일이 있다. 이건 결코 남의 손에 맡길 일이 아니라고 그는 생각했다. 그에게는 누이의 행복이야말로 인생 최대의 바람이었다. 그것을 빼앗긴 분함은 범인이 체포되는 정도로는 결코 가라앉힐 수 없다.

범인을 밝혀낸 뒤에는 어떻게 할 것인가. 그것에 대해서도 실은 이미 마음을 정했다. 하지만 아직 그쪽으로 생각을 굴리고 있을 단계는 아니라고 생각했다. 우선 당장 해결해야 할 일이 산더미처럼 쌓여 있었다.

중요한 것은—.

경찰 쪽이 타살이라는 것을 알아채게 해서는 안 된다. 특히 그 가가라는 형사가 자신의 목표물을 먼저 알아내게 해서는 더더욱 안 된다. 그들이 소노코의 자살에 조금이라도 의심을 품는다면 야스마사는 전력을 다해 그것을 지워버릴 생각이었다.

제3장

1

다음 날은 아침부터 바빴다. 우선 나고야의 장례업자에게 연락해 장례식 준비를 서둘러야 했다. 어머니가 돌아가셨을 때도 신세를 졌던 장의사라서 이야기는 그럭저럭 순조롭게 진행되었다. 하지만 일단 경찰과 얽힌 일이었기 때문에 즉시 결정을 내릴 수 없는 것들이 많아서, 수속이 적잖이 복잡해졌다.

그래도 점심시간 전에 네리마 경찰서에서 연락이 왔다. 저녁에는 유체를 실어 가도 좋다는 이야기였다. 부검에 들어갔던 유체는 이미 봉합도 완료되었다고 한다. 야스마사는 장의사와 상의해서 오늘 밤 안으로 유체를 나고야로 실어 가고 다음 날에는 통야通夜*를 하기로 했다.

그러고는 여기저기 연락하는 일에 쫓겼다. 도요하시 경찰서에도 다시 전화해서 장례 일정을 보고했고, 친척집에는 한 집한 집 일일이 전화로 부고를 전했다. 실은 이 작업이 야스마사에게는 가장 고통스러웠다. 당연한 일이지만, 다들 소노코의 갑작스러운 사망의 이유를 묻는 바람에 매번 똑같은 대답을하기가 너무도 괴로웠던 것이다.

자살이라는 말을 들으면 어떤 친척이든 한결같이, 그러니젊은 여자애를 혼자 도쿄에 보낼 일이 아니었다고 이즈미 집안의 방침을 나무랐다. 요즘 들어 가까운 친척들과도 그다지왕래가 없었던 야스마사와 소노코에 대한 미운 소리가 포함된것인지도 모른다.

물론 진심으로 슬퍼해주고 그렇기 때문에 더욱더 화를 내는친척도 있었다. 소노코가 어렸을 때 곧잘 돌봐주셨던 작은어머니는 전화기에 대고 흐느껴 울면서 지금 바로 도쿄로 올라오겠다고 하는 바람에 달래느라 진땀을 빼야 했다.

친척에 대한 연락이 끝나자 그다음에는 소노코의 회사에 전화를 했다. 실은 아침에 일찌감치 소노코의 사망 소식은 전해두었다. 작기는 해도 조간신문에 기사가 실린 것이 눈에 띄었

✚ 죽은 이를 장사하기 전날, 가족 친지들이 밤새 곁에서 보내며 명복을 비는 일.

기 때문에 그쪽에서 문의가 오기 전에 먼저 알리는 게 좋다고 생각한 것이다. 두 번째로 회사에 전화를 한 것은 장례 일정을 알려주기 위해서였다. 하긴 일부러 나고야까지 분향을 위해 내려올 사람이 과연 몇 명이나 될지 미심쩍었다. 소노코가 회사에는 마음을 터놓고 이야기할 만한 사람이 없다는 말을 자주 내비쳤기 때문이다.

오후 3시쯤에는 장의사에서 직원이 도착했기 때문에 호텔 방에서 자잘한 문제를 상의했다. 결정해야 할 일, 준비해야 할 일들이 엄청나게 많았다. 오누이 둘밖에 없는 처지가 아니었다면, 혹은 이곳이 나고야였다면 그나마 좀 여유가 있었을지도 모른다. 하지만 야스마사에게는 이미 가족이라고는 한 사람도 없고, 마지막 혈육이 죽은 장소는 그에게는 전혀 익숙하지 않은 타지였다.

장의사와 한창 상의를 하는 중에 딱 한 번, 전화기가 울렸다. 가가 형사에게서 온 것이었다.

"오늘 소노코 씨의 맨션에는 오실 일이 없습니까?"라고 가가는 물어왔다.

"예, 유체를 인수하자마자 곧장 나고야로 내려갑니다. 장례 준비도 있고 해서"라고 야스마사는 말했다. "무슨 볼일이라도?"

"아뇨, 혹시 맨션에 들르신다면 잠깐 보여드릴 게 있어서요."

"그게 뭐죠? 소노코의 방 말입니까?"

예에, 라고 가가는 대답했다.

야스마사는 수화기를 손으로 막고 등 뒤를 보았다. 안경을
쓴 장의사 직원은 한창 서류에 뭔가를 써넣는 중이었다.

"아직도 조사할 게 남았어요?"라고 야스마사는 작은 소리로
물었다.

"아뇨, 별건 아니고요. 잠깐 좀 확인할 게 있어서요. 꼭 오늘
이 아니라도 괜찮습니다. 아, 다음에는 언제 도쿄에 오실 예정
이죠?"

"아직 모르겠어요. 이래저래 할 일이 많아서."

"그러시겠죠. 그럼 도쿄에 오시면 전화해주세요. 절대로 폐
는 끼치지 않겠습니다."

"알았어요. 가가 씨에게 전화하면 됩니까?"

"그렇습니다. 부탁드립니다."

그럼, 이라고 말하고 야스마사는 전화를 끊었지만 뭔가 석
연치 않은 마음이 남았다. 가가는 왜 또다시 누이의 집을 확인
하려는 건가. 범인의 흔적을 그토록 깨끗이 지웠는데 대체 무
슨 근거로 자살이라는 것에 의심을 품는가─.

"저어, 예산은 이 정도로 하면 되겠습니까?"

장의사 직원의 말에 야스마사는 퍼뜩 정신을 차렸다.

야스마사가 유바 가요코에게 전화하기로 결심한 것은 유체를 인수하러 가기 직전의 일이었다. 호텔 방은 체크아웃할 생각이라서 이미 짐도 정리해두었다.

소노코가 배신을 당했다고 말한 상대가 고등학교 때부터 친하게 지내온 유바 가요코일 가능성이 전혀 없는 것은 아니었다. 하지만 최근의 소노코에 대해 가장 잘 아는 사람이 그녀라는 건 틀림이 없었다. 그런 사람이라면 한시라도 빨리 접촉해둘 필요가 있었다.

게다가 장례식을 생각하면 유바 가요코가 가진 네트워크는 요긴하다. 그녀에게 연락하지 않는다면 누이의 장례식이 친구 한 사람 찾아오지 않는 쓸쓸한 자리가 될 우려가 있었다.

연결음이 울리는 소리를 들으며 야스마사는 벽시계를 바라보았다. 6시를 조금 넘어선 참이었다. 퇴근하고 집에 와 있어야 하는데, 라고 생각했다.

네 번째 연결음이 울리는 도중에 전화를 받는 목소리로 넘어갔다. 여보세요, 라는 젊은 여자의 목소리. 약간 허스키하고 나른한 여운이 있었다.

"여보세요, 유바 가요코 씨 댁입니까?"

"그런데요." 긴장하는 기척이 느껴졌다. 귀에 익지 않은 남자 목소리였기 때문일 것이다.

야스마사는 숨을 고르고 나서 말했다.

"저어, 나는 이즈미라고 하는데. 이즈미 소노코의 오빠."

2초쯤의 침묵 뒤에 "아"라고 상대 여자는 말했다. 이런 반응에 대해 지나치게 집착할 필요는 없다. 갑작스럽게 친구 오빠에게서 전화가 걸려오면 대부분의 사람들은 일순 당황하게 마련이다.

"소노코의 오빠……. 그렇군요, 안녕하세요?" 뭐라고 대답해야 좋을지 모르겠다는 느낌이었다. 이것 또한 자연스러운 반응인지도 모른다.

"소노코와 그동안 친하게 지냈었던 모양인데, 고마워."

중간에 과거형의 표현을 쓰는 바람에 묘한 인사가 되었지만, 유바 가요코는 그리 신경 쓰지 않는 듯했다. "아뇨, 저야말로 고맙죠"라고 응해왔다. 그리고 "저어, 소노코한테 무슨 일이 있나요?"라고 물어왔다.

"응, 실은……" 야스마사는 침을 삼키고 나서 물었다. "혹시 신문 못 봤어?"

"신문?"

"조간신문. 오늘 아침의."

"오늘 아침 신문? 아뇨, 제가 신문 배달을 시키지 않아서요."

"그렇군."

"무슨 일인데요? 신문에 실릴 만한 일이에요?"

실은, 이라고 말하고 야스마사는 심호흡을 한 차례 했다.

"소노코가 죽었어."

"예?"

유바 가요코는 말문이 턱 막혔다. 아니, 턱 막힌 것처럼 들렸다. 야스마사는 상대의 얼굴이 보이지 않는 것을 안타깝게 생각했다.

"죽다니……, 어머, 말도 안 돼." 그녀는 멍해져 있는 기척이었다. "거짓말이죠?"

"나도 거짓말이라고 말하고 싶군. 하지만 유감스럽게도 사실이야."

"어머, 어떡해!"라고 그녀는 다시 한번 말했다. 울음소리가 들려왔다. "어째서 죽어요? 사고라도 났어요?"

"아니, 지금으로서는 자살인 거 같아."

"자살……? 왜요? 무슨 일이 있었대요?" 유바 가요코의 말투에는 과장되지 않을 정도로 탄식하는 여운이 담겨 있었다. 이게 연기라면 참 대단한 인물이라고 야스마사는 생각했다.

"그 점에 대해 경찰에서도 조사하는 중이야."

"믿을 수가 없어요. 소노코가 그런, 그런 짓을 하다니……."

코를 훌쩍이는 소리가 야스마사의 귀에 전해져왔다.

"잠깐 만나서 조용히 이야기 좀 할 수 있을까? 요즘 소노코가 어떻게 지냈는지 아마 가요코가 가장 잘 알 거 같아. 얘기도 좀 듣고 자살의 이유도 알아봤으면 싶은데."

"저는 괜찮아요. 도움이 될지 어떨지는 모르겠지만요."

"소노코에 관한 얘기라면 뭐든 좋아. 나는 소노코에 대해 전혀 모르다시피 해서. 그럼 며칠 내로 내가 연락할게."

"네, 기다리고 있을게요. 아 참, 장례식은 어디서 해요?"

"나고야에서 할 거야." 그렇게 말하고 야스마사는 장례식 장소와 전화번호를 알려주었다.

"어떻게든 장례식에 참석하도록 할게요"라고 유바 가요코는 말했다.

"그렇게 해주면 소노코도 기뻐할 거야."

"예에, 하지만……." 끊겨버린 말 뒤에, 흐느껴 우는 소리가 이어졌다. "정말 믿을 수가 없어요……."

"나도 그래"라고 야스마사는 말했다.

전화를 마치고 그는 굵고 긴 한숨을 토해냈다.

2

소노코의 통야는 어머니 때와 마찬가지로 장의사 소유의 장례식장에서 거행되었다. 5층 빌딩으로, 그중 한 층을 모두 사용했다. 저녁 6시쯤부터 친척들과 이웃 사람, 그리고 도요하시 경찰서의 동료와 상사들이 찾아와주었다.

야스마사는 상주를 위한 작은 방에서 교통과 동료들과 맥주를 마시며 시간을 보냈다.

"주위에 친한 사람 하나 없이 몇 년씩이나 혼자서 살다 보면 우울증도 생기게 마련일 게야." 혼마 계장이 맥주 거품이 묻은 입가를 닦아내며 말했다. 소노코의 죽음에 대해 교통과 동료들과 조용하게 이야기를 나누는 건 이게 처음이었다.

"하지만 고민을 털어놓을 친구가 한 사람쯤은 있지 않았을까?" 다사카라는 동료가 물었다. 야스마사와는 경찰학교 때부터 동기였다.

"그게 없었다는 뜻이겠지. 아무튼 우리 누이동생이 인간관계에는 서투른 편이었어. 집에서 혼자 책이나 읽는 게 더 성격에 맞았던 모양이야."

"그것도 딱히 나쁜 건 아닌데 말이야." 다사카는 안타까운 듯 머리를 저었다. 그는 교통사고로 아까운 젊은 목숨이 죽어나가는 것을 보면 누구보다 괴로워하던 친구였다.

"네리마 경찰서라고 했던가, 관할이?" 혼마가 물었다.

"그렇습니다."

"그쪽에서는 어떻게 얘기하고 있지? 그냥 자살이라는 걸로 서류를 꾸몄나?"

"그럴 텐데요. 왜요?"

"응, 별건 아닌데 말이지." 혼마는 책상다리를 고쳐 앉으며 검은 넥타이의 매듭에 손을 얹었다. "어제 점심때쯤이었나, 그쪽에서 문의가 왔었어."

"그쪽이라는 건……, 네리마 경찰한테서 말인가요?"

응, 이라고 고개를 끄덕이고 혼마는 맥주를 마셨다. 다른 사람들도 딱히 놀란 얼굴이 아닌 걸 보면 이미 다 알고 있는 모양이었다.

"어떤 얘기였는데요?"

"자네의 지난주 근무 내용을 물어보더라고. 특히 금요일과 토요일의."

"으음……." 야스마사는 고개를 갸웃거렸다. "왜 그러지?"

"이유는 분명하게 밝히지 않았어. 그렇다고 이쪽에서 너무 캐묻는 것도 예의가 아닌 거 같고."

"이름이 뭐라고 하던가요?"

"가가라고 했지, 아마?"

역시, 하고 야스마사는 고개를 끄덕였다.

"유서가 없는 게 아무래도 마음에 걸리는 모양이에요."

"겨우 그걸 근거로 자살에 의문을 품었어?" 다사카가 입을 쑥 내밀었다.

"그런 모양이야."

참내 원, 하고 다사카는 입가를 삐죽거렸다.

"목소리로 봐서는 꽤 젊은 사람인 거 같던데, 그 형사?"

"저하고 비슷한 나이일 거예요." 야스마사는 혼마에게 말했다. "어디선가 본 사람인 듯한데 생각이 안 나더라고요. 내가 그렇게 생각해서 그런 건지."

그러자 옆에서 사카구치라는 후배가 물었다. "가가라고요? 이름은 뭔데요?"

"교이치로라고 했던가."

사카구치는 맥주가 든 컵을 테이블에 내려놓았다. "그럼 그 가가 교이치로 아닌가? 예전에 일본 챔피언이었던 사람."

"챔피언? 무슨 챔피언인데?"라고 다사카가 물었다.

"검도요. 벌써 그게 몇 년 전이네요. 2년 연속으로 우승했었어요."

아, 하고 야스마사는 소리를 올렸다. 봉인되었던 기억이 급속히 되살아났다. 검도 잡지에서 봤던 사진이 뇌리에 떠올랐다.

"그래, 틀림없네. 그 가가야."

"거참, 유명 인사를 만나셨네." 검도보다 유도를 특기로 하는 혼마는 별로 관심이 없는 듯한 어조로 말했다.

"검도 잘한다고 반드시 우수한 형사인 건 아니야." 다사카가 말했다. 그새 맥주의 술기운이 슬슬 오르기 시작했는지, 어째 혀 돌아가는 게 수상쩍었다.

교통과 동료들이 떠날 즈음에는 친척들도 모두 떠나고 넓은 플로어에 정적이 찾아왔다. 제단을 향해 파이프 의자가 줄줄이 늘어서 있었다. 야스마사는 그 가장 뒷자리에 앉아 캔 맥주를 마셨다.

네리마 경찰서의 가가가 야스마사의 금요일과 토요일 근무 내용을 문의했다는 건 적잖이 마음에 걸리는 소식이었다. 아무리 생각해봐도 그건 분명한 알리바이 조사였다. 즉 가가는 소노코의 죽음을 타살이라고 의심했고, 친오빠인 야스마사가 범인일 가능성도 염두에 둔 것이다.

어째서?

야스마사는 자신이 뭔가 실수를 했는가 하고 생각했다. 그리고 그런 실수를 가가가 알아차렸다는 건가. 야스마사는 소노코의 집에서 자신이 했던 일을 최대한 극명하게 되짚어보며 점검했다. 하지만 딱히 실수라고 할 만한 점은 떠오르지 않았다. 혹시 그 형사가 뭔가를 잡았다고 해도 결정적인 것은 아닐 거라고 생각하기로 했다.

지금까지의 상황으로 보자면, 네리마 경찰서는 진즉부터 자살로 처리하기로 방향을 잡은 듯한 눈치였다. 그리고 결정적인 증거가 나오지 않는 한, 그 방침을 바꾸는 일은 없을 거라고 야스마사는 내다보았다. 혹시 타살 쪽으로 방향을 잡고 수사한다면 네리마 경찰서는 당연히 경시청에 연락하지 않으면 안 된다. 그렇게 되면 수사본부가 설치되고 대대적인 수사에 들어간다. 그런 식으로 일이 진행되었을 경우 관할서로서 가장 우려되는 상황은, 역시 단순한 자살이었다는 결론이 나오는 것이다. 수많은 지원 경찰을 동원해놓고 결국 범죄가 아니었습니다, 라고 하게 되면 서장이 체면을 구기는 선에서 일이 끝나는 게 아니다. 다방면으로 큰 폐를 끼치는 일이 되는 것이다. 게다가 네리마 경찰서에는 앞서 일어난 독신 직장 여성 살인사건으로 이미 수사본부가 설치되어 있다. 이런 경우에 아무래도 관할서에서는 더욱 신중해지게 마련이라는 것을 야스마사는 알고 있었다.

괜찮아, 가가쯤은 무시해도 돼. 사건의 진상은 반드시 내 손으로 파헤쳐야 해—.

야스마사는 캔 맥주를 마시며 저 앞쪽으로 시선을 보냈다. 제단에 놓인 사진 액자 속에서 소노코가 하얀 이를 내보이며 웃고 있었다.

땡, 하는 소리가 난 것은 그 직후였다.

야스마사는 몸을 틀어 뒤를 돌아보았다. 소리의 근원지는 엘리베이터였다. 그것이 장의사 층에서 멎었다. 이 시간에 누가 온 건가 하고 야스마사는 의아했다.

엘리베이터 문이 열렸다. 나타난 것은 검은 코트를 입은 젊은 여자였다. 얼굴이 작고 머리가 짧았다.

여자는 야스마사를 알아보더니 천천히 다가왔다. 그 구두

117

소리가 넓은 플로어에 울렸다. 여자가 똑바로 야스마사를 응시했다. 앤티크 인형을 떠올리게 하는 깊이와 신비함이 담긴 눈빛이었다. 야스마사는 일순 그녀가 통야에 관한 어떤 의식을 행하는 여자인가, 하고 생각했다.

"저어……" 그녀는 앞에 와서 멈추더니 낮게 억누른 목소리로 말했다. "이즈미 소노코 씨의 통야는 이쪽인가요?"

그 목소리는 들은 기억이 있었다. 야스마사는 자리에서 일어섰다. "유바 가요코 씨?"

"아, 소노코 오빠세요?" 야스마사의 목소리를 그녀 쪽에서도 기억하고 있는 모양이었다.

"그래요. 일부러 이렇게 멀리까지 와줬군."

"네, 도저히 가만히 있을 수가 없어서요." 유바 가요코는 시선을 떨구었다. 긴 속눈썹이, 몇 개만 켜놓은 조명 불빛을 반사하며 빛났다. 의식적인 것인지 화장기는 거의 없었다. 그래도 피부 결이 소녀처럼 깨끗했다.

그녀는 가방에서 조의금 봉투를 꺼냈다. 흑백의 매듭 그림이 인쇄된 간단한 문상용 봉투였다.

"받아주세요."

"고맙다."

야스마사는 그것을 받아 들고 플로어 뒤편에 설치된 접수처로 안내하여 서명을 청했다. 그녀는 오른손으로 붓 펜을 들고 주소와 이름을 썼다. 깔끔한 해서체였다.

"혼자 계셨어요?" 붓 펜을 내려놓고 유바 가요코는 주위를 둘러보며 물었다.

"소란스러운 게 싫어서 다들 일찌감치 가시라고 했어."

"그러셨군요." 그녀의 시선은 이미 제단 쪽으로 쏠려 있었다. 역시나 그녀는 말했다. "분향을 해도 괜찮을까요?"

"응, 물론."

유바 가요코는 제단에 다가가며 천천히 코트를 벗어 옆의 의자에 내려놓았다. 그리고 소노코의 사진 바로 앞에 섰다. 그 모습을 야스마사는 뒤에서 지켜보았다.

그녀는 분향한 뒤, 꽤 오래도록 합장을 하고 있었다. 그 어깨는 가늘고, 검은 미니 원피스 밖으로 나온 다리도 가늘었다. 일본 여자 중에서도 키가 작은 편에 속하겠지만 무섭게 굽이 높은 하이힐로 그 결점을 커버하고 있었다. 키가 컸다면 모델이 되었어도 손색이 없을 만큼 균형 잡힌 몸매였다.

분향을 마치고 가요코는 야스마사에게 등을 돌린 채 핸드백을 열었다. 손수건을 꺼내 눈가를 훔치고 있다는 건 야스마사도 알 수 있었다. 그래서 이쪽으로 얼굴을 돌릴 때까지 말을 걸지 않기로 했다.

이윽고 가요코가 몸을 돌려 이쪽으로 다가왔다. 도중에 벗어놓은 코트를 집어 들었다.

"커피라도 한잔할까?"라고 야스마사는 말했다. "자동판매기 커피지만."

그녀는 뺨을 풀며 희미하게 웃더니 "네, 마실게요"라고 대답했다.

"크림하고 설탕은?"

"아뇨, 블랙으로도 괜찮아요."

야스마사는 고개를 끄덕이고 플로어 밖으로 나갔다. 화장실 옆에 자동판매기가 있었다. 두 잔의 블랙커피를 사면서 야스마사는 작전을 세웠다. 딱히 유바 가요코를 의심하는 건 아니었다. 하지만 사건에 대해서 조사하는 이상, 빈틈이 있어서는 안 될 터였다. 이를테면 그녀는 범인이 아니더라도 범인과 아는 사이일 가능성이 있다. 자칫 방심하여 자신의 속마음을 밝혔다가는 그것이 그대로 범인에게 전달될 우려가 있는 것이다.

종이컵에 담긴 커피를 들고 돌아갔더니 유바 가요코는 조금 전에 야스마사가 앉았던 의자에 앉아 있었다. 그는 오른손에 들고 있던 컵을 그녀 쪽으로 내밀었다. 그녀는 미소를 지으며 "고맙습니다"라고 말하고 받아 들었다.

야스마사는 그녀 옆에 자리를 잡았다.

"정말 뭐가 뭔지 모르겠다는 게 솔직한 심정이야."

"그러시겠죠. 저도 그래요. 설마 소노코가 이렇게 될 줄은 몰랐어요." 그리고 가요코는 머리를 가만히 젓고는 종이컵을 입가로 가져갔다.

"어제도 전화로 잠깐 이야기했지만 소노코가 자살할 만한 이유가 뭔지, 나는 전혀 모르겠어. 가요코는 혹시라도 뭔가 짐작 가는 게 있어?"

야스마사가 말하자 가요코는 얼굴을 들고 몇 번이나 눈을 깜빡였다. 긴 속눈썹이 빛났다.

"하지만 신문에는 동기가 있다는 식으로 적혀 있던데요?"

"신문을 봤어?"

"네. 어제 전화받은 뒤에 가까운 커피숍에 가서 읽고 왔어요. 도시 생활에 지쳤다는 이야기를 가족에게 내비쳤다는 기사가 있더라고요."

그 기사는 야스마사도 읽었다. 그건 자신이 적당히 둘러댄 것이라고 여기서 털어놓을 수는 없었다.

"그건 그렇지만, 단순히 도시 생활에 지쳤다는 게 아니라 자살의 계기가 될 만한 중요한 일이 있었을 거야. 그걸 좀 알고 싶은데."

아, 라고 그녀는 고개를 끄덕였다.

"뭔가 생각나는 거 없어?"라고 야스마사는 물었다.

"어제부터 내내 생각해봤는데 딱히 짚이는 게 없어요. 어쩌면 내가 뭔가를 깜빡 놓치고 있었는지도 모르겠어요."

"마지막으로 소노코와 연락한 건 언제였지?"

"그게 언제였나……." 그녀는 고개를 갸웃거렸다. "아마 한 2주일 전이었던 거 같아요. 전화로 잠깐 이야기를 했어요."

"전화는 누가 했어?"

"아마 소노코가 나한테 걸었을 거예요."

"어떤 이야기를 했는데?"

"글쎄, 어떤 얘기였는지."

유바 가요코는 오른손을 뺨에 댔다. 그 손가락 끝의 손톱은 길고 아름답게 반들거렸다. 빨갛게 칠하면 요염한 매력을 풍길 거라고 상상할 수 있었다.

"별다른 얘기는 아니었어요. 그즈음에 사들인 옷 이야기라든가 설날에 고향에 내려가는 건 어떻게 할까……. 아마 그런 얘기였을 거예요."

"소노코가 뭔가 고민이 있다고 얘기한 적은 없었어?"

"아뇨, 그런 건 없었어요. 그 점은 제가 똑똑히 기억하고 있어요." 그렇게 말하며 유바 가요코는 블랙커피를 마셨다. 입술이 닿았던 자리에 희미하게 루주가 묻어났다.

"소노코의 집에는 자주 갔었나?"

"전에는 자주 놀러 갔어요. 근데 요즘에는 별로……. 이번 여름에 한 번 가고는 거의 못 갔어요."

"그랬군……."

"미안해요. 아무 도움도 못 되어서."

"아냐." 야스마사도 커피를 마셨다. 씁쓸하기만 할 뿐 맛이 전혀 없었다.

그는 잠시 망설이다가 자신의 손안의 카드 한 장을 내보이기로 했다.

"한 가지 궁금한 게 있는데."

"뭔데요?" 그녀는 약간 긴장한 기색이었다.

"소노코, 사귀는 남자가 있었지?"

이 질문에 유바 가요코는 입술을 동그랗게 벌렸다. 허를 찔린 듯한 표정이었다. 예상 밖의 질문이었는지도 모른다. 그녀는 들고 있던 종이컵에 시선을 떨구었다.

"어땠어?"라고 야스마사는 다시 물었다.

그녀는 얼굴을 들었다.

"요시오카 씨 말인가요?"

"요시오카 씨? 뭘 하는 사람인데?"

"소노코와 같은 빌딩에서 근무했던 사람이에요."

"같은 직장 사람이야?"

"아뇨, 빌딩만 같았을 뿐이고 회사는 달랐어요. 분명 건축회사에 다니던 사람이었을 거예요."

그녀의 말투가 야스마사는 마음에 걸렸다. 모든 것이 과거형이었기 때문이다.

"소노코가 그 사람하고 사귀었다는 건가?"

"네, 하지만"이라고 그녀는 말했다. "3년 전쯤에 헤어졌을 텐데요."

"3년 전?"

"네. 소노코 얘기로는, 그 요시오카 씨라는 사람이 본가에서 하는 장사를 물려받아야 할 형편이어서 규슈 후쿠오카로 돌아가게 되었대요. 함께 내려가자고 한 모양인데 소노코가 거절했나 봐요."

"그래서 헤어진 거야?"

"네."

"그 요시오카라는 사람, 이름도 알아?"

"네, 아마 요시오카 오사무였을 거예요."

"요시오카 오사무······."

야스마사의 머릿속에는 소노코의 집 냉장고에 붙어 있던 전화번호 메모가 들어 있었다. '가요코'는 유바 가요코를 가리키는 것이고 'J'는 남자 친구일 거라고 생각했는데, 요시오카 오사무라면 어떻게 해석해봐도 J가 될 수는 없었다.

"소노코에게 바로 최근까지 사귀던 사람이 있었을 거야. 그런 얘기는 못 들었어?"

"글쎄요, 저는 못 들었어요. 그런 사람이 있었다면 저한테 바로 알려줬을 텐데요."

"그래?"

야스마사로서는 아직 자신의 직감에 대한 미련이 있었다. 최근 소노코에게는 반드시 특정한 남자가 있었다는 확신이었다. 그렇다면 소노코는 왜 그 남자 얘기를 가장 친한 친구에게도 말하지 않았는가.

유바 가요코가 손목시계를 들여다보았다. 덩달아 야스마사도 자신의 시계에 눈을 떨구었다. 젊은 여자를 계속 붙잡고 있을 만한 시간대가 아니었다. 그녀의 종이컵이 비는 것을 확인하고 야스마사는 자리에서 일어섰다.

"길게 얘기해서 미안하다. 오늘 밤은 어디서 머물 거지?"

"부모님 집에 가려고요. 근데 내일은 곧바로 도쿄에 올라가야 해서 아무래도 장례식에는 좀……."

"응, 괜찮아. 오늘 와준 것만으로도 소노코는 기뻐할 거야."

"그랬으면 좋겠네요."

유바 가요코는 종이컵을 의자에 내려놓고 코트를 입으려고 했다. 야스마사는 그것을 뒤에서 거들어주었다. 그때 코트 옷자락에 머리카락 한 올이 붙어 있는 게 눈에 들어왔다. 그는 자연스럽게 그것을 손끝으로 집어냈다.

두 사람은 엘리베이터 앞까지 갔다. 야스마사가 버튼을 누르자 곧바로 문이 열렸다.

"그럼, 이만 실례할게요." 유바 가요코가 말했다.

"아래층까지 데려다줄게."

"아뇨, 소노코를 혼자 두면 안 되잖아요." 가요코가 엘리베이터에 타면서 말했다.

야스마사는 머리를 숙였다. 문이 닫히기 직전 그녀가 미소를 짓는 것이 보였다.

그는 호주머니에서 화장지를 꺼내 조금 전에 집어낸 유바 가요코의 머리카락을 조심조심 감쌌다.

장례식은 소노코가 비참해하지 않을 만큼 호화롭게, 그리고 나름대로 깊은 애도 속에서 거행되었다. 어제는 나타나지 않았던 소노코의 중고등학교 시절 친구들도 많이 찾아주었다. 나중에 야스마사가 물어봤더니 유바 가요코에게서 연락을 받았다고 했다.

모든 의식을 마치고 야스마사가 집에 돌아온 건 저녁 7시가 넘어서였다. 그는 유골과 영정 사진을 불단에 내려놓고 다시금 향을 올렸다. 그리고 장례식에 참석했던 사람들의 명부를 꼼꼼하게 체크했다. 하지만 소노코와 특별한 관계였다고 생각될 만한 남자의 이름은 찾아내지 못했다.

그는 거실로 가서 소파에 자리를 잡고 곁에 놓여 있던 가방에서 종이 상자를 꺼냈다. 거기에는 소노코의 방에서 채취한 모발이 들어 있었다. 야스마사는 그것을 이미 길이와 표면의 특징에 따라 세 종류로 분류해놓았다. 그리고 편의상 각각에 A, B, C라는 기호를 붙였다.

머리카락의 길이로 봐서 A는 분명 소노코의 것이다. 나머지 두 개, B와 C의 어느 쪽인가가 범인의 것으로 추정되었다. 둘 다 짧은 머리였다.

야스마사는 상의 호주머니에서 꼼꼼하게 접어둔 화장지를 꺼냈다. 어젯밤에 코트 자락에서 떼어낸 유바 가요코의 머리카락이다.

휴대용 현미경으로 그는 그 머리카락을 관찰했다. 화학적인 분석을 하지 않더라도 색깔이나 표면 상태 등으로 상당한 수준까지 구분이 가능했다.

결과는 바로 나왔다. 유바 가요코의 머리칼은 B 머리칼과 동일하다고 생각해도 일단 틀림이 없었다.

소노코의 집에는 올여름에 한 번 갔을 뿐―. 야스마사는 가요코가 그렇게 말했던 것을 떠올렸다.

3

장례식 다음 날, 야스마사는 신칸센을 타고 도쿄로 갔다. 이제부터 되도록 자가용은 쓰지 않을 생각이었다. 지난번에 지

독한 정체로 꼼짝없이 발이 묶였던 것도 지겨웠지만, 도쿄의 지리를 자신의 발로 직접 파악하는 것도 중요하다고 생각했기 때문이다.

신칸센 히카리호 1호차에 올라탄 뒤, 야스마사는 샌드위치를 먹어가며 도쿄 도내의 지도를 펼쳐놓고 앞으로의 일정을 짰다. 경조사 휴가는 모레까지 인정되었다. 오늘을 포함한 사흘 동안에 최대한 많은 단서를 확보해야 한다. 단 1초도 허비할 시간이 없다.

도쿄에는 점심때가 지나서 도착했다. 그는 야마노테센과 세이부센을 갈아타며 소노코의 맨션으로 갔다. 며칠 전에는 순찰차가 늘어서 있던 도로가 오늘은 영업용 차량과 트럭의 노상 주차장이 되어 있었다. 그런 것들을 곁눈으로 바라보며 그는 맨션에 들어갔다.

맨션 1층 로비의 우편함 비밀번호를 지난번에 부동산업자에게서 알아두었기 때문에 간단히 열 수 있었다. 하지만 거기에 들어 있는 것은 광고물 몇 통뿐이었다. 배달되던 신문은 이미 계산을 끝냈다.

소노코의 맨션 임대료는 다음 달, 즉 새해 1월까지 지불했다. 그 뒤에는 어떻게 할지 오늘 부동산 중개사와 상담하기로 되어 있었다. 계약 기간 만료까지는 앞으로 석 달이 남았다.

열쇠로 문을 열고 안에 들어가자 아직도 희미하게 향료 냄새가 남아 있었다. 화장품이며 향수 냄새일 것이다. 소노코의 흔적이라고 야스마사는 생각했다.

실내는 유체를 발견한 날에 경찰이 왔다 간 그대로였다. 즉 형사들이 손을 댄 곳 이외에는 범행 때의 모습을 간직하고 있는 셈이었다.

야스마사는 가방을 바닥에 내려놓고 안에서 인화한 사진 파일을 꺼냈다. 지난번에 경찰을 부르기 전에 이 방에서 촬영한 것이었다.

그는 거실 한가운데 서서, 금요일 밤에 일어났던 일을 머릿속에서 재현해보기로 했다. 소노코를 살해한 범인이 누구인지 밝혀내기 위해서는 우선 범행 방법부터 알아내지 않으면 안 된다.

소노코가 내게 전화를 해온 것이 밤 10시였어—. 야스마사는 추리를 시작했다.

통화가 끝난 것은 10시 반쯤이었다. 범인은 그 얼마 뒤에 이 집에 찾아왔다고 생각하는 게 타당하다. 몰래 들어온 게 아니라 현관문으로 당당히 찾아온 것으로 생각되었다.

그때 했던 전화에서 소노코가 그날 밤 누군가 찾아올 거라는 이야기를 하지 않았던 걸 보면 분명 갑작스러운 방문이었을 것이다. 그런 시간대에 예고도 없이 찾아왔다는 건 소노코와 상당히 친밀한 관계였던 사람이라고 생각해도 무방하다.

이를테면 유바 가요코나 소노코의 연인이라면 그런 조건에 들어맞는다.

게다가 그 인물은 와인을 선물로 들고 왔다.

친밀한 사람이었기 때문에 소노코의 기호를 잘 알고 있었다고 할 수 있다. 그 인물은 아마도 소노코에게 이런 말을 했을 터였다.

"너에게 사과하려고 찾아왔어. 와인이나 한잔하면서 내 이야기를 좀 들어줄래?"

아니면 다음과 같은 말이었을까.

"너를 배신한 것을 깊이 후회하고 있어. 용서해줘."

착해빠진 소노코는 그 인물을 그대로 돌려보낼 수 없었을 것이다. 마음속에 약간의 응어리를 품고 있으면서도 소노코는 반성하고 있다는 상대방의 말을 믿고 집 안에 들어오게 해주었을 게 틀림없다.

상대 인물은 소노코에게 잔을 달라고 해서 거기에 와인을 따른다. 코르크 마개를 뽑은 것이 소노코인지 범인인지는 알 수 없다. 어느 쪽이었건, 코르크 마개는 스크루식 와인 병따개가 꽂힌 채 방치되었다.

뭔가 술안주가 있었으면 좋겠네─. 범인은 그런 말로 소노코를 자리에서 일어나게 한다. 혹은 자신이 가져온 안주를 담을 그릇을 달라고 했을 것이다. 소노코는 아무런 의심도 없이 자리에서 일어섰으리라. 가령 어느 정도 티격태격 다툰 일이 있었더라도 그 사람이 설마 자신을 죽일 계획이라는 건 상상도 못 하는 게 소노코인 것이다. 그것을 야스마사는 잘 알고 있었다.

하지만 범인은 그 틈에 수면제를 소노코의 와인 잔에 넣었다. 소노코는 아무 의심도 하지 않고 다시 돌아와 범인의 맞은편에 앉는다.

그리고, 라고 야스마사는 상상했다. 상대가 시치미를 뚝 뗀 얼굴로 "건배!"라면서 내민 잔에 소노코는 자신의 잔을 맞부딪치고 그 투명한 황금빛 액체를 마신다.

상대는 전심전력을 다해 연극을 했으리라. 그 혹은 그녀의 목적은 소노코에게 와인을 계속 마시게 하는 것이었다. 그러기 위해서는 어떤 헛된 맹세의 말이라도 다 했을 것이다.

하지만 그 연극도 길게 할 필요는 없었다. 곧바로 약효가 나타나 소노코는 잠의 세계로 빠져든다. 눈을 감고 스르르 몸을 눕혔을 것이다. 그것이 범인이 기다리고 기다리던 순간이었다.

여기서 야스마사는 수첩을 꺼냈다. 범인이 찾아오고 소노코가 잠이 들 때까지의 시간을 추정해보았다. 수면제의 효력에 따라 다르겠지만, 이런저런 순서를 밟았기 때문에 30분 정도로는 불가능했을 터였다. 최소한 40분, 이라고 야스마사는 수첩에 적어 넣었다.

그는 자리에서 일어나 침실로 갔다. 그리고 테이블 옆에 무릎을 대고 엎드렸다. 카펫을 내려다보며 그곳에 드러누운 소노코의 모습을 상상했다.

소노코는 어떤 옷을 입고 있었을까.

사체로 발견되었을 때, 소노코는 파자마 차림이었다. 그것은 범인이 갈아입힌 것일까. 아니면 범인이 오기 전에 소노코가 이미 파자마로 갈아입고 있었을까.

야스마사의 눈이 침대 옆의 등나무 바구니로 향했다. 그곳에는 처음 유체를 발견했을 때 그대로 하늘색 카디건이 무심히 놓여 있었다.

그는 일단 침실을 나와 욕실 안을 들여다보았다. 욕탕의 덮개를 열어보니 물이 반쯤 차 있었다. 입욕제를 사용했는지 연한 파란색으로 물들어 있었다. 수면에는 머리카락이 떠 있었다. 수건걸이에는 파란 수건이 있고, 벽에 붙은 고리에는 샤워캡이 걸려 있었다.

야스마사는 침실로 돌아왔다. 결론은 나왔다. 입욕제를 풀어놓은 것이며 머리카락이 떠 있었던 것 등으로 봐서 목욕을 마친 뒤였다고 생각하는 게 타당하다. 그렇다면 소노코는 이미 파자마로 갈아입었을 가능성이 높다. 아마 그 위에 카디건을 걸치고 있었을 것이다.

그렇게 되면 범인으로서는 일이 편해진다. 카디건을 벗기기만 하면 되기 때문이다. 그리고 침대에 눕힌다.

아니, 침대에 눕힌 것은 살해한 뒤였을까—.

야스마사는 여기서 소노코의 몸무게를 추측해보았다. 누이는 결코 작은 편이 아니었다. 키는 165센티미터가 넘었다. 단지 평범한 몸집보다는 약간 마른 편에 속할 것이다. 최근에는 별로 만나지 못했지만 급격히 살이 쪘다는 이야기는 듣지 못했고, 유체를 보더라도 지금까지의 이미지와 크게 달라진 점은 없었다. 아마도 50킬로그램 전후였을 거라고 야스마사는 생각했다. 범인이 남자라면 수면제로 잠든 소노코를 들어 침대에 눕히는 건 어렵지 않다. 그러면 범인이 힘없는 여자일 경우에는 어떤가.

질질 끄는 식으로 옮긴다면 어떻게든 침대 위에 올리는 건 가능할지도 모른다. 하지만 그러다가는 소노코가 잠이 깰 우려가 있다. 범인이 여자라면 먼저 살해한 뒤에 침대로 옮겼다고 생각하는 게 옳을 것이다.

어떻든 그 뒤에 범인은 드디어 위장 자살의 준비에 접어들었다—.

가가에게 말했던 것처럼, 소노코는 전기담요에 구식 타이머를 꽂고 잠드는 습관이 있었다. 범인도 그것을 잘 알고 있었고, 그래서 그런 방법의 위장 자살을 생각해냈을 것이다. 물론 소노코가 고등학교 때 같은 반 친구의 죽음에 대해 얘기하면서,

만일 자살한다면 감전사가 좋다고 말했던 것도 범인은 훤히 알고 있었던 게 틀림없다.

범인은 타이머에 꽂혀 있던 전기담요의 플러그를 뽑아냈다. 이 전기담요용 전기 코드가 감전사에 사용되었다는 건 가가가 말했었다.

여기에서 범인은 가위를 찾았을 것이다, 라고 야스마사는 추리했다. 전기담요의 코드를 절단하기 위해서다. 그래서 야스마사는 주위를 둘러보았다. 눈이 닿는 범위에서 가위는 발견되지 않았다. 이건 예상한 대로였다.

침대 주위에서 가위를 발견하지 못한 범인은 전기담요의 코드 전체를 우선 담요 본체에서 뽑아냈다. 이때는 전기 코드에 습도 조절용 컨트롤러가 붙어 있는 상태였다. 어쩔 수 없이 범인은 그것을 그대로 부엌 싱크대까지 들고 갔을 것이다. 그리고 식칼을 사용하여 컨트롤러에서 전기 코드를 잘라냈던 것이다.

전기 코드는 두 줄의 선이 한데 붙은 것이었다. 범인은 그것을 찢듯이 두 갈래로 나누었다. 다시 식칼을 사용하여, 연필 깎는 식으로 각각의 선 끝부분의 비닐 피복을 2센티미터쯤 깎아내 전기선이 드러나도록 했다. 그때의 비닐 부스러기는 조리대 위에 남아 있었다.

야스마사는 실제로 부엌으로 이동하여 범인이 했을 거라고 생각되는 동작을 스스로 직접 재현해보았다. 어지간히 손재주가 없는 사람이 아닌 한, 10분 이상은 걸리지 않을 것이다.

그는 침실로 돌아왔다. 그리고 다시 한번 주위를 둘러보았다. 그의 시선은 책장의 중간 높이에 놓여 있는 포장용 테이프와 셀로판테이프로 향했다.

범인은 그중 어느 쪽인가의 테이프를 사용하여, 두 갈래로 나눈 전기 코드의 한 끝을 소노코의 가슴에, 또 한쪽을 등에 붙였다. 그리고 플러그를 다시 타이머에 꽂는다.

문제는 이 부분이었다. 범인은 실제로 타이머에 시간을 설정해서 자신이 나가고 난 뒤에 전류가 통하도록 했던 걸까.

그건 아니다, 라고 야스마사는 생각했다. 그런 짓을 할 이유가 없다. 혹시라도 타이머가 작동하기 전에 소노코가 중간에 눈을 뜨거나, 무슨 겨를엔가 전기 코드 장치가 떨어진다면 범인으로서는 치명적인 일이 된다. 어지간한 바보가 아닌 한, 그 자리에서 곧바로 전류를 통하게 해서 소노코를 감전사시켰다고 보는 게 옳을 것이다.

그 상황을 야스마사는 최대한 리얼하게 머릿속에 떠올려보았다. 타이머의 바늘이 범인의 손에 의해 현재 시각과 최대한 가까운 시간으로 돌려진다. 그 바늘이 있는 곳까지 간 순간, 달깍 소리가 나고 스위치가 켜진다. 소노코는 일순 움찔 몸을 떤다. 어쩌면 그 순간만은 눈을 뜨고 천장을 노려봤는지도 모른다. 그때까지 반복되던 규칙적인 호흡이 멎고 입을 반쯤 벌린 채 경직된다.

이윽고 그녀는 인형이 된다―. 야스마사의 머릿속에서 그렇게 소노코는 두 번째 죽음을 맞이했다.

슬픔과 증오가 새삼 야스마사의 가슴속을 휘감았다. 무의식 중에 얼굴이 딱딱하게 굳고 표정이 뒤틀려 있었다. 몸은 불처럼 뜨겁고 마음은 얼음처럼 차가웠다.

손톱이 손바닥을 파고들 만큼 양손을 움켜쥐었다. 두 주먹이 부들부들 떨렸다. 이윽고 떨림이 멈추자 야스마사는 심호흡을 거듭하면서 주먹을 풀었다. 손바닥이 군데군데 빨갛게 변해 있었다.

소노코의 얼굴이 문득 되살아났다. 하지만 그건 한참 옛날의 누이의 모습이었다. 고등학생 때, 집 앞에서 말끔하게 제복을 차려입은 야스마사를 올려다보며 소노코는 이렇게 말했었다.

"오빠, 이제 자주 못 만나겠네."

그날은 야스마사가 가스가이의 경찰학교에 들어가는 날이었다. 학교에 다니는 동안은 물론, 졸업 후에도 한참 동안 기숙사 생활을 하지 않으면 안 되었다.

하지만 야스마사는 그런 누이의 말을 그리 진지하게 받아들이지 않았다. 자주 못 만나는 건 사실이지만, 전혀 만날 수 없는 건 아니라고 생각했었다. 게다가 그때는 야스마사도 경찰학교라는 미지의 세계에 대한 불안으로 머릿속이 가득해서 누이를 못 만나는 것쯤은 대수롭지 않은 일이었다.

하지만 어머니까지 돌아가시면서 이제 혈육은 하나뿐이라는 것을 깨달았을 때, 앞으로 소노코만은 무슨 일이 있어도 행복하게 해주겠다고 스스로 맹세했다. 그러지 않고서는 이즈미가의 장남으로 태어난 것도, 소노코의 단 하나뿐인 오빠인 것도 아무 의미가 없다고 생각했다.

여기저기서 수없이 중매가 들어왔지만 야스마사는 지금까지 독신을 고수해왔다. 그것도 자신이 일단 가정을 꾸리면 처자식을 돌보느라 소노코 쪽에는 아무래도 소홀해질 것 같았기 때문이었다.

게다가―.

야스마사는 소노코의 등에 있었던 별 모양의 흉터를 떠올렸다. 그것은 누이가 초등학생 때, 벌거숭이나 다름없는 모습으로 자고 있었는데 그가 깜빡 누이의 등에 뜨거운 물을 흘리는 바람에 새겨진 것이었다. 물론 일부러 한 건 아니었다. 끓인 물이 든 주전자를 들고 가다가 뭔가에 발이 걸려서 아주 조금 흘렸던 것이다. 그때 들은 누이의 비명과 울음소리가 지금도 그의 귀에 들러붙어 떨어지지 않았다.

"이것만 아니면 비키니도 얼마든지 입을 수 있는데."

나이가 차자 여름이 다가올 때마다 소노코는 원망 섞인 말을 했다.

"너 비키니 입은 거, 아무도 안 보고 싶어 해."

야스마사는 그렇게 받아쳤다. 하지만 가슴속에는 미안함이 가득했다. 그 별 모양의 흉터가 소노코의 마음에 콤플렉스로 남았을 터였다. 그래서 적어도 그것을 잊어버리게 해줄 남자가 나타날 때까지는 자신이 누이를 돌봐줘야 한다고 생각했다.

하지만 그 바람은 결국 이루어지지 않았다.

야스마사는 손으로 얼굴을 쓱쓱 비볐다. 스스로 생각하기에도 이상한 일이었지만, 소노코가 죽은 이후로 그는 한 번도 눈물을 흘리지 않았다. 뇌 속의 어떤 스위치인가가 마비된 듯한 상태였다. 얼굴을 비벼낸 손바닥을 바라보니 기름기가 번들거렸다.

그는 추리를 재개하기로 했다. 범인이 소노코를 살해한 참에서부터 다시 시작이다.

범인이 여자라면 그다음에 사체를 침대에 끌어 올렸을 것이다. 그리고 담요를 반듯하게 펴서 그야말로 자신의 의사에 따라 잠이 든 것처럼 위장한다.

수면제도 소노코 스스로 먹은 것으로 해야 하기 때문에 빈 약봉지를 테이블에 올려놓고, 와인이 반쯤 남은 잔을 그 곁에 남겨둔다. 그 안에서 수면제가 검출되겠지만, 소노코 자신이 탄 것으로 판단할 테니까 범인으로서는 상관이 없다. 문제는 범인 자신이 사용한 와인 잔이다. 그것을 테이블에 나란히 남겨두면 소노코와 함께 와인을 마신 사람이 있다는 것을 경찰에 고스란히 알려주는 일이 된다. 그래서 범인은 자신이 사용한 와인 잔을 개수대로 가져가서 씻었다―.

여기서 야스마사는 고개를 갸우뚱했다. 어째서 와인 잔을 씻기만 했는가. 어째서 말끔히 물기를 닦아내 찬장에 넣지 않았는가. 증거 인멸을 위해서라면 그렇게 하지 않고서는 의미가 없는 것 아닌가. 깜빡 잊어버렸다고 생각하기는 어렵다.

게다가 와인병도 그렇다.

한 병이 다 비어버릴 때까지 범인이 소노코와 함께 와인을 마셨을 리는 없다. 그렇다면 범인이 소노코를 살해한 시점에는 아직 와인병에 술이 남아 있어야 한다. 그 술을 범인은 왜 버렸는가.

한 가지 생각할 수 있는 것이 있었다. 범인이 수면제를 중간에 소노코의 잔에 넣은 게 아니라 처음부터 수면제가 와인병 안에 들어 있었다는 것―. 그렇다면 범인으로서는 증거 인멸을 위해 반드시 병을 비워버려야 한다.

하지만 일반적으로 그런 방법을 쓸까? 야스마사는 아무래도 의아했다. 와인병을 보면 한 차례 마개를 딴 것인지 아닌지,

금세 알 수 있다. 와인에 대해 관심이 많은 소노코라면 코르크 마개를 열기 전에 상표 등을 분명 찬찬히 살펴봤을 터였다. 게다가 와인병에 수면제를 넣는다면 농도가 옅어지기 때문에 용량도 더 많이 필요하다. 그리고 이것도 중요한 점이지만, 수면제를 병에 넣어버렸다면 범인은 그 와인을 마실 수 없게 된다.

아무리 생각해도 와인병에 미리 수면제를 넣었다는 건 부자연스러웠다. 하지만 그런 게 아니라면 굳이 병에 남은 술을 비워버린 이유가 무엇인지, 알 수가 없었다.

야스마사는 수첩에 '와인, 와인병'이라고 써넣고 그 옆에 물음표를 달았다.

아무튼 범인은 와인병을 비워버리고 빈 병은 쓰레기통에 버렸다. 그다음에 드디어 이 집을 탈출하는 것인데, 문단속을 하지 않고 갈 수는 없다. 하지만 소노코의 열쇠를 사용할 수도 없다. 사건 발각 후, 이 방의 열쇠가 없어졌다는 사실이 밝혀지면 틀림없이 의심을 살 것이기 때문이다. 그래서 범인은 복사키를 사용했다. 현관문을 나선 뒤에 복사키로 문을 잠갔던 것이다.

야스마사는 자신의 가방을 뒤져 한 개의 열쇠를 꺼냈다. 문 안쪽의 우편함에 들어 있던 열쇠다. 이것이 범인이 사용한 열쇠일 것이다.

여기서 다시 두 가지 의문이 생겨났다. 범인은 이 복사키를 어떻게 손에 넣었는가. 그리고 또 한 가지, 어째서 이걸 우편함에 되돌려놓았는가.

복사키 자체에 대해서는 설명이 안 되는 건 아니다. 이를테면 소노코가 직접 스페어 키로 만들어둔 것을 범인이 어디선가 발견하는 경우도 있을 수 있다. 범인이 옛 연인이어서 소노코에게서 그 복사키를 직접 받았다고 한다면 문제는 더욱더 간단하게 풀린다.

알 수 없는 것은 열쇠를 우편함에 다시 넣어뒀다는 점이다. 그렇게 하면 틀림없이 경찰이 수상하게 여기리라는 것을 미처 생각하지 못했을까. 아니면 범인에게 반드시 그렇게 해야 할 어떤 이유가 있었던 걸까.

야스마사는 수첩에 '복사키?'라고 써넣고 두 줄의 밑줄을 그었다. 이런 식으로 간다면 물음표를 달아야 할 일들이 자꾸 늘어날 것 같다. 사실 아직도 의문은 많았다. 이를테면 접시 안에서 타다 남은 채로 발견된 종이쪽의 정체다. 그것이 소노코의 죽음과 무관하다고는 생각되지 않았다.

아직 알 수 없는 일들이 너무나 많다. 하지만—.

반드시 내가 밝혀낼 것이다, 라고 야스마사는 기억 속에 존재하는 누이에게 맹세했다.

그때 전화벨이 울렸다.

울릴 리 없는 것이 울렸기 때문에 야스마사는 경련을 일으

키듯이 펄쩍 뛰며 일어섰다. 분명 전화는 아직 해약하지 않았지만, 이 집에 전화를 할 사람은 절대 없다고 생각했다. 하지만 생각해보니 세상 사람 모두가 소노코의 죽음을 알고 있는 건 아니었다.

무선전화기의 본체가 거실 벽에 붙어 있었다. 그 수화기에 손을 내밀면서 그는 순간적으로 몇 가지 가능성을 염두에 두었다. 특히 조심해야 할 것은 상대가 소노코의 옛 연인일 경우였다. 그자는 어쩌면 소노코의 죽음을 알지 못한 채 전화를 해올지도 모른다. 그렇다면 그는 범인이 아니라는 얘기가 되지만, 정말로 알지 못하고 걸어온 것인지 아닌지를 확인할 필요가 있다. 그러려면 어떻게 해야 하는가.

전혀 모르는 듯한 태도를 보였을 경우에는 이쪽이 소노코의 오빠라는 것을 밝히고, 뭔가 알고 있는 듯한 눈치일 때는 형사라고 하자―. 그렇게 마음을 정하고 야스마사는 수화기를 집어 들었다.

"여보세요."

"역시 거기 있었군요?" 수화기를 통해 들려온 것은 야스마사가 전혀 예상하지 못한 목소리였다. "네리마 경찰서의 가가예요. 지난번에는 실례가 많았습니다."

"아, 예……." 야스마사는 말문이 턱 막혔다. 가가가 어떻게 자신이 이 집에 와 있는 것을 알았는지, 잠시 어리둥절한 기분이었다.

"도요하시 경찰서 쪽에 연락했더니 이번 주는 꼬박 휴가라고 하고, 나고야 집에 전화해봐도 아무도 받지 않아서 아마 거기 와 있을 거라고 생각했죠. 내 예감이 맞았네요."

자신감 넘치는 그 말투가 야스마사의 비위를 건드렸다.

"왜, 무슨 급한 볼일이라도 있습니까?" 급한, 이라는 부분에 악센트를 준 것은 나름대로 최대한 싫은 내색을 해본 것이었다.

"몇 가지 궁금한 게 생겼어요. 게다가 돌려드릴 것도 있습니다. 기왕 도쿄까지 오셨으니 한번 만나고 싶은데요."

"뭐, 괜찮겠죠."

"그럼 지금 그쪽으로 가도 될까요?"

"지금 이쪽으로 온다고요?"

"아, 뭔가 내가 가면 안 될 일이라도?"

"아니, 그런 건 아니고."

야스마사로서는 이 형사에게 다시 이 방을 살펴볼 기회를 주는 건 아무래도 내키지 않았다. 하지만 딱히 거절할 만한 이유가 생각나지 않았다. 게다가 가가 형사가 수중에 어떤 정보를 쥐고 있는지도 궁금했다.

"알았어요. 그럼 기다리지요." 야스마사는 어쩔 수 없이 그의 제안에 응했다.

"고맙습니다. 20분쯤이면 도착할 거예요."그렇게 대답하자마자 가가는 전화를 끊었다.

20분—. 어물어물하고 있을 때가 아니었다. 야스마사는 꺼내놓았던 소중한 증거물들을 서둘러 가방에 챙겨 넣었다.

4

가가는 정확히 20분 뒤에 나타났다. 검은 양복 위에 진한 감색 울 코트를 걸치고 있었다. 날씨가 추워졌네요, 라는 게 그의 첫마디였다.

야스마사는 그와 거실 테이블을 끼고 마주 앉았다. 커피메이커와 커피 가루, 종이 필터 등이 눈에 띄어서 그걸로 커피를 내려주기로 했다. 스위치를 켜자 채 1분도 안 되어 뜨거운 물이 커피 가루에 떨어지기 시작해 집 안에 그윽한 향기가 퍼졌다.

가가는 우선 지난번에 가져갔던 것이라면서 소노코의 메모장이며 예금통장 등을 반환했다. 야스마사는 하나하나 확인한 다음에 가가가 꺼내놓은 서류에 서명 날인했다.

"그 뒤로 뭔가 좀 찾아냈어요?"서류를 챙겨 넣으며 가가가 물었다.

"뭔가, 라니……."

"소노코 씨의 죽음에 관한 거요. 어떤 것이든 괜찮아요."

"흐음." 야스마사는 한숨을 쉬어 보였다. "장례식을 했는데, 도쿄에서 내려온 조문객이 너무 적어서 놀랐어요. 회사에서 나온 사람이라고는 볼품없는 모양새의 계장 한 명뿐이었어요. 도쿄에서 10년이나 살았는데 회사 친구가 한 명도 없었다니, 소노코가 얼마나 외롭게 지냈는지, 실감이 나더군요."

이 말에 대해 가가는 조용히 고개를 끄덕였다.

"아닌 게 아니라 회사에서도 친한 사람이 별로 없었던 모양이에요."

"회사 쪽도 조사했어요?"

"예, 소노코 씨의 유체가 발견된 그다음 날에."

"그렇군. 뭐, 나도 나중에 인사는 하러 가야겠다고 생각하고 있었어요." 세세한 퇴사 절차에 대해서는 장례식 날에 계장과 상의해두었다. "그래서 회사에서는 어떤 식으로 말하던가요? 그러니까 그게, 소노코의 자살에 대해서."

"당연한 일이지만 다들 깜짝 놀라는 기색이었어요."

그렇겠지, 라고 야스마사는 고개를 끄덕였다.

"하지만 몇 명은 전혀 그런 징조가 없었던 건 아니라고 하던데요."

"그게 무슨 말이에요?" 야스마사는 몸을 쓱 내밀었다. 흘려 들을 수 없는 말이었다.

"동료 직원의 말에 의하면, 분명 사망하기 전 며칠 동안 소노코 씨의 상태가 이상했었대요. 말을 걸어도 대답을 안 하거나 자잘한 실수를 했던 모양이에요. 여러 명이 똑같은 말을 하는 걸 보면 괜한 소리는 아니라고 봐야겠죠."

"그래요……." 야스마사는 천천히 고개를 흔들었다. 연극이 아니었다. 자기도 모르게 미간이 좁혀졌다. 그리고 자리에서 일어나 미리 꺼내놓은 두 개의 머그잔에 커피를 따랐다. "역시 이래저래 고민이 많았던 모양이네. 서글픈 일이네요." 머그잔 하나를 가가 앞에 놓았다. "크림하고 설탕은?"

"고마워요. 블랙으로도 괜찮습니다. 근데 말예요"라고 가가는 야스마사를 보았다. "만일 이즈미 씨 말대로 대도시에서 외로움을 견디지 못했던 거라면 평소에도 그런 조짐이 보였어야 할 텐데, 왜 지난주에야 갑자기 직장 동료들이 알아볼 만큼 큰 변화가 생겼던 걸까요?"

"……무슨 말인지."

"설령 자살의 동기가 이즈미 씨가 말하는 그런 것이라고 해도 뭔가 결정적인 계기가 될 만한 사건이 며칠 전에 있었던 게 아닌가 하는 생각이 들어요."

"예, 어쩌면 그런 게 있었는지도 모르죠."

"그 점에 대해 짐작 가는 거 없어요?"

"없어요. 몇 번이나 말했지만, 금요일 밤에 통화한 것도 아주 오랜만이었어요. 내가 그런 쪽으로 짐작 가는 게 있었다면 진즉에 말을 했겠죠." 형사를 상대로 초조해하면 안 된다는 걸 알면서도 야스마사는 저도 모르게 말투가 날카로워졌다.

"그래요?" 가가 쪽은 상대의 말투 따위 전혀 신경도 쓰지 않는 기색이었다. "직장 동료들에게도 물어봤는데 이렇다 할 대답은 얻지 못했어요. 근데 말이죠"라고 가가는 수첩을 들여다보며 질문을 이어갔다. "지난주 화요일에 소노코 씨가 회사를 쉬었어요. 몸이 안 좋다는 이유로. 그리고 분명 그 결근 날 이후부터 소노코 씨의 상태가 이상해졌다고 하더라고요."

"그래요?" 야스마사로서는 처음 듣는 소리였다. "즉 그 결근 날에 뭔가 일이 있었다는 건가요?"

"그날이거나 혹은 그 전날 밤에 무슨 일이 있었다, 그렇게 생각하는 게 타당할 거 같은데. 이즈미 씨의 의견은 어때요?"

"모르겠어요. 아무튼 무슨 일이 있었던 모양이죠."

"그 화요일에 대해 혹시나 해서 탐문을 해본 결과, 여기서 두 집 건너 이웃에 사는 여자가 낮 시간에 소노코 씨가 외출하는 걸 목격했대요. 그 여자는 미용사인데, 마침 화요일이 쉬는 날이라서 똑똑히 기억이 난다고 했어요."

"잠깐 뭔가 사러 나갔던 거 아닌가?"

"그럴 수도 있지만, 약간 묘한 얘기를 했어요."

"뭔데요?"

"소노코 씨의 옷차림이 이상했대요. 면바지에 점퍼 차림인 것은 그냥 평범했는데, 머플러를 입까지 올려 쓰고 검은 선글라스를 끼고 있었답니다."

"흠……."

"뭔가 이상하죠?"

"좀 이상하군요."

"얼굴을 감췄다, 라고 보는 게 타당하다고 생각되는데요."

"눈에 다래끼라도 생겼었나?"

"나도 그게 생각나서 감식과에서 유체의 사진을 확인해봤어요." 그렇게 말하며 가가는 상의 안주머니에 손을 넣었다. "보시겠습니까?"

"아니, 됐어요. 결과는 어땠는데요?"

"다래끼도 여드름도 없었습니다. 깨끗한 얼굴이었어요."

"다행이네"라고 야스마사는 자기도 모르게 말했다. 최소한 깨끗한 얼굴로 죽을 수 있어서 다행이었다는 의미였다.

"그렇다면"이라고 가가는 말했다. "소노코 씨는 자신의 얼굴을 드러내고 싶지 않은 곳에 갔었다, 라고 생각할 수 있습니다. 뭔가 짐작 가는 장소는 없나요?"

"없어요." 야스마사는 고개를 저었다. "소노코가 어딘가 음침한 곳에 드나들었다고는 생각할 수도 없고."

"게다가 대낮이기도 하고요."

"그렇죠."

"그럼 이 점에 대해 좀 생각해보시고 뭔가 생각나는 게 있으면 꼭 연락해주세요."

"나한테 기대하시면 좀 곤란한데?"

야스마사는 커피를 마셨다. 약간 진한 듯했다.

"그다음에 묻고 싶은 건……." 가가는 다시 수첩을 펼쳤다. "소노코 씨가 디자인에 관심이 있었어요?"

"디자인? 무슨 디자인?"

"뭐든 괜찮아요. 의상 디자인도 좋고, 액세서리든 포스터든 좋습니다."

"뭘 물어보려는 건지 모르겠네. 소노코하고 디자인이 무슨 관계가 있어요?"

그러자 가가는 야스마사의 손 쪽을 가리켰다.

"조금 전에 돌려드린 수첩 뒤편에 주소록이 있었지요? 거기에 한 군데, 소노코 씨와 어떤 관련이 있는지 알 수 없는 회사의 전화번호가 있었어요. '계획 미술'이라고 하는 곳인데."

야스마사는 소노코의 수첩을 펼쳤다. "예, 있군요."

"알아보니까 디자인 사무실이었어요. 다양한 디자인을 하청받아다 일하는 회사죠."

"흐음……. 그 사무실에는 문의를 해봤어요?"

"해봤어요. 하지만 그 사무실 쪽에서는 이즈미 소노코 씨라는 사람은 전혀 모른다는 거예요. 좀 이상하지 않아요?"

"아닌 게 아니라 이상하네. 직원 모두에게 물어봤어요?"

"아니, 사무실이라고 해도 경영자 겸 디자이너 한 사람하고 아르바이트하는 미대생 한 명뿐이에요. 그 미대생도 이번 여름부터 나오기 시작했다고 하더군요."

"그 경영자 겸 디자이너는 이름이 어떻게 되지요?"

"후지와라 이사오라는 사람입니다. 이 이름에 대해 뭔가 기억나는 건?"

"기억나는 게 없는데."

"그럼 오카다 히로시라는 이름은 어때요? 아르바이트하는 미대생인데요."

"들은 적이 없어요. 소노코는 여자 친구 이야기를 할 때도 구체적인 이름은 말을 안 했어요. 더구나 남자 이름이라고는 그 애 입에서 나온 적이 없어요."

"대개 그렇긴 하죠. 하지만 확인차 또 한 사람, 쓰쿠다 준이치라는 이름은 어떻습니까?"

"쓰쿠다 준이치……"

야스마사의 머리에 걸리는 게 있었다. 그리고 영 점 몇 초쯤 뒤에 퍼뜩 떠오르는 게 있었다.

준이치─. 머리글자가 J다.

"그 사람은 뭐 하는 사람이죠?" 가가에게 들키지 않도록 최대한 태연한 척하며 물었다.

"올 3월까지 그 사무실에서 아르바이트를 했던 사람이에요. 4월부터 모 출판사에 취직했다고 하더군요."

"그 사람에게도 소노코에 대해 물어봤어요?"

"일단 전화로 물어봤습니다. 역시 모른다고 했어요."

"그래요……."

그 남자가 메모에 적힌 'J'인지 아닌지는 야스마사로서도 아직 판단이 서지 않았다. 하지만 만일 그 'J'라면 소노코에 대해 모른다고 말했다는 건 뭔가 이상하다. 어찌 됐건 당장 확인해볼 필요가 있었다.

"알았어요. 이따가 소노코의 짐을 정리할 생각이니까 그 디자인 사무실과 관계가 있는 건 없는지, 잘 찾아볼게요."

"부탁합니다." 가가가 꾸벅 머리를 숙였다. 그리고 주섬주섬 필기구를 챙겼다. "오랜 시간, 수고하셨어요. 오늘은 이만 실례합니다. 아, 그리고 오늘은 일정이 어떻게?"

"이 맨션 주인을 만나기로 했어요." 이건 사실이었다. 야스마사는 당분간 이 집의 임대를 그대로 유지할 생각이었다.

"그렇군요. 이래저래 수고가 많으시네요." 형사는 자리에서 일어섰다.

"근데 이 일은 언제까지 수사를 계속하시려고?" 야스마사가 물었다. 이 사건, 이라고 하지 않은 것은 나름대로 자신의 의사를 표현해본 것이었다.

"최대한 빨리 깔끔하게 정리가 되었으면 합니다."

"거참, 알다가도 모르겠네. 야마베 씨 이야기로는 자살로 결론이 난 것 같았는데, 그런 게 아니었어요?"

"물론 그런 결론이 나올지도 모르지요. 하지만 그럴 경우에도 보고서를 완벽하게 갖춰야 해요. 이즈미 씨라면 이해해주실 거라고 생각했는데."

"그야 나도 알지만, 뭐가 부족한 건지 이해하기가 어렵네."

"이런 일은 조사를 아무리 많이 해도 나쁠 건 없다는 게 내 주의예요. 번거롭게 해서 미안합니다만." 가가는 머리를 숙였다. 그런 몸짓도 이 형사가 하면 뭔가 의미심장하게 느껴지는 것이었다.

"부검 결과는 어떻게 나왔어요?" 야스마사는 질문의 방향을 바꾸었다. 이 형사가 손안에 어떤 카드를 들고 있는지 알고 싶었다.

"어떻게, 라니요?"

"뭔가 이상한 점은 없었어요?"

"아뇨, 딱히 그런 건."

"그럼, 행정 해부로 끝난 거군요?"

행정 해부 중에 의사가 수상한 점을 감지했을 경우, 경찰에 연락이 들어가 즉시 사법 해부로 돌려진다. 그때는 경찰관이

입회하게 되어 있었다.

"네, 맞아요. 뭔가 알고 싶은 게 있습니까?"

"아니, 그런 건 없는데……."

"의사의 보고에 의하면, 소노코 씨의 위에는 음식물이 거의 남아 있지 않았다는군요. 단식이라고 할 정도는 아니지만, 변변한 식사를 하지 않은 걸로 판단되었어요. 이건 자살자에게서 흔히 보이는 특징 중의 하나이기도 합니다."

"말하자면 식욕이 없었다는?"

그렇습니다, 라고 가가는 턱을 당겼다.

야스마사는 슬픔으로 얼굴이 일그러지려는 것을 감추기 위해 손으로 뺨을 비볐다. 죽음 직전에 전화로 들었던 소노코의 목소리가 떠올랐다.

"혈중 알코올 농도는 어땠어요? 누이가 와인을 얼마나 마셨는가 하는 점을 지난번에 꽤 마음에 걸려 하시던데."

"네, 맞아요." 가가는 다시 수첩을 꺼냈다. "알코올은 검출되었지만 그다지 많은 양은 아니었어요. 이즈미 씨가 말씀하셨던 대로 소노코 씨는 남겨두었던 와인을 마신 모양입니다."

"수면제는?"

"먹은 것으로 확인됐습니다. 아, 그리고 와인 잔에 남아 있던 와인에서도 같은 종류의 약이 검출됐어요."

"흠, 그렇군."

"그게 약간 이상하단 말예요." 가가는 수첩을 덮어 호주머니에 넣었다. "보통 자기 스스로 약을 먹을 경우, 그렇게 할까요? 대개는 약을 입에 넣고 음료수로 꿀꺽 삼키지요. 그렇게 하는 게 일반적이라고 생각하는데."

"와인에 섞어 마셨다고 해도 그게 이상한 건 아니잖아요?"

"그건 그렇지만." 가가는 여전히 뭔가 할 말이 있는 듯한 기색이었다.

"사인은 역시 감전사?" 야스마사는 다음 질문으로 옮겨 갔다.

"그렇다더군요. 그 밖에 외상은 없고 내장에서도 이상은 발견되지 않았어요."

"그 애가 바라던 대로 고통은 느끼지 않고 죽었겠군요?"

야스마사의 그 말에 대해 가가는 아무 대답도 하지 않았다. 그럼 이만, 이라면서 코트를 걸쳤다. 그다음에 "아, 그렇지. 한 가지 더 확인할 게 있는데"라고 말했다.

"뭔데요?"

"타이머는 이즈미 씨가 껐다고 했죠?"

"예."

"하지만 전기 코드나 소노코 씨의 몸에 손을 대지는 않았다는 건가요?"

"음, 만지지 않았던 것 같은데, 그게 왜요?"

"아뇨, 별건 아닌데, 유체를 조사했을 때 가슴의 전기 코드가 떨어져 있었어요. 정확히 말하자면 전기 코드를 붙였던 반 창고가 살짝 떨어져서 전기선이 가슴에 딱 붙어 있지 않았어요."

"어쩌다 떨어진 거 아닌가?"

"나도 그렇게 생각했어요. 근데 그게 언제일까요? 소노코 씨가 사망한 순간에는 전기 코드가 가슴에 딱 붙어 있었어야 하거든요. 그리고 사망한 뒤에는 소노코 씨는 절대로 움직일 수가 없었고요. 그렇다면 '어쩌다' 그게 떨어지는 일도 없었어야 맞는데……."

야스마사는 흠칫했다. 그는 정말로 전기 코드나 소노코의 몸에 손을 댄 기억은 없었다. 경찰을 부르기 전에 이런저런 조작을 하기는 했지만, 사체에 관해서는 나중에 의심을 사지 않도록 원래 상태 그대로 보존했던 것이다. 하지만 그때 이미 그런 부자연스러운 상황이 되어 있었던 모양이다. 코드가 떨어진 것은 '범인이 어쩌다' 그렇게 만들었다는 뜻이다. 그렇다면 이 점에 대해서도 가가의 의혹을 풀어주지 않으면 안 된다.

"그렇다면 아마 나였을 거예요"라고 야스마사는 말했다. "내가 어쩌다 전기 코드를 건드린 모양이죠. 그것 말고는 다른 가능성이 없어요."

"하지만 이즈미 씨는 손을 댄 적이 없다고 했잖습니까."

"아니, 솔직히 말하면 전혀 손을 대지 않았다고 단언할 자신은 없어요. 담요 위로 누이의 몸을 흔들었던 것 같기도 하고. 아마 그런 때 전기 코드를 고정한 테이프가 떨어졌던 거 아닌가?"

가가의 한쪽 눈썹이 쭉 올라갔다.

"이즈미 씨가 그렇게 말한다면 그 문제는 해결이 되겠네요."

"네, 해결된 걸로 생각해도 무방하겠죠. 내가 대답을 정확하게 하지 못한 건 미안해요. 아무튼 그때는 내가 제정신이 아니었으니까. 어떻든 이래저래 폐를 끼쳤군요."

"아니, 폐라고 할 정도는 아니고요. 걱정하지 마십쇼." 가가는 이번에는 정말로 갈 생각인지 구두를 신고 나섰다. 하지만 그 날카로운 시선이 신발장 위에서 멈췄다. "아, 이건?"

형사가 바라본 것은 우편 광고물 더미였다. 아까 야스마사가 우편함에서 꺼내 온 것이다.

"그건 다 우편 광고물이에요. 편지 같은 건 없고."

"아, 예." 가가는 그것을 집어 들었다. "이거, 내가 가져가도 될까요?"

"네, 가져가시죠."

"그럼." 가가는 광고물을 코트 호주머니에 넣었다. 야스마사는 그것에 뭔가 가치가 있다고는 생각되지 않았다.

"그럼 또 봐요"라고 가가는 말했다.

"예, 언제라도." 야스마사는 형사를 배웅했다.

문을 닫고 고리를 잠그려고 했을 때였다. 야스마사의 머릿속에서 뭔가가 턱 걸렸다. 조금 전에 가가가 입에 올린 한마디 말이었다.

가가 형사를 다시 불러 확인해볼까 하고 생각했다. 하지만 그건 안 될 일이었다. 그를 다시 불러들였다가는 금세 피라냐처럼 들러붙을 게 틀림없다.

분명히 반창고라고 했어ー.

전기 코드를 소노코의 몸에 붙이는 데 반창고가 사용되었다고 가가는 말했다. 그것이 사체 발견 때에는 살짝 떨어져 있었다고.

야스마사는 침실로 들어가 실내를 한 바퀴 둘러보았다. 그가 원하는 것을 발견한 건 눈높이를 조금 위로 올렸을 때였다. 책장 위에 목제 구급상자가 놓여 있었다. 그는 두 팔을 뻗어 구급상자를 내려다가 침대 위에서 뚜껑을 열었다.

감기약, 위장약, 안약, 붕대, 체온계 등이 깨끗하게 정리되어 있었다. 그 속에 반창고도 있었다. 폭은 1센티미터 정도. 반절쯤 사용한 것처럼 보였다.

범인이 이걸 썼단 말이지ー.

형사들이 이 구급상자를 놓쳤을 리는 없으니까 벌써 지문 채취는 끝났을 것이다. 그런데도 이 반창고에 대해 아무 말이 없는 것을 보면 여기서는 소노코의 지문밖에 발견되지 않았을 것이다.

야스마사는 뚜껑을 닫고 구급상자를 원래 위치에 돌려놓았다.

시계를 보니 3시가 다 된 시각이었다. 우선 맨션 주인을 만나야 했다. 그리고 당분간 이 집을 계속 쓰겠다고 말해둘 필요가 있다. 이 귀중한 살인 현장을 내 손에서 떠나보낼 수는 없다.

밤, 야스마사는 'J'의 번호에 전화를 해보기로 했다.

어떤 상대가 전화를 받느냐에 따라 그는 대응을 전혀 다르게 할 생각이었다. 혹시라도 사건과 관계가 있는 사람일지도 모른다는 점을 생각하면 섣부르게 본명을 밝힐 수는 없었다.

입술을 핥고 심호흡을 한 차례 한 뒤에 전화 버튼을 눌렀다.

연결음이 세 번 울린 뒤에 전화가 연결되었다.

상대는 "네"라고만 말했다. 남자 목소리였다. 하지만 기대와는 달리 먼저 이름을 밝혀주지는 않았다.

"여보세요."

"예."

역시 상대는 자기 쪽에서 먼저 이름을 밝힐 생각은 없는 모양이다. 이것도 대도시에서 살아가는 노하우인지 모른다. 야스마사는 승부를 걸어보기로 했다.

"쓰쿠다 씨인가요?"

냉큼 대답해주지 않았다. 아차, 잘못 짚었구나 하고 야스마 사는 생각했다.

하지만 2~3초 뒤에 상대는 대답했다. "네, 그런데요."

야스마사는 전화기를 들지 않은 쪽의 손을 꾹 움켜쥐었다. 직감이 맞아떨어졌다. 하지만 문제는 이제부터였다.

"쓰쿠다 준이치 씨죠?"

"예, 근데…… 누구시죠?" 의아한 듯이 물어왔다.

"아, 나는 경시청 수사 1과의 소마라고 하는데요." 말투가 부 자연스럽지 않도록 야스마사는 일부러 빠르게 주워섬겼다.

"무슨 일이시죠?" 저쪽이 잔뜩 긴장했다는 것이 목소리에서 느껴졌다.

"실은 어떤 사건 때문에 잠깐 물어볼 게 있어요. 내일, 시간 좀 내줄 수 있을까요?"

"어떤 사건인데요?"

"자세한 건 그때 이야기하고요. 만날 수 있겠지요?"

"예, 그건 괜찮은데……."

"내일은 토요일인데, 회사에 출근하십니까?"

"아뇨, 집에 있습니다."

"그러면 낮 1시쯤에 내가 그쪽으로 가는 걸로 하면 어떻겠 습니까?"

"네, 그러세요."

"그러면 주소를 좀 부탁합니다."

주소를 받아 적고, 잘 부탁한다는 인사와 함께 전화를 끊었다. 기껏 그런 정도의 대화만으로도 가슴이 아릴 만큼 심장박동이 빨라졌다.

5

다음 날 정오를 지나 야스마사는 소노코의 집을 나섰다. 바람이 강해서 코트 깃이 펄럭펄럭 휘날렸다. 뺨이 얼고 귀가 아팠다. 하지만 그러면서도 겨드랑이에는 땀이 났다.

쓰쿠다가 어떻게 나올까―.

'J'는 역시 쓰쿠다 준이치였다. 게다가 쓰쿠다는 가가에게 소노코에 대해 알지 못한다고 말했다. 냉장고에 전화번호를 붙여둘 만큼 잘 아는 사이인데, 한쪽이 알지 못한다고 하는 건 아무리 생각해도 이상하다. 소노코의 죽음과 관계가 있다고 속단할 수는 없지만, 뭔가 수상하다는 것만은 틀림이 없었다.

휴대용 도쿄 지도를 손에 들고 야스마사는 전차를 갈아타며 나카메구로에 도착했다. 중간에 시간이 남을 것 같아서 메밀국숫집에 들러 튀김 메밀국수를 먹었다.

쓰쿠다에게서 들은 주소지에는 오토록 설비의 9층짜리 맨션이 서 있었다. 외벽은 침착한 진갈색이고 세련된 저택이 늘어선 주위와 잘 어울렸다. 올해 겨우 취직했다는 젊은 녀석이 어떻게 이런 맨션에서 살 수 있는 건가, 하고 야스마사는 약간 질투를 느꼈다.

정면 현관으로 들어가자 우선 유리문이 있고 그 곁에 각 세대와 통화가 가능한 인터폰이 있었다. 야스마사는 주르륵 늘어선 우편함을 보았다. 705호실이라는 곳에 '쓰쿠다 준이치'라고 적힌 팻말이 붙어 있었다.

그는 버튼을 꾹꾹 눌러 705호실을 호출했다. 유리문 너머로 넓은 로비가 보였다. 거기에 엘리베이터와 마주하듯이 관리인실도 있었다. 관리인은 단정하게 제복을 입었다.

"네"라는 목소리가 스피커에서 들렸다.

"경시청의 소마예요." 마이크를 향해 야스마사는 말했다.

도어록이 풀리는 소리가 차르륵 울렸다.

705호실에서 야스마사를 기다리고 있는 청년은 키가 크고 마른 편에 얼굴도 작았다. 헐렁한 스웨터에 면바지 차림이었지만 정장을 입히면 패션모델로도 통할 듯한 사내였다. 야스마사는 꽃미남이라는 말을 떠올렸고, 그다음 순간에는 이렇게 생각했다. 소노코와는 어울리지 않는구나—.

"쉬는 날, 미안해요. 소마입니다." 야스마사는 명함을 내밀었다. 쓰쿠다 준이치는 긴장한 얼굴로 받아 들더니 그 명함을 찬찬히 들여다보았다.

그것은 진짜 소마라는 경시청 수사 1과 형사의 명함이었다. 한참 전에 도쿄에서 살인을 저지른 범인이 아이치현에 내려와 교통사고를 일으킨 적이 있었다. 그때 범인을 인계하러 왔던 이가 바로 소마 형사였던 것이다. 하지만 그가 지금도 경시청 수사 1과에 있는지는 알지 못한다.

경찰수첩은 일단 상의 호주머니에 넣고 왔다. 어제 아침, 경찰서에 들러서 가져온 것이다. 형사들과는 달리 교통경찰은 통상 수첩을 소지한 채 귀가하는 건 금지되어 있지만 경찰 출입구에서 일일이 체크까지 하지는 않았다.

야스마사는 되도록 그 경찰수첩은 내보이고 싶지 않았다. 표지만 본다면 괜찮지만, 안을 펼쳐 봤다가는 정체가 드러나고 만다.

하지만 준이치는 전혀 수상하게 생각하지 않는 눈치였다. 들어오세요, 라면서 야스마사를 안으로 안내했다.

방은 8평쯤 되는 원룸이었다. 남쪽으로 향한 큼직한 창문을 통해 햇볕이 넉넉히 들어왔다. 침대, 책장, 컴퓨터 책상이 벽쪽으로 늘어서 있었다. 창문 곁에는 이젤이 세워져 있고 거기에 작은 캔버스가 놓여 있었다. 호접란을 그리고 있던 모양이었다.

준이치가 권하는 대로 야스마사는 카펫 위에 책상다리를 하고 앉았다.

"좋은 방이군요. 임대료가 꽤 많이 나올 것 같은데."

"별로 그렇지도 않아요."

"언제부터 여기서 살았어요?"

"올해 4월이에요. 그보다 오늘 무슨 일로 오셨는지……." 준이치는 처음 만난 상대와 그런 잡담을 주고받을 마음은 전혀 없는 눈치였다.

야스마사는 본론으로 들어가기로 했다.

"우선 쓰쿠다 씨와 이즈미 소노코 씨의 관계부터 물어보고 싶은데."

"이즈미 소노코…… 라고요?" 준이치의 시선이 흔들렸다.

"네리마 경찰서 쪽에서도 문의가 왔었죠? 이즈미 소노코라는 사람을 아느냐고. 당신은 모른다고 했다던데, 사실은 알고 있는 거 아닌가?" 야스마사는 입가에 웃음을 띠며 말했다.

"왜 그렇게 생각하시는데요?"라고 준이치는 물어왔다.

"이즈미 소노코 씨 방에 여기 전화번호가 있었어요. 그래서 어젯밤에 당신에게 연락을 할 수 있었지."

"아, 그런 건가요?" 준이치는 자리에서 일어나 부엌 쪽으로 갔다. 차를 대접할 모양이었다.

"왜 네리마 경찰서 형사에게는 모른다고 했을까." 말을 하면서 야스마사는 옆의 쓰레기통으로 시선을 던졌다. 그 안에 머리카락과 먼지가 잔뜩 묻은 종이가 둘둘 뭉쳐 버려져 있었다. 바닥을 청소한 종이걸레일 것이다. 사람이 온다고 하니까 서둘러 청소를 한 모양이다.

"괜히 귀찮은 일에 휘말리고 싶지 않아서 그랬어요." 등을 보인 채 준이치는 말했다. "한참 전에 헤어진 여자라서요."

"헤어져? 그렇다면 그 전에는 연인이었어요?" 야스마사는 쓰레기통에 손을 내밀었다. 잽싸게 종이걸레를 꺼내 바지 호주머니에 찔러 넣었다.

"네, 사귄 건 사실입니다."

녹차 찻잔을 쟁반에 담아 들고 준이치가 돌아왔다. 그리고 한쪽 잔을 야스마사 앞에 내주었다. 좋은 향기가 났다.

"언제까지?"

"올해 여름쯤……, 아, 좀 더 전이었나?" 준이치는 차를 후룩 마셨다.

"왜 헤어졌어요?"

"왜냐면…… 나도 취직 문제 때문에 바빠서 자주 만나질 못하고 그냥 넘어가다 보니……. 자연 소멸이라고나 할까요."

"그 이후에는 전혀 안 만났어요?"

"네."

"그렇군." 야스마사는 수첩을 꺼냈다. 하지만 딱히 메모할 마음은 없었다. "귀찮은 일에 휘말리고 싶지 않았다, 라고 했죠? 그건 무슨 말이지?"

"무슨 말이냐니, 그야……." 준이치는 눈을 슬쩍 치켜뜨고 야스마사를 보았다. "죽었잖아요, 그 여자……."

"알고 있었어요?"

"신문에서 봤어요. 자살했다는 기사가 실렸더군요. 그런데 내가 예전에 사귄 사람이라고 하면 틀림없이 이래저래 질문이 들어올 거 같아서……."

"그게 귀찮아서 거짓말을 했다는?"

"뭐, 그렇죠."

"그런 마음이야 나도 잘 알지. 아무튼 형사라는 건 끈질긴 생물이니까." 잘 먹겠습니다, 라고 말하고 야스마사도 차를 마셨다. 맛있는 호지 차였다. "실은 자살 동기를 잘 알 수가 없어서 문제야. 쓰쿠다 씨는 뭔가 생각나는 거 있어요?"

"전혀 모르겠어요. 그게요, 헤어지고 벌써 반년이나 지났거든요. 그보다 동기에 대한 건 신문에 적혀 있었던 것 같은데요?"

"도시 생활에 지쳐서, 라는 거? 하지만 그건 구체성이 없어요."

"자살 동기라는 게 원래 그런 식으로 막연한 거 아닌가요?"

"자살이 분명하다면 우리도 그렇게 이해하고 받아들였겠지. 하지만 이번 경우는 달라."

이 말에 쓰쿠다 준이치는 눈이 둥그레졌다. 빰이 팽팽하게 긴장하는 것을 야스마사는 알아보았다.

"형사님은 그게 자살이 아니라는 건가요?"

"아직 단언할 수는 없지만, 나는 자살이 아니라고 생각하고 있어요. 즉 자살로 위장한 살인이라는 거."

"그렇게 생각하시는 근거는요?"

"자살이라고 하기에는 이상한 점이 몇 가지 있거든."

"어떤 건데요?"

준이치의 질문에 대해 야스마사는 어깨를 슬쩍 움츠리면서 말했다.

"미안하지만 수사상의 비밀이라서 그건 말해줄 수 없어요. 게다가 당신은 출판업계에서 일하고 있으니까 더욱 발설할 수 없죠."

"아뇨, 보도 에티켓은 꼭 지킬게요. 게다가 가장 중요한 내용을 알려주시지 않으면 나로서도 수사에 협조하기가 힘들어요."

"꽤 빡빡하게 나오시네." 야스마사는 잠깐 생각해보는 척하고 나서 말했다. "알았어요. 그럼 한 가지만 알려드리지. 단, 이건 꼭 비밀로 해야 돼요."

"네, 비밀로 하겠습니다."

"소노코 씨가 마지막으로 와인을 마셨다는 건 알고 있어요?"

"신문 기사에서 읽었어요. 그 와인과 함께 수면제를 먹었다고 하던데요?"

"그렇긴 한데, 실은 발표되지 않은 것 중에 한 가지 이상한 게 있었어요. 현장에 또 한 개의 와인 잔이 있었다는 것."

"네에……." 준이치의 시선이 허공에서 허우적거리고 있었다. 그 표정의 의미를 야스마사는 정확히 읽어낼 수 없었다.

"별로 놀라지 않으시네?"라고 야스마사는 말했다. "이상하잖아요? 와인 잔이 두 개가 있었다는 건 소노코 씨가 누군가와 함께 있었다는 얘기인데."

준이치는 당황한 듯 급하게 눈동자를 굴렸다. 그러고는 테이블 위의 찻잔에 손을 내밀었다.

"그야 누군가와 함께 있었는지도 모르지만, 그 사람이 돌아간 뒤에 자살했을 수도 있잖아요?"

"물론 그렇게 생각할 수도 있겠지. 하지만 그런 거라면 그때 함께 있었다는 인물이 벌써 나타났어야 하는 거 아닌가? 지금까지의 수사에서 우리는 이즈미 소노코 씨와 관계가 있을 만한 사람은 거의 모두 만나봤어요. 하지만 아직도 그런 사람은 찾지를 못했죠. 그게 아니면"이라고 말하고 야스마사는 눈앞의 청년의 얼굴을 빤히 들여다보았다. "그때 함께 있었던 사람이 당신인가?"

"말도 안 돼." 준이치는 찻잔을 난폭하게 내려놓았다.

"당신도 아니라면……, 그러면 대체 누굴까? 경찰 쪽에서도 아직까지 찾지 못했고, 자기 쪽에서 나타나지도 않았다는 건 분명 부자연스러운 일이지. 생각할 수 있는 건 딱 한 가지야. 그 인물이 의도적으로 숨기고 있다는 것. 왜 숨기고 있는가. 그건 말할 필요도 없는 일이겠지요?"

"나는요." 준이치는 입술을 혀로 핥고 나서 말을 이었다. "분명 자살이라고 생각해요."

"그렇기만 하다면 나도 좋겠어요. 하지만 의문이 있는 한 간단히 일을 마무리할 수가 없어요."

쓰쿠다 준이치는 한숨을 내쉬었다.

"그래서 나한테 뭘 물어보시려는 거예요? 아까부터 말했지만, 최근에는 소노코를 전혀 만나지 않았어요. 교제했던 건 인정하지만 이번 일과는 무관합니다."

"그러면 당신 이외에 소노코 씨와 친하게 지냈던 사람을 혹시 알아요? 젊은 여자가 밤에 자기 집에 들어오게 해줄 만한 상대라면 상당히 친한 사람이라고 생각할 수밖에 없는데."

"그런 것까지는 나는 모르죠. 나와 헤어진 뒤에 새 연인이라도 생긴 거 아닌가요?"

"그건 생각하기 어려워요. 당신의 전화번호를 메모한 종이
는 붙어 있었지만 다른 인물의 연락처는 어디에도 없었거든."

"그럼 아직 그런 상대는 없었는지도 모르겠네요. 하지만 나
와는 더 이상 만나지 않았어요. 그건 사실입니다."

야스마사는 아무 대답도 하지 않고 수첩에 뭔가 써넣는 자
세를 취했다.

"지난주 금요일, 당신은 어디에 있었죠?"

알리바이에 대한 질문이라는 건 준이치도 눈치챈 모양이었
다. 한순간 미간을 찌푸렸지만, 거기에 대해 별다른 불만은 드
러내지 않았다.

"금요일에는 평소에 하던 대로 회사에 출근했어요. 집에 돌
아온 건 밤 9시 넘어서였을 거예요."

"그 뒤에는 집에서 계속 혼자 있었어요?"

"네, 그림을 그렸어요."

"그림이라고 하면, 저건가?" 야스마사는 이젤 위의 호접란
그림을 가리켰다.

"네."

"아주 훌륭한 그림이군."

"어느 작가 선생님이 이사를 하셨는데, 토요일에 거기에 인
사하러 갈 때 선물로 가져가라고 출판사에서 호접란 화분을
사줬어요. 화분을 금요일 저녁에 샀기 때문에 일단 집으로 들

고 왔는데, 꽃이 너무 아름다워서 그려본 거예요. 지금은 출판사에 다니지만 제가 원래 화가 지망생이었거든요."

"허, 대단하시네. 그건 그렇고, 그래서 그동안 내내 혼자 있었군요?"

"네, 거의 혼자였죠."

"거의 혼자?" 애매한 말투가 마음에 걸렸다. "그건 무슨 말이지? 거의 혼자라니."

"밤 1시 넘어서 이 맨션에 사는 친구가 잠깐 들렀다 갔어요."

"1시? 친구가 왜 그런 밤늦은 시간에?"

"그 친구가 도쿄 시내의 이탈리안 레스토랑에서 일하는데, 일 끝내고 돌아오면 대개 그런 시간이 돼요."

"갑작스럽게 찾아온 건가?"

"아뇨, 내가 부탁한 게 있었어요."

"부탁?"

"11시쯤이었나, 내가 전화를 해서 그 가게의 피자를 사다달라고 했어요. 한참 그림을 그리다 보니까 야참을 먹고 싶어서. 확인이 필요하다면 친구에게 직접 물어보시든지요. 그 친구도 오늘은 집에 있을 텐데."

"그러면 잠깐 와달라고 연락해봐요." 야스마사가 말했다.

준이치가 전화를 하자 5분쯤 지나서 현관문을 두드리는 소리가 들렸다. 나타난 것은 준이치와 비슷한 또래의, 얼굴빛이 그리 좋지 않은 젊은 남자였다.

"이쪽은 형사님인데, 지난주 금요일 밤의 일을 물어보시겠대." 사토 유키히로라는 그 청년에게 준이치가 설명했다. 형사라는 말을 듣고 사토는 약간 경계하는 표정을 보였다.

"뭔데요?"라고 청년은 야스마사에게 물었다.

"그날 밤 1시쯤에 피자를 들고 여기에 왔었다고 하던데, 틀림없어요?"

"네, 틀림없어요."

"그런 식으로 피자를 사다준 일이 자주 있었어요?"

"이 친구가 부탁했던 건 세 번쯤이던가? 내가 먹으려고 사오는 일도 있었고요. 점원이라고 공짜로 주지는 않으니까요." 사토는 문에 몸을 기대고 면바지 앞 호주머니에 두 손을 넣었다. "근데, 이거 어떤 사건 수사예요?"

"살인사건." 준이치가 말했다.

"윽, 진짜?" 사토는 눈을 둥그렇게 떴다.

"아, 아직 살인사건으로 결론이 난 건 아니야."

"아까하고는 이야기가 다르시네?" 준이치는 머리를 쓸어 올리며 혼잣말처럼 중얼거렸다.

"피자를 가져다준 뒤에 곧바로 돌아갔어요?" 야스마사는 사토에게 물었다.

"아뇨. 우리, 한 시간쯤 이야기했던가?"

"그림에 대한 이야기를 했었지"라고 준이치가 대답했다.

"그래, 맞아. 굉장히 예쁜 꽃이 있어서 준이치는 그걸 그리고 있었어요. 어라, 그게 무슨 꽃이라고 했지?"

"호접란."

"맞다, 호접란! 그 꽃, 이제 없는 거 같은데?" 사토는 방 안을 둘러보았다.

"그다음 날에 작가 선생에게 갖다드렸어. 남은 건 이 그림뿐이야." 준이치는 그림 쪽을 턱으로 가리키고는 야스마사를 보았다. "이 친구가 피자를 가져왔을 때쯤에는 그림이 거의 다 완성된 참이었어요." 그러고는 "그렇지?"라고 사토에게 물었다.

웅, 이라고 사토는 고개를 끄덕였다. "역시 쓰쿠다는 그림을 잘 그린단 말이야."

"그 밖에 이 친구에게 확인하실 일이 있습니까?" 준이치가 야스마사에게 물었다.

아니, 라고 야스마사는 고개를 흔들었다.

"이제 되셨단다. 고마워." 준이치는 사토에게 말했다.

"어떤 사건인지 나중에 알려줄 거지?"

"뭐, 대충 알려줄게. 너무 많이 알려주면 내가 혼나거든." 그렇게 말하며 준이치는 야스마사를 쳐다보았다.

사토가 나가고 나서 야스마사는 다시 질문을 던지기 시작했다.

"저 친구하고는 언제부터 알았지?"

"이 맨션에 이사한 뒤부터예요. 엘리베이터에서 자주 마주
치다 보니 좀 친해졌죠. 뭐, 그런 정도의 사이예요."

거짓 알리바이를 부탁할 정도의 사이는 아니다, 라는 것을
강조하고 싶은 눈치였다.

"그림을 그리기 시작한 건 몇 시쯤이었어요?"

"집에 돌아와서 곧바로. 그러니까 9시 반쯤부터였을 거예요.
그럴 수밖에 없는 게, 그다음 날에는 꽃을 작가 선생님께 갖다
드려야 하니까 급하게 서둘러야 했어요."

준이치의 말을 들으면서 야스마사는 머릿속에서 계산을 하
고 있었다. 이 집에서 소노코의 맨션까지 왕복하려면 두 시간
가까이 걸린다. 소노코를 살해하고 자살 위장 공작을 하는 데
는 최소한 한 시간은 필요하다. 준이치가 말하는 대로 정말로
9시 넘어서 집에 돌아왔고, 1시에는 사토가 왔다고 한다면
그에게 주어진 시간은 세 시간 반이다. 그렇게 되면 범행은 가
능하지만 그림을 그릴 수 있는 시간은 겨우 30분뿐이다.

야스마사는 캔버스의 그림을 보았다. 그는 그림에는 전혀
문외한이지만 도저히 30분 만에 저런 그림을 그릴 수 있으리
라고는 생각되지 않았다.

"쓰쿠다 씨, 자동차는 있어요?"

"부모님 댁에는 있지만, 내 차는 없어요. 아니, 그보다 운전을 못해요."

"아, 그래요?"

"창피한 이야기지만, 별로 필요를 느끼지 못했거든요. 언젠가는 면허를 딸 생각이긴 한데."

"흐음."

자동차 운전을 하지 못한다면 당연히 이동은 전차나 택시를 이용해야 한다. 하지만 사토가 돌아간 뒤라고 하면 그야말로 심야 시간이다. 그런 시간에 범죄자가 꼬리를 잡히기 쉬운 택시를 이용한다는 건 아무래도 생각하기 어려웠다.

"쓰쿠다 씨가 회사에서 집에 돌아온 게 9시쯤이었다는 건 증명할 수 있어요?"

"1층의 관리인 아저씨가 기억하고 있을걸요? 게다가 함께 남아 있었던 회사 사람들에게 물어보셔도 될 거예요. 회사를 나선 게 8시 반쯤이었으니까 아무리 서둘러도 그 시간 안에는 집에 도착하지 못해요." 준이치의 자신만만한 말투는 굳이 회사 사람에게 물어볼 필요도 없다는 뜻을 드러내고 있었다.

"그 호접란은 금요일에 여기로 가져오기 전에는 어디에 있었어요?" 야스마사는 말했다.

"물론 꽃집에 있었겠죠." 준이치가 즉각 대꾸했다. "금요일 오후에 내가 외근을 나간 사이에 아마 여직원이 상사의 지시를 받고 사 왔을 거예요. 저녁에 회사에 들어갔더니 내 책상에 놓여 있었어요."

"꽃은 그때 처음으로 봤다는 건가?"

"그렇죠."

"그 꽃을 사기로 결정한 건 누구였지?"

"편집장과 여직원, 둘이서 상의해서 샀대요. 장미로 하는 게 어떠냐는 의견도 나온 모양이던데요?"

즉 사전에 호접란 그림을 준비해놓고 마치 그날 밤에 그린 것처럼 위장했을 가능성은 전혀 없다는 얘기였다.

"그 밖에 다른 질문은요?"

"없어요. 수고했어요." 야스마사는 그만 자리에서 일어날 수밖에 없었다.

"저어, 소마 씨"라고 준이치가 말했다.

"……아, 응, 왜요?" 소마라는 게 자신이 내밀었던 명함의 이름이라는 것을 잠깐 깜빡하는 바람에 야스마사는 대답이 한 박자 늦었다.

준이치는 진지한 표정으로 다짐하듯이 말했다. "나는 소노코를 죽이지 않았어요."

"물론 그렇겠지."

"우선 나는요, 그녀를 죽일 만한 동기가 없어요."

"알았어요, 기억해둘게"라고 야스마사는 대답했다.

엘리베이터로 1층에 내려온 야스마사는 맨션을 나오기 전에 관리인실에 들렀다. 제복을 입은 나이 든 관리인은 좁은 관리실 안에서 텔레비전을 보고 있었다.

야스마사가 다가가 인사를 건네자 관리인이 유리창을 열었다.

"경찰인데요"라고 말하고 야스마사는 수첩을 내보였다. "이 맨션에 비상구가 있습니까?"

"물론 있지요. 건물 뒤편에 비상계단이 있어요."

"출입은 자유롭게 할 수 있어요?"

"여기 맨션 사람이 아니면 들어올 수는 없어요. 비상계단으로 나가는 문이 잠겨 있거든요."

"열쇠가 있으면 마음대로 드나들 수 있군요?"

"그건 그렇지요."

"고맙습니다." 인사를 건네고 야스마사는 맨션을 뒤로했다.

소노코의 맨션에 돌아오자 야스마사는 거실 테이블 앞에 앉아 작업에 들어갔다. 쓰쿠다 준이치의 집 쓰레기통에서 주워온 종이걸레를 펼쳐놓고 거기에 부착된 머리카락을 신중하게 떼어내는 작업이다. 음모도 적잖이 붙어 있었기 때문에 그리 기분 좋은 일은 아니었지만 그런 걸 가리고 자시고 할 때가 아니었다.

머리카락은 모두 합해 25개 이상을 채취할 수 있었다. 다음에는 가방 안에서 한 개의 상자와 휴대용 현미경을 꺼냈다. 상자 안에는 살해 현장인 이 방에서 수집한 머리카락이 들어 있었다. A, B, C로 분류된 세 종류의 머리카락 중에서 A는 소노코의 것, 그리고 B는 유바 가요코의 것이라는 점은 이미 판명되었다.

쓰쿠다의 종이걸레에서 채취한 머리카락 중에 C 머리카락과 일치하는 것이 없다면, 쓰쿠다 준이치는 일단 용의자에서 제외해도 무방하다고 야스마사는 생각했다.

하지만 결과는 반대로 나왔다. 현미경으로 관찰한 첫 번째 머리카락이 당장 C와 일치했던 것이다.

준이치는 소노코와는 이번 여름에 헤어진 뒤로 전혀 만나지 않았다고 했다. 그런데도 소노코의 방에 그의 머리카락이 떨어져 있다는 건 말의 앞뒤가 맞지 않는다.

야스마사는 확인을 위해 다시 다른 머리카락도 조사해보기로 했다. 가능성은 낮지만 C와 일치한 머리카락이 준이치의 것이 아닐 수도 있는 것이다.

종이걸레에 부착되어 있던 머리카락은 두 종류로 나눌 수 있었다. 그 한쪽의 특징이 명확하게 C와 일치하고 있었다. 하지만 또 한쪽의 머리카락을 조사하는 사이에 야스마사는 몸이 후끈 달아오르는 것을 느꼈다. 그는 몇 번이나 머리카락을 바꿔가며 현미경을 들여다보았다. 생각지도 못한 결론이 튀어나왔다.

그 머리카락은 유바 가요코의 것과 거의 동일했던 것이다.

제4장

1

자동차는 사거리 분리대를 들이받고 보닛 부분이 휴지 조각처럼 구겨졌다. 기름이 새지는 않았지만 부서진 앞 유리의 파편이 노면에 산산이 흩어져 있었다. 운전자는 젊은 남자고 동승자는 없었다. 모 전자제품 회사의 서비스맨인지 회사명이 들어간 감색 제복을 입고 있었다. 자동차도 회사의 라이트밴이었다. 주행거리가 10만 킬로미터를 훌쩍 뛰어넘은 걸 보면 역시나 영업용 차량이다.

남자는 곧바로 병원에 실려 갔다. 머리와 가슴을 세게 부딪쳤다는 건 확실했다. 안전벨트만 맸어도 피할 수 있었던 부상이었다.

야스마사는 한 팀인 사카구치 순경과 함께 현장 검증에 나섰다. 그나마 자손사고自損事故는 마음이 편하다. 피해자와 분쟁이 일어날 걱정이 없기 때문이다. 사고 처리 절차도 훨씬 간단하게 끝낼 수 있다.

심야 시간이었지만 가로등이 환해서 노면 상태는 비교적 쉽게 관찰할 수 있었다. 브레이크 흔적이 없고 도로가 완만하게 커브를 그리고 있는 점 등을 생각하면 아마도 졸음운전인 것으로 생각되었다.

"이즈미 씨, 이거요." 운전석을 조사하던 사카구치가 작은 가방을 찾아냈다.

"면허증은 들어 있어?"라고 야스마사가 물었다. 병원에 실려 간 남자의 옷을 뒤져봤지만 면허증이 눈에 띄지 않았던 것이다.

"면허증 있어요. 어디 보자, 오카베 신이치. 주소는 안조시市예요."

"자택 연락처는?"

"잠깐만요. 어디 보자……. 이런!"

"왜 그래?"

"이거 좀 보세요"라면서 사카구치가 가방에서 꺼낸 것은 약봉지였다. "감기약이에요."

야스마사는 얼굴을 찌푸렸다. "그럼 역시 졸음운전인가?"

"이 감기약을 먹었다면 그럴 가능성이 크지요. 어, 명함이 있어요. 야간용 연락처도 적혀 있습니다."

"그럼 즉시 전화해서 가족 연락처를 알아봐."

"알겠습니다."

사카구치의 뒷모습을 지켜본 뒤, 야스마사는 고개를 돌려 손목시계를 보았다. 심야 2시를 넘어선 참이었다. 어제 오전 8시 45분부터 사고 당직을 서고 있지만, 이것으로 네 건째 사고였다. 그저께 밤에 도쿄에서 돌아온 길이었기 때문에 역시나 온몸이 뻐근했다.

이런 식으로 간다면 아침까지 앞으로 두세 번은 더 출동해야 할 것 같다. 아이치현은 교통사고가 유난히 많다. 야스마사가 지금까지 당직을 서면서 세운 최고 기록은 하룻밤에 12회 출동했던 날이었다.

현장 검증을 마치고 사고 차량의 처리를 업자에게 의뢰한 뒤, 야스마사는 사카구치가 운전하는 왜건을 타고 서에 돌아가기로 했다. 다행히 다음 사고 연락은 들어오지 않았다.

"가족이 말하는데, 역시 감기에 걸렸대요. 감기약을 먹었을 거라고 하더라고요." 사카구치가 운전을 하면서 말했다.

"감기약쯤은 괜찮을 거라고 생각했겠지."

"그렇겠죠. 실은 감기약이 술보다 더 위험한데 말예요. 술에 취했을 때 졸리는 건 참을 수 있지만, 약 때문에 졸리는 건 참을 수 있는 게 아니니까요. 평소에 수면제를 복용하던 사람이라면 그야 또 다르겠지만."

"그렇지."

그때 야스마사의 기억 속에서 빈 수면제 봉지가 떠올랐다. 소노코의 침실 테이블에 놓여 있던 그것이다. 약봉지는 두 개가 있었다.

범인이 약봉지를 테이블에 올려놓은 것은 수면제를 소노코가 자신의 의사에 따라 먹었다는 것을 보여주기 위해서였을 것이다. 하지만 그렇게 위장하는 데 왜 수면제가 두 봉지나 필요했을까—.

야스마사는 수면제에 대해서는 거의 아무런 지식이 없었다. 그래서 두 개의 약봉지를 봤을 때도 단순히 그게 적당한 양일 거라고만 생각했었다.

하지만 다시 한번 조사해봐야겠다고 그는 생각했다.

서에 들어가 야스마사가 자신의 자리에 가보니 책상 위에 봉투 하나가 놓여 있었다. 봉투에 '이즈미에게'라고 휘갈겨 쓴 글씨가 있었다. 노구치구나, 라고 그는 생각했다.

노구치는 감식과에서 근무하는 야스마사의 친구다. 야스마사는 어제 아침, 몇 개의 머리카락에 대해 감정을 좀 해달라고 부탁했었다. 물론 그런 개인적인 감정 의뢰는 금지되어 있지

만 노구치는 "대충 해도 괜찮다면"이라는 조건을 달아서 받아
주었다.

봉투에는 머리카락이 든 비닐봉지와 함께 종이 한 장이 들
어 있었다. 거기에 노구치의 글씨로 다음과 같이 적혀 있었다.

머리카락의 손상 상태, 깎은 뒤의 경과 일수, 외견상 특징으로
보아 X1과 X2가 동일하다는 건 틀림없음. 또한 염색 시기나 모발
의 성질 등에 따라 Y1, Y2, Y3도 동일 인물의 것으로 판단됨. 좀
더 상세한 내용을 알고 싶다면 정식으로 의뢰서 제출해라.

혈액검사나 미량 함유 원소의 분석 등은 역시 하지 못한 모
양이지만, 야스마사로서는 전문가에게서 이만한 의견을 얻은
것만으로도 충분했다.

X1, Y1이라는 것은 소노코의 방에서 채취한 모발 중에서 소
노코의 머리카락이 아닌 것으로 보이는 두 종류였다. 또한 X2,
Y2는 쓰쿠다 준이치의 쓰레기통에 버려져 있던 종이걸레에서
채취한 두 종류의 머리카락이다. 그리고 Y3는 유바 가요코의
머리칼이었다.

노구치의 의견을 바탕으로 이끌어낼 수 있는 결론은 두 가
지였다. 유바 가요코도 쓰쿠다 준이치도 각자의 진술과는 다
르게 최근에 소노코의 집에 갔었다. 그리고 유바 가요코는 쓰

쿠다 준이치의 집에도 드나들었다.

야스마사는 다시금 소노코와 나누었던 마지막 전화를 떠올렸다. 믿었던 상대에게 배신을 당했다고 누이는 말했었다. 남자 얘기냐고 야스마사가 묻자, 분명하게 대답하지 않고 "이제 오빠 말고는 아무도 믿을 수가 없어"라고 말했다.

흔해빠진 스토리라는 생각에 야스마사는 허탈감을 금할 수가 없었다. 아마도 유바 가요코와 쓰쿠다 준이치를 만나게 해준 것은 소노코 자신이었을 것이다. 연인을 가장 친한 친구에게 소개한 것이다. 그때는 설마 그 두 사람에게 배신을 당하게 될 줄은 꿈에도 생각하지 못했을 것이다.

하지만, 이라고 야스마사는 생각했다.

그런 삼각관계가 있었다고 해도 유바 가요코나 쓰쿠다 준이치가 소노코를 죽일 필요가 있었을까.

준이치와 소노코가 결혼이라도 했다면 그나마 이해할 수 있다. 하지만 단순한 연인 관계에 지나지 않았다. 준이치가 소노코 대신 가요코를 좋아했다면 소노코를 뿌리치고 그냥 가요코와 결혼하면 될 일이다. 굳이 다른 사람의 눈치를 보고 말고 할 것도 없다.

하긴―.

남녀 간의 애증과 갈등이란 게 이론대로 풀리지 않는다는 것도 사실이다. 세 사람은 복잡한 정념이 얽히고설킨 관계였는지도 모른다.

어쨌든 현장에 유바 가요코와 쓰쿠다 준이치의 모발이 떨어져 있었던 이상, 그리고 두 사람이 똑같이 거짓 진술을 하고 있는 이상, 용의자는 그들 두 사람으로 좁혀도 무방할 것이다. 물론 공범이 있을 수도 있지만 그럴 가능성은 낮다고 야스마사는 생각했다. 범행 내용을 곰곰이 따져보더라도 다른 공범을 끌어들여봤자 별다른 메리트가 없는 것이다.

야스마사는 확신했다. 그 둘 중 누군가 소노코를 죽였다―.

그날 밤은 결국 그 뒤에 2회 출동으로 당직이 끝났다. 오전 8시 45분이 된 것을 확인하고 야스마사는 사카구치와 함께 안도의 한숨을 내쉬었다. 근무 종료 시각 이전에 신고가 들어온 사고에 대해서는 모두 그때의 당직이 처리해야 한다. 극단적인 예를 들자면, 8시 44분에 사고 신고가 들어온 경우에도 야스마사 팀이 출동하지 않으면 안 되는 것이다. 12회 출동했을 때는 집에 돌아간 게 밤 11시가 넘은 시각이었다.

사고 당직을 선 다음 날은 종일 비번이다. 집에 도착하자마자 야스마사는 욕실의 가스 불부터 켰다. 욕조에 더운 물이 채워지는 사이에 병원에 전화를 하기로 했다. 소노코에게 수면제를 처방해준 의사에게 연락을 하기 위해서였다.

다행히 의사는 손이 비는 때였는지 곧바로 전화를 받았다.

"이즈미 군? 응, 소노코 얘기는 들었어. 자네가 이래저래 마음고생이 많았겠네." 의사는 약간 흥분한 기색으로 말했다.

"알고 계셨어요?"

"알고 있었지. 실은 지난번에 도쿄 경찰에게서 전화가 와서 알았어. 나도 정말 깜짝 놀랐어."

"도쿄 경찰?"

가가구나, 하고 곧바로 짐작할 수 있었다. 그러고 보니 그가 소노코에게 수면제를 처방해준 의사의 연락처를 물었다.

"그 뒤에 자네에게 몇 번 전화를 했는데 계속 안 받더라고."

"죄송합니다. 도쿄에 갔었거든요."

"그럴 거라고 생각했어. 아무튼 이것 참, 뭐라고 위로를 해야 좋을지 모르겠네." 의사는 사람 좋은 인물이었다. 그 성격이 배어나는 말투로 조문 인사를 해주었다. 그가 진심으로 슬퍼하고 있다는 게 고스란히 전해져왔다.

"실은 선생님께 여쭤볼 게 있어요"라고 야스마사는 말했다.

"뭐지? 수면제 얘기야?"

의사가 정확히 그의 목적을 알아맞혔기 때문에 야스마사는 약간 당황했다.

"네, 그렇습니다. 어떻게 아셨어요?"

"도쿄 형사도 그 일로 전화를 했거든. 소노코에게 처방해준 약의 복용량을 알고 싶다고 하더라고."

역시 가가는 그때부터 이미 두 개의 약봉지에 대해 의문을 품었던 것이다.

"뭐라고 대답하셨어요?"

"한 번에 한 봉지씩이라고 대답했지. 본인이 많다고 생각할 경우에는 반씩 나눠서 복용해도 되고."

"한 봉지로 부족한 경우는 없습니까?"

"그런 일은 없어. 특히 소노코의 경우에는 되도록 반절씩만 복용하라고 했을 정도야. 근데 야스마사, 왜 그런 걸 물어보는 거지? 무슨 문제라도 있었어?"

"도쿄 형사는 뭐라고 하던가요?"

"그냥 확인이라고만 했어."

"그래요? 실은 저도 잘 모르겠는데, 형사들이 수면제에 대해 조사한다고 해서 선생님에게 전화를 해본 거예요. 바쁘신데 죄송합니다."

"아, 그건 괜찮아."

의사는 뭔가 석연치 않은 기색이었다. 하지만 야스마사로서도 더 이상 내막을 밝힐 수가 없었다. 적당히 인사를 건네고 서둘러 전화를 끊었다.

야스마사는 고개를 갸웃거렸다.

범인은 왜 빈 수면제 봉지를 두 개나 테이블 위에 남겨두었을까. 소노코가 자신의 의사에 따라 약을 먹은 것처럼 보이게 한 거라면, 한 봉지로도 충분하지 않은가. 그게 아니면 자살할 때는 두 봉지쯤은 먹어야 할 것이라는 생각이 들어서 좀 더 리얼리티를 연출하기 위해 그랬던 걸까.

과연 이 문제에 매달려야 할 것인지, 야스마사는 망설였다. 실은 그리 대단한 의미가 없는 일인지도 모른다. 하지만 아무래도 마음에 걸리기는 했다. 가가는 어떤 식으로 생각하고 있을지, 문득 신경이 쓰였다.

목욕을 한 뒤, 편의점에서 사 온 도시락을 먹으며 대학노트를 펼쳤다. 지금까지 조사한 것을 낱낱이 기록해둔 노트였다. 그곳에 볼펜으로 다시 '수면제 봉지를 두 개나 놓아둔 것은 어째서인가'라고 덧붙였다. 그 조금 위쪽에는 쓰쿠다 준이치의 알리바이에 대한 내용이 적혀 있었다.

'나카메구로의 맨션에 9시경에 귀가. 오전 1시부터 2시까지 사토 유키히로와 대화. 그사이에는 꽃 그림을 그리고 있었다. 9시 반부터 그리기 시작해서 오전 1시에는 거의 완성.'

이것을 어떻게 해석해야 하느냐는 것도 야스마사의 고민거리였다. 완벽한 알리바이라고 할 수 있는 진술은 아니었다. 오전 2시에 집을 나와 택시를 타고 소노코의 맨션에 2시 반에 찾아갔어도 상대가 준이치라는 것을 알았다면 소노코는 경계를 하지 않았을 것이다. 그렇게 생각한다면 범행이 불가능한 건 아니다.

하지만 그때도 생각했던 일이지만 택시를 이용한다는 건 범죄심리학적으로 이해하기 어려운 일이다. 아니, 그보다 더 불가해한 것은 만일 쓰쿠다 준이치가 범인이라면 무엇 때문에 호접란 그림 따위를 그렸는가 하는 것이다. 오전 2시까지의 알리바이를 만들어봤자 충분하지 않다는 것쯤은 그도 잘 알고 있을 터였다.

하지만 오전 2시 이후의 알리바이까지 완벽했다면 그건 그야말로 작위적인 냄새를 풍겼을 것이다. 9시 반부터 오전 1시까지 그림을 그렸다고 하지만, 그 모습을 누군가가 지켜보고 있었던 것은 아니다. 단지 완성된 그림이 존재한다는 것뿐이다. 그렇다면 거기에 뭔가 트릭이 있었던 것이라고 의심해볼 수 있다.

즉 혐의를 면하기 위해 그런 식으로 조작했다고 하기에는 너무도 어중간한 알리바이라서 도리어 의심을 하기가 어렵다는 딜레마에 빠지고 마는 것이다.

2

다음 날은 지난번 당직 때 담당했던 사고에 대해 서류 정리를 하는 날이었다. 낮 근무라서 저녁이면 경찰서 일에서 해방

된다. 게다가 내일은 쉬는 날이다.

야스마사는 근무가 끝나는 대로 밤차로 도쿄에 가자고 미리 계획을 세웠다. 로커에서 옷을 갈아입고, 아침에 들고 나온 가방을 손에 들고 곧장 도요하시역으로 향했다.

도쿄역에 도착하자 우선 공중전화부터 찾았다. 줄줄이 늘어선 전화기마다 사람들이 붙어 있었지만, 다행히 한 군데가 비어 있었다.

그가 전화한 곳은 유바 가요코의 집이었다. 그녀는 집에 있었다. 이즈미 소노코의 오빠가 다시금 전화를 해 온 것이 적잖이 뜻밖이었던 모양이다. 야스마사는 통야 때에 고마웠다는 인사를 한 뒤, 본론으로 들어갔다.

"긴히 할 이야기가 있는데, 내일 잠깐 만날 수 있을까?"

"네, 괜찮아요. 몇 시쯤이면 될까요?"

"내일 나고야에 돌아가야 하니까 점심시간에 만나면 좋겠는데."

"내일 낮 시간에는 외근을 해야 할 거 같아요."

"외근 중에 어디서 잠깐 만날 수 없을까? 어디든지 내가 갈 테니까."

"좀 멀어도 괜찮아요?"

"괜찮고말고."

그러자 유바 가요코는 후타코타마가와엔역 근처의 패밀리

레스토랑을 알려주었다. 세타가야구의 다마가와 대로 옆에 있는 식당이라고 했다. 어디인지 짐작도 가지 않았지만, 만날 장소를 바꿔달라고 할 수는 없었다. 1시에 만나기로 하고 이야기를 마무리했다.

그날 밤 야스마사가 소노코의 맨션에 도착한 것은 밤 11시를 지났을 무렵이었다. 중간에 식사를 하고 오느라 시간이 늦어졌던 것이다.

현관문을 열려고 했을 때, 문틈에 하얀 종이가 끼워져 있는 게 눈에 들어왔다. 어디선가 소포라도 온 모양이라고 생각했더니 그런 게 아니었다. 메모지에는 이렇게 적혀 있었다.

연락 기다리겠습니다. 네리마 경찰서 가가. 12월 13일.

13일이라면 바로 오늘이다. 야스마사의 근무 일정을 훤히 꿰고서 오늘쯤은 분명히 상경할 거라고 미리 짐작하고 써놓은 내용이었다. 아마도 도요하시 경찰서에 문의를 했을 터였다. 야스마사는 메모를 뭉쳐 코트 호주머니에 쑤셔 넣었다.

소노코의 집은 차갑게 얼어붙어 있었다. 형광등의 하얀 빛도 어쩐지 썰렁하기만 했다. 가방을 든 채 침실에 들어가 벽에 붙은 컨트롤러로 난방기를 작동시켰다.

소노코의 유체를 발견했을 때도 난방기가 멈춰 있었다는 게 생각났다. 소노코는 잠자리에 들 때는 난방기를 껐다. 범인이 소노코의 그런 습관을 알고 일부러 스위치를 꺼버렸는지도 모른다. 범인과 둘이 있을 때는 틀림없이 소노코가 난방기를 켜서 방을 따뜻하게 했을 것이기 때문이다.

혹은, 이라고 야스마사는 또 다른 추리를 해보았다. 범인은 유체의 발견을 늦추기 위해서라도 난방기는 꺼두는 게 좋다고 생각했는지도 모른다. 난방으로 방 안 온도가 높아지면 부패가 빨리 진행되어 냄새가 밖으로 새어 나갈 위험이 있기 때문이다. 하지만 상상할수록 불쾌해지기만 해서 더 이상은 생각하지 않기로 했다.

코트를 벗고 침대 옆에 앉았다. 아직 이 침대에서 잘 마음은 들지 않았다. 그래서 오늘 밤은 이대로 바닥에서 담요를 둘둘 감고 자기로 했다.

올해도 거의 저물어가고 있었다. 연말까지 몇 번이나 도쿄에 올 수 있을까—. 그렇게 생각하며 테이블 위의 달력을 보았다. 새끼 고양이 사진이 담긴 달력으로, 한 장에 일주일 치의 날짜가 인쇄되어 있었다. 일력日曆이라고 할 수는 없고 굳이 말하자면 주력週曆이라고 해야 할까. 크기는 엽서보다 조금 작았다.

뭔가 이상하네, 라고 그는 생각했다. 지난주 날짜가 펼쳐져 있었기 때문이다. 소노코의 유체를 발견한 것은 지난주 월요일이고, 소노코가 죽은 것은 지지난주 금요일 밤이다. 그렇다면 이 달력은 지지난주가 펼쳐져 있어야 맞는 것이다.

그는 자리에서 일어나 방구석에 놓인 원통형 쓰레기통 안을 살펴보았다. 하지만 그 안에 지지난주의 달력은 없었다.

퍼뜩 떠오르는 게 있어서 그는 자신의 가방을 열었다. 그리고 증거품을 넣어둔 비닐봉지 하나를 꺼냈다. 거실 테이블 위의 작은 접시에 들어 있던 타다 남은 종이 귀퉁이와 재를 넣어둔 봉투였다.

그는 세 개의 타다 남은 종이쪽 중에서 하나를 집어 들었다. 생각했던 대로였다. 종이의 질이나 희미하게 남겨진 흑백사진 부분을 보면 이건 새끼 고양이 달력 한 장을 뜯어다 태운 것이라고 해도 의심의 여지가 없었다.

왜 이런 것을 태웠는가. 아니, 그보다 이걸 태운 사람은 소노코인가 아니면 범인인가—.

어느 쪽이건 달력 자체에는 별 의미가 없을 것이다. 아마도 거기에 뭔가 적혀 있었고 바로 그 내용이 중요했던 거라고 생각되었다.

이를테면, 이라고 야스마사는 가설을 세워보았다. 달력의 날짜 칸에 소노코가 범인과 만날 약속을 적어두었다고 하자. 범인이 그것을 발견했다면 당연히 없애버리고 싶었을 것이다.

하지만—.

야스마사는 달력을 바라보았다. 지면을 가득 채우듯이 새끼

고양이의 흑백사진이 인쇄되어 있고, 아래의 좁은 빈칸에 일
주일분의 날짜가 적혀 있을 뿐인 심플한 디자인이었다.

이래서는 뭔가를 써넣을 공간이 없다는 것을 그는 깨달았
다. 한 장을 쳐들고 뒷면을 보았다. 뒷면은 하얀 종이였다.

머릿속에 번뜩이는 것이 있었다. 수첩용의 짧고 가느다란
연필이 이 테이블에 놓여 있었다. 수첩은 소노코의 가방에 들
어 있는데 왜 수첩에 딸린 연필만 테이블 위에 나와 있었는가.

그 연필로 이 달력 뒤에 뭔가 써넣었던 게 아닐까. 범인이
직접 뭔가 써넣고 그걸 태웠을 리는 없으니까 뭔가를 쓴 사람
은 소노코일 것이다. 그리고 그 내용이 범인에게는 불리한 것
이었기 때문에 범인은 소노코를 죽인 다음에 달력을 태우고
갔다고 생각할 수 있다.

하지만 왜 굳이 불에 태웠는가, 라는 의문이 머리를 쳐들었
다. 게다가 달력을 없애더라도 굳이 이 방에서 태우는 대신 일
단 가져가서 어딘가 다른 장소에서 내버리든 잘게 찢어버리든
하는 것이 일반적인 증거 인멸 방법이 아닌가. 하다못해 화장
실에 흘려보내도 되었을 것이다.

야스마사는 비닐봉지에 남아 있는 다른 두 개의 종이쪽을
보았다. 이쪽은 분명하게 컬러사진을 태우고 남은 것이었다.
어떤 사진을 태웠는지는 아직도 전혀 알 수 없었다. 지난번에
상경했을 때, 소노코의 책장 안에 사진관에서 서비스로 나눠

주는 싸구려 사진 앨범 몇 권이 꽂혀 있는 것을 발견하고 주의 깊게 살펴보았다. 하지만 특별히 의미가 있을 만한 사진은 없었다. 회사 여행이나 친구의 결혼식 같은 것들뿐이었다. 물론 범인에게 중요하지 않은 사진들이기 때문에 태우지 않고 남겨 둔 것이겠지만.

가령 범인이 쓰쿠다 준이치라고 한다면, 이라고 야스마사는 생각을 굴렸다. 그럴 경우, 쓰쿠다로서는 소노코와 자신이 특별한 관계였다는 것을 어떻게든 비밀에 부쳐야 한다. 그래서 증거 인멸을 위해 소노코와 둘이서 찍은 사진을 처분하기로 했다. 그 참에 의미 있는 메모가 적힌 달력도 함께 태웠다―.

그것을 소노코의 집에서 태웠다는 점은 여전히 의문이지만, 이런 정도라면 일단 별다른 모순은 없다. 중요한 문제는 달력 뒷면에 어떤 내용이 적혀 있었느냐는 것이다.

아직 날짜도 지나지 않은 달력을 찢어다 뭔가 써넣었다면 그건 상당히 절박한 상황이었다고 할 수 있다. 여유가 있었다면 편지지나 메모지를 꺼내다 거기에 썼을 것이다.

그런 생각을 하면서 야스마사는 책장 근처를 바라보았다. 그러다가 자기도 모르게 고개를 갸웃거렸다.

왜 이렇게 필기도구가 하나도 눈에 띄지 않는지, 의아했기 때문이다.

다음 날 오전, 야스마사는 소노코의 회사에 찾아갔다. 직장 상사에게 인사를 하기 위해서였다. 물론 정보를 얻어내려는 목적도 있었다. 회사에는 아침 일찌감치 연락을 해두었다.

4인용 테이블이 여러 개 놓인 회사 응접실에서 야스마사는 과장과 계장을 만났다. 계장은 장례식에도 찾아왔던 빈상貧相의 남자다. 그와 대조적으로 야마오카라는 과장은 이마가 넓고 퉁퉁한 남자였다. 조문 인사를 길게 늘어놓았지만 과장된 말투와 표정이 부자연스러움을 강조하고 있었다.

"소노코와 가장 친하게 지낸 사람은 누구였지요?" 한바탕 인사가 끝난 뒤에 야스마사가 물었다.

"글쎄, 누구였나?" 야마오카가 계장 쪽을 돌아보았다.

"지난번 경찰에서 나왔을 때는 총무과의 사사모토가 답변을 했었습니다."

"아, 그렇군. 사사모토라면 입사한 시기도 비슷하지."

"그 직원을 좀 만나볼 수 있을까요?"라고 야스마사는 조심스럽게 말했다.

"예, 그야 만나보셔야지요. 자네가 어서 총무과 쪽에 연락 좀 해봐." 과장이 계장에게 지시했다.

계장은 몇 분 만에 돌아왔다. 사사모토라는 직원이 마침 한가한 시간이라고 했다. 바로 이쪽으로 올 거라는 이야기였다.

"그나저나 이유는 아직 확실하지 않은 모양이지요?" 야마오카가 물었지만, 그 질문의 의미를 야스마사는 얼른 이해할 수 없었다. 자살의 이유에 대한 이야기라는 것을 몇 초 지나서야 알아들었다.

"네, 딱히 이렇다 할 이유는 아직……." 야스마사는 대답했다. "하지만 원래 이유 같은 건 없는지도 모르겠습니다."

"그건 그래요. 이유 없는 자살이 증가하고 있다는 이야기는 나도 들은 적이 있어요." 야마오카가 말을 맞춰주었다.

이윽고 사사모토라는 직원이 나타났다. 자그마한 몸매에 동안이었다. 야마오카와 계장은 그녀를 야스마사에게 소개해주더니 잽싸게 응접실을 나갔다. 귀찮은 일에 길게 관여하고 싶지 않았기 때문이겠지만, 야스마사로서도 그녀와 둘이서만 이야기하는 게 더 유리했다.

그녀는 사사모토 아키요라고 이름을 밝혔다.

"이즈미 소노코와 가장 친한 사람으로 제가 불려 나오기는 했지만, 실은 그렇게 친했던 건 아니에요. 점심을 함께 먹거나 한두 번 집에 놀러 갔던 적이 있는 정도거든요. 그래서 자세한 사정까지 답해드리기는 어려울 것 같아요." 그녀는 앉자마자 그렇게 양해를 구했다.

야스마사는 의식적으로 입가를 풀며 미소를 지었다.

"형사가 찾아와서 까다로운 질문을 했던 모양이지요?"

"정말 친한 사이였다면 그리 어려운 질문도 아니었을 텐데,

방금 말씀드린 대로 그럴 만큼 친한 사이는 아니었어요." 사사모토 아키요는 미안하다는 얼굴로 말했다.

"자살의 이유로 짐작 가는 건 없느냐, 연인은 없었느냐, 그런 질문이었지요?"

"네."

"그 밖에 또 어떤 것을 물어봤어요?"

"어떤 질문을 했었나……. 잘 생각이 안 나네요." 사사모토 아키요는 손을 동그란 뺨에 대고 말했다. "아, 그거. 소노코가 와인을 좋아하는 것을 알고 있었느냐고 했어요."

"와인을? 그래서 뭐라고 대답했어요?"

"언젠가 그런 이야기를 소노코에게서 들은 적이 있다고 했어요. 그랬더니 형사분이 여기 직원들이 다 아는 일은 아니었던 거냐고 다시 묻더라고요. 그래서 다른 사람들은 아마 모를 거라고 대답했어요. 저도 그 형사분이 물어보기 전까지는 소노코가 와인을 좋아한다는 걸 깜빡 잊고 있었거든요."

가가는 그 와인은 소노코가 직접 산 것이 아니라 누군가 사온 것이라고 추리한 모양이었다. 그래서 와인을 선물한 사람을 찾아내려고 했던 것이리라.

"그 밖에는 어떤 질문을?"

"그 밖에는……." 사사모토 아키요는 잠깐 생각을 더듬더니 뭔가 떠오른 듯한 표정을 보였다. 하지만 야스마사와 눈이 마주치자마자 왜 그런지 고개를 숙여버렸다.

그의 머리에 번뜩이는 것이 있었다.

"나에 대해서 물어봤군요?"

"네"라고 그녀는 작은 소리로 대답했다.

"어떤 질문이었어요?"

"소노코에게서 오빠 얘기를 들은 적이 있느냐고……."

"그래서 어떤 대답을?"

"회사에서는 들은 적이 없지만, 집에 놀러 갔을 때 소노코의 친혈육은 나고야에 사는 오빠뿐이란 말을 들었다고 했어요."

"그랬더니 형사는 뭐라고?"

"그냥 아무 말도 안 했어요. 고개를 끄덕이고 뭔가 메모만 했어요."

"그 형사, 이상한 질문을 했네요. 소노코가 자살한 것에 내가 관계가 있다고 생각한 모양이지요?"

"하지만 절대로 그럴 리는 없어요." 사사모토 아키요가 단정적으로 말했다. 그 말만 유난히 적극적이어서 야스마사는 약간 당황스러웠다.

"그렇다면 다행이지만."

"소노코는 항상 오빠를 누구보다 믿고 의지했어요. 소노코가 그런 이야기를 하는 걸 들으면서 저는 정말 부러웠어요."

"그래요?"

"소노코가 오빠에게 집 열쇠도 드렸다면서요. 그런 건 부모에게도 하기 어려운 일인데."

"그건 그렇죠."

"덕분에 열쇠가 하나밖에 안 남아서 예비로 복사키 두 개를 만들었다고 소노코가 얘기했었어요."

"두 개를?" 야스마사의 얼굴에서 예의상 짓고 있던 웃음이 사라졌다. "틀림없이 두 개였어요?"

"네. 그 얘기를 들으면서, 예비용 열쇠라면 한 개만 만들어도 될 텐데 왜 두 개씩이나 만들까, 하고 좀 궁금했었어요." 사사모토 아키요는 뭔가 의미심장한 말투였다.

충분히 있을 수 있는 일이라고 야스마사는 생각했다. 소노코도 지금까지 사귀는 남자가 몇 명은 있었을 것이다. 연인을 위해 복사키를 만들고, 그 참에 예비용으로 하나 더 준비했다는 건 충분히 생각할 수 있는 일이다. 그리고 복사키 두 개 중 하나는 최근에는 쓰쿠다 준이치의 손에 건너갔을 터였다.

두 개의 복사키 중 하나는 현관문 안쪽의 우편함에 들어 있었다. 그러면 또 하나는 지금 어디에 있는가.

야스마사는 소노코가 복사키를 어디에 보관했었는지 사사모토 아키요에게 물어보려다 그만두었다. 그녀가 그런 것까지 알고 있을 리도 없고, 오히려 자신을 수상하게 생각할 우려가 있었다.

"또 물어보실 게 있나요?" 사사모토 아키요가 말했다. 이제 그만 나를 풀어달라는 듯한 얼굴이었다.

"아, 정말 고마워요." 야스마사는 머리 숙여 인사했다.

회사를 나온 뒤 노선 지도를 참조해가며 전차를 탔다. 후타코타마가와엔역에 도착한 것은 12시 반이었다. 거기서 유바 가요코와 약속한 식당까지는 300미터 정도의 거리였다. 대형 트럭의 왕래가 유난히 많은 길을 왼편으로 바라보며 코트 깃을 세우고 걸음을 옮겼다.

당연히 유바 가요코는 아직 와 있지 않았다. 야스마사는 창가에 자리를 잡고 카레라이스와 커피 세트를 먹으며 가요코를 기다렸다. 1시가 가까워지면서 점점 가게 안은 한산해졌다. 하지만 두 자리 건너편 테이블에서 스포츠센터에 다녀오는 길인 듯한 중년 아줌마들이 둘러앉아 요란하게 웃어가며 떠드는 소리가 가게 안의 공기를 어지럽히고 있었다.

야스마사가 카레라이스를 다 먹었을 즈음, 유바 가요코가 가게로 들어왔다. 지난번에 본 검은 원피스와는 분위기가 전혀 다른 경쾌한 바지 스타일이었다. 한 손에는 선글라스를 들고 있었다. 가요코가 나타나자 중년 아줌마들이 잠시 대화를 멈추고 그녀를 쳐다보더니 이윽고 다시 이야기판을 벌였다.

지난번에는 고마웠습니다, 라고 가요코가 말했다. 나야말로, 라고 대꾸하고 야스마사는 앉으라고 권했다. 짧은 스커트를 입은 점원이 큼직한 메뉴판을 들고 다가오자 가요코는 아이스크림을 주문했다. 야스마사는 커피를 리필해달라고 했다.

"보험 판매도 하는 모양이지?" 그녀가 보험회사에 근무한다는 것을 생각하며 야스마사는 물었다.

"아뇨, 나는 판매 일은 안 해요."

"하지만 일 때문에 이 근처에 온 거 아니었어?"

"오늘은 갑작스럽게 이쪽에서 일이 들어왔어요. 이 근처의 아는 사람이 보험에 대해 상의할 게 있다고 해서……."

"아, 그랬구나."

"근데 긴히 하실 말씀이라는 건?" 가느다란 손끝으로 물이 든 컵의 표면을 만지작거리며 가요코가 물었다.

야스마사는 자세를 바로잡고 아주머니들 쪽을 슬쩍 살펴보았다. 귀를 세우고 엿듣는 듯한 기척은 없었다.

"소노코의 남자 친구에 대한 이야기야."

"그거라면 지난번에 다 말씀드렸는데……."

"쓰쿠다 준이치라는 사람을 알고 있지?"

유바 가요코의 검고 큰 눈동자가 야스마사의 얼굴을 빤히 바라보았다.

"알지?" 야스마사는 다시 한번 물었다.

가요코는 긴 속눈썹을 떨구었다. 대답이 없는 건 야스마사가 어디까지 사실을 파악했는지 머릿속에서 계산해보기 때문인 게 틀림없었다.

이윽고 그녀는 얼굴을 들었다. "소노코가 한 번 소개해준 적이 있어요."

"뭐라고 하면서 소개해줬지?"

"그건 잊어버렸어요. 상당히 오래전 일인 데다 뭔가 다른 일 때문에 나갔다가 우연히 마주친 길에 소개를 받았으니까요."

야스마사는 그녀의 얼굴을 정면으로 바라보았다.

"지난번에 소노코의 남자 친구에 대해 물었을 때, 너는 몇 년 전에 헤어진 남자에 대한 얘기만 했어. 쓰쿠다 준이치라는 인물에 대해서는 한 마디도 하지 않았지. 왜 그랬어?"

"왜냐면…… 그냥 생각이 안 났을 뿐이에요."

"쓰쿠다 준이치라는 인물이 전혀 머릿속에 없었다는 거야?"

"네."

"흐음." 야스마사는 물을 마셨다. 유난히 목이 말랐다.

마침 그때 점원이 아이스크림과 커피를 가져왔다. 하지만 둘 다 손을 내밀지 않았다.

"너는 거짓말을 하고 있어." 야스마사는 유바 가요코의 하얀 얼굴을 보며 말했다. 그 하얀 이마에 스윽 세로 주름이 들어갔다. 그것을 빤히 바라보며 야스마사는 말을 이었다. "지금 네가 쓰쿠다 준이치와 사귀고 있지?"

작은 체격인데도 유독 풍만한 가요코의 가슴이 불룩해졌다.

그리고 후우 하고 숨을 내쉬었다.

"무슨 말씀이세요?"

"모르는 척 시치미 떼는 건 그만하자. 다 알고 있어." 야스마사는 의자에 몸을 기대고 턱을 당긴 채, 마주 앉은 여자의 모습을 유심히 관찰했다.

유바 가요코는 두 손을 무릎에 얹고 등을 꼿꼿이 세운 자세로 바짝 굳어 있었다. 시선은 서서히 녹아가는 아이스크림 쪽에 가 있었지만, 물론 그것을 보고 있는 건 아니었다. 야스마사는 그녀의 입에서 뭔가 변명 같은 게 나올 거라고 기대했지만 아무래도 그럴 생각은 없는 모양이었다.

"다시 한번 묻지." 야스마사는 몸을 조금 앞으로 숙였다. "지금 쓰쿠다 준이치와 교제하고 있지?"

아래를 향한 유바 가요코의 속눈썹이 흔들렸다. 하지만 그날 통야 때에 소노코를 생각하며 흔들렸던 것과는 그 의미가다를 터였다.

이윽고 그녀는 아주 조금 고개를 위아래로 끄덕였다. 네, 라는 대답은 약간 갈라진 목소리였다.

이번에는 야스마사가 크게 숨을 내쉴 차례였다.

"소노코와 교제하던 쓰쿠다 준이치를 지금은 네가 사귀고 있다…… 어떻게 된 일이지?"

"그냥 어쩌다 보니 그렇게 된 거예요."

"그냥 어쩌다 보니? 소노코는 죽었어!"

"그 일과는 관계가 없다고 생각하는데요."

"과연 그럴까?"

"무슨 뜻이에요?" 연거푸 눈을 깜빡거리면서 가요코는 야스마사를 보았다.

"소노코의 죽음이 자살이라면, 그 동기는 너희가 제공했다는 생각은 안 들었어?"

"우리는……." 얼굴을 똑바로 야스마사 쪽으로 향하고, 시선만 비스듬히 아래로 던진 채 가요코는 말했다. "우리가 사귀기 시작한 건 소노코가 쓰쿠다 씨와 헤어진 다음이에요. 그러니까 소노코가 우리 일을 알고 자살한다는 건 있을 수 없어요."

"소노코와 헤어졌다고 주장하는 건 쓰쿠다뿐이야."

그런 야스마사의 말에 가요코는 눈을 둥그렇게 떴다.

"그 사람을 만났어요?"

아차 하고 생각했지만, 이미 늦었다.

"너한테 분명하게 경고해둘 게 있어." 야스마사는 말했다. 거친 말투로 지금까지와는 분명한 차이를 나타낸 것이었다.

"뭔데요?"

"나는 소노코의 죽음을 자살이라고 생각하지 않아."

야스마사의 기백에 압도되었는지 가요코는 움찔 몸을 뒤로 뺐다.

"소노코는 살해되었다고 생각하고 있어. 아니, 확신하고 있지. 증거도 있어."

그녀는 약간 겁에 질린 눈을 하면서도 고개를 저었다. "그건 아니에요."

"안됐지만." 야스마사는 입가를 틀었다. "네 말을 곧이곧대로 믿어줄 생각이 없어."

"나를 의심하는 거예요?"

"그런 얘기가 되겠지. 기왕 말이 나왔으니 한 가지 물어보자. 지지난주 금요일 밤, 너는 어디서 뭘 하고 있었지?"

가요코는 자신의 오른뺨 뒤쪽에 손을 대고 고개를 갸우뚱하게 기울였다. 귓불에 매단 금빛 액세서리가 흔들렸다. 그런 아무것도 아닌 몸짓에도 묘하게 탤런트 같은 구석이 있었다.

"알리바이 같은 거, 없어요."

"그렇다면 혐의를 풀 수는 없겠군."

"한 가지 물어봐도 될까요?"

"뭐지?"

"왜 경찰에 말하지 않죠?"

"내 목적은……." 그렇게 말하고 야스마사는 가요코를 빤히 응시하고, 그다음에 웃음을 지었다. "범인을 잡는 게 아니야."

그리 둔감한 편은 아닌지 유바 가요코는 야스마사가 하는 말의 의미를 금세 깨달은 모양이었다. 잔뜩 긴장하고 겁에 질렸다는 것을 팽팽하게 굳어버린 뺨으로 표현했다.

두 자리 건너 아주머니들이 떠들썩하게 자리에서 일어서기 시작했다. 그중 한 사람은 흘끔흘끔 야스마사와 가요코 쪽을 쳐다보며 나갔다.

"머리는 언제 짧게 잘랐지?" 야스마사가 물었다.

놀란 얼굴로 가요코는 그를 마주 보았다.

"너의 그 머리카락이 소노코의 방에 떨어져 있었어. 어떻게 된 건지 해명해볼까?"

가요코는 딱딱한 억지웃음을 지었다.

"그게 내 머리카락인 줄 어떻게 알아요?"

"네 머리카락이 아니라고 주장하고 싶다면 지금 그 머리카락을 몇 가닥 건네주는 것도 좋겠지. 좀 더 자세히 조사해볼 수 있을 테니."

가요코는 찌푸린 미간에 불쾌감을 담았다. 통야 때 자신의 머리카락을 몰래 채취했다는 것을 눈치챘기 때문일 것이다.

"수요일에……"라고 가요코는 입을 열었다. "소노코를 만났어요. 소노코의 집에서, 소노코하고 단둘이."

"머리카락은 그때 떨어진 것이라고 주장하려는 건가?"

"그거 말고는 생각할 수가 없잖아요."

"수요일에 만났다는 걸 왜 감췄어?"

"말할 필요가 없다고 생각했기 때문이에요."

"어째서?"

"소노코의 죽음과는 관계없는 일이었으니까요. 괜히 번거롭기만 할 거라고 생각했어요."

"무엇 때문에 만났는데?"

"딱히 이유는 없었어요. 오랜만에 한번 보자고 소노코가 전화해서, 회사 끝나고 집에 가는 길에 잠깐 들른 것뿐이에요."

"소노코는 너와 쓰쿠다 준이치가 사귄다는 것을 알고 있었을 거야. 그런데도 너를 만나고 싶어 했을까?"

"그건 모르겠어요. 우리 일은 말을 안 했으니까 아마 몰랐던 모양이지요."

"내가 상상한 것을 말해볼까?"

"하시죠." 유바 가요코의 검은 홍채가 번쩍 빛났다.

야스마사는 길게 숨을 들이쉬고 나서 말했다.

"수요일에 너와 소노코는 쓰쿠다를 둘러싸고 말다툼을 했어. 물론 결론이 안 나는 싸움이었겠지. 그때부터 너에게 소노코에 대한 살의가 싹텄다는 건 어떨까?"

"왜 내가 소노코에게 살의를? 소노코가 나를 원망하는 거라면 이해가 되겠지만."

"소노코가 쓰쿠다 준이치와 헤어지지 않겠다고 주장했다면 어떻지? 그리고 쓰쿠다 쪽도 소노코가 이해하지 않는 한 너와 함께할 수 없다고 했다면? 너에게 소노코라는 존재는 큰 방해

물이었겠지."

"잘도 이상한 생각을 하는군요."

"그러니까 상상이라는 거야."

"이제 이야기는 끝난 것 같으니까 이만 실례할게요." 아이스크림에 손도 대지 않은 채 가요코는 자리에서 일어섰다.

야스마사도 두 잔째의 커피를 남겨두고 자리에서 일어섰다. 계산대에서 돈을 치르는 사이에 가요코는 빠른 걸음으로 밖으로 나갔다.

그가 가게를 나서자 주차장 쪽에서 날카로운 엔진 소리가 들려왔다. 초록색 미니쿠퍼가 출발하려 하고 있었다. 운전하는 사람이 유바 가요코인 것을 보고 야스마사는 그 앞길을 가로막고 섰다. 차가 멈추자 운전석 쪽으로 다가갔다.

가요코는 귀찮다는 듯이 오른손을 움직여 창유리를 10센티미터쯤만 열었다. 파워윈도가 아닌 것이다.

"네 차야?"라고 야스마사는 물었다.

"그런데요?"

"차가 있으면……," 야스마사는 차 안을 흘끔흘끔 보았다. "한밤중에도 얼마든지 움직일 수 있었겠군."

"실례합니다." 가요코는 브레이크 페달에서 발을 뗐다. 미니쿠퍼는 힘이 모자란 듯한 소리를 내며 야스마사에게서 멀어져 갔다.

3

야스마사가 소노코의 맨션에 돌아와보니 현관문 앞에서 가가가 기다리고 있었다. 가가는 통로의 난간에 양 팔꿈치를 짚은 자세로 도로 쪽을 내려다보고 있다가 야스마사를 알아보자마자 상냥하다고 표현하지 못할 것도 없는 표정을 지었다.

"어서 오시죠"라고 형사는 말했다.

"언제부터 기다렸어요?"

"언제부터였더라?" 가가는 손목시계에 시선을 떨구었다. "뭐, 별로 오래 기다리진 않았어요. 그나저나 어디 갔었어요?"

"소노코의 회사에. 인사를 아직 못 해서."

"회사에 들른 다음에는?" 가가는 아직 웃고 있었다. "회사에서는 점심 전에 나왔고, 그다음에 어디 갔었느냐는 얘깁니다."

야스마사는 윤곽이 짙은 형사의 얼굴을 찬찬히 바라보았다.

"내가 회사에 갔던 걸 어떻게 알아요?"

"이제 슬슬 거기에 들를 것이다 싶어서 전화로 물어봤어요. 그랬더니 오전 중에 다녀갔다고 하더군요. 내 예감이 딱 맞아떨어졌죠."

야스마사는 고개를 젓고, 현관문 구멍에 열쇠를 꽂았다.

"다시 한번 집 안을 살펴봐도 될까요?" 가가가 말했다.

"아직도 볼 게 있어요?"

"확인할 게 있어요. 부탁합니다. 게다가 야스마사 씨의 귀가 솔깃해질 정보도 있는데."

"정보?"

"예. 틀림없이 큰 도움이 될 거예요." 그는 의미심장하게 웃었다.

야스마사는 한숨을 내쉬고 문을 열었다. "들어와요."

"실례하겠습니다."

증거품을 가방에 넣어두기를 잘했다고 야스마사는 생각했다. 그런 물건들을 이 형사에게 들켰다가는 모든 것이 물거품이 될 판이었다.

"회사에서 나온 뒤에는 신주쿠를 한 바퀴 둘러봤어요. 소노코가 어떤 동네에서 일했는지 알고 싶어서." 말을 하면서 야스마사는 뒤를 돌아보았다. 가가는 신발장 앞에 쪼그리고 앉아 있었다. "뭐 해요?"

"아, 실례. 이걸 찾아내서." 가가가 손에 들고 있는 것은 배드민턴 라켓이었다. "신발장 옆에 세워져 있군요. 이건 상당히 전문가용 라켓이네. 재질이 카본인가? 소노코 씨가 혹시 테니스 클럽에서 활동했어요?"

"고등학교 시절에 잠깐 했어요. 근데 그게 무슨 문제라도?"

"그립에 테이프를 감은 방법이 보통 사람과는 반대예요." 가가는 그립 부분을 가리켰다. "그러니까 소노코 씨는 왼손잡이였던 거예요. 그렇죠?"

"맞아요, 누이는 왼손잡이었어요."

"역시." 가가는 고개를 끄덕였다. "내 생각이 틀림없었네."

"라켓을 확인하기 전부터 왼손잡이라는 걸 알았다는 말투인데요?"

"아뇨, 알고 있었던 건 아니고요. 그렇지 않은가 추측했던 것뿐이죠."

"흐음." 야스마사는 방 안을 둘러보았다. "이 방의 물건에서 나온 지문을 분석해본 모양이군. 이를테면 연필이라든가 루주 같은 거."

"그런 건 아니고요. 그냥 우연히 알았어요. 내가 소노코 씨 앞으로 온 편지들을 조사했던 건 기억나죠?"

"그건 기억나지만, 최근 몇 달 안에 배달된 편지는 없다고 했었잖아요."

"아뇨, 편지가 오래전 것이든 최근 것이든, 그건 관계없어요. 내가 주목한 것은 봉투를 뜯는 방법이었어요. 구체적으로 말하자면 봉투 윗부분을 어떤 식으로 뜯었는가 하는 거예요." 그렇게 말하더니 가가는 무슨 생각을 했는지 자신의 명함 한 장을 꺼냈다. "미안하지만 이걸 한번 찢어봐요. 봉투를 뜯는다는 생각으로."

"뭔가 다른 종이로 시험해보는 게 나을 거 같은데."

"아니, 괜찮아요. 어차피 이거 다 쓰기 전에 새 명함 만들 거니까. 걱정 말고 한번 해봐요."

새 명함을 만든다는 말이 단순한 전근을 의미하는 것인지, 아니면 승진을 염두에 두고 하는 말인지, 야스마사는 잠깐 마음에 걸렸다. 이 형사를 지켜본 바로는 분명 승진일 거라는 생각이 들었다. 매사에 자신만만한 사람이라는 건 진즉부터 알고 있었다. 경사라는 계급이 적힌 부분을 노리며 야스마사는 천천히 명함을 찢었다.

"야스마사 씨는 오른손잡이로군요." 가가는 말했다.

"맞아요, 오른손잡이."

"가장 평범하다고 할 수 있는 순서로 찢었어요. 왼손으로 명함 전체를 잡고 오른손으로 목적하는 부분을 찢어내는 방법이죠. 게다가 그때 오른손을 시계 방향으로 비트는, 말하자면 다수파예요."

가가의 말을 듣고 야스마사는 자신의 손의 움직임을 되짚어 보았다.

"누구라도 이렇게 하는 거 아닌가?"

"근데 그게 의외로 꼭 그렇지는 않아요. 천차만별이거든요. 그리고 이 찢어진 흔적을 보면……." 두 개로 찢어진 명함을 내보이며 가가는 말을 이었다. "찢긴 단면이나 지문의 위치 등을 통해 그 사람의 습관을 대략 파악할 수 있어요. 소노코 씨의 봉투를 살펴보면, 방금 야스마사 씨가 했던 것과 완전히 좌우 대칭의 동작을 했다는 걸 알 수 있죠. 그래서 왼손잡이일 거라고 추측했던 겁니다."

"그렇군. 알고 보면 간단한 일이네."

"이런 쪽은 야스마사 씨가 더 잘 아실 텐데요?" 가가의 말이 어떤 뜻인지 알 수 없어서 야스마사는 입을 다물었다. 그러자 가가 형사는 빙글빙글 웃으며 말을 덧붙였다. "범퍼가 우그러진 상태나 라이트가 부서진 방식, 도장塗裝이 벗겨진 조각 같은 것에서 자동차가 어떤 모양으로 사고를 일으켰는지 추정하시잖아요. 이른바 물증을 통해 가설을 세우는 데는 프로라고 할 수 있죠."

"그런 뜻이었어요?"

"파괴에는 반드시 메시지가 있어요. 어떤 사건에서나 공통적으로 말할 수 있는 진리예요."

"그럴지도 모르겠네."

가가는 어떤 메시지를 읽어냈을까, 하고 야스마사는 생각했다.

"근데 소노코 씨는 모두 다 왼손을 썼어요?"

"아뇨, 부모님이 일일이 고쳐줬기 때문에 젓가락과 펜을 쓸 때는 오른손이었어요."

"그렇군요. 일본에서는 유난히 기를 쓰고 왼손잡이를 교정하려고 한다니까. 외국인은 굳이 고치지 않는다던데. 하긴 포크와 나이프를 반대로 쥐고 있는 외국인은 별로 본 적이 없네요. 소노코 씨는 어땠어요?"

"식사 때는 틀림없이 오른손잡이였어요."

"그러면 오른손에 나이프, 왼손에 포크였군요?"

"맞아요."

"그러면 평소에 의식적으로 지켜보지 않는 한, 소노코 씨가 왼손잡이라는 것을 모를 수도 있겠군요." 가가는 별것도 아닌 일처럼 말했지만, 명백히 이 점을 중시하고 있었다. "근데 이건 어떨까요? 칼은 역시 자기가 잘 쓰는 쪽 손으로 잡겠지요?"

"글쎄요, 그런 걸로는 소노코와 이야기해본 적이 없어서." 말을 하고 나서 야스마사는 가가의 표정을 들여다보았다. "소노코가 왼손잡이라는 게 이번 일과 무슨 관계가 있어요?"

"뭐, 아직 단언은 할 수 없지만, 내 생각에는 관계가 있는 것 같아요."

마음에 걸리는 그 말투에 야스마사는 불안감을 느꼈다. 분명 소노코가 왼손잡이라는 건 이번 사건에서 중요한 포인트였다. 야스마사도 전기 코드의 비닐 피복 부스러기가 식칼에 부착된 위치를 통해 범인은 오른손잡이라고 확신했던 것이다.

하지만 그 단서는 야스마사 자신의 손에 의해 은폐되었다. 그러면 왜 가가는 소노코가 어떤 손을 쓰느냐에 주목하고 있는가. 그 칼 외에도 범인이 오른손잡이라는 것을 암시하는 증거가 있었던 걸까.

거기까지 생각하고서 야스마사는 자신이 중대한 사항을 놓쳤다는 것을 깨달았다. 식칼을 잡을 때, 그는 지문이 찍히는 것을 피하기 위해 손수건을 사용했다. 그러면 범인은 어떻게 했을까. 당연히 자신의 지문이 찍히지 않도록 했을 것이다. 하지만 그 식칼에 지문이 전혀 찍혀 있지 않다는 건 이상한 일이다. 그래서 범인은 소노코의 손에 한 차례 칼을 쥐여주었을 것이다.

그때, 어느 쪽 손에 쥐여주었을까.

가가의 말대로, 평소에 소노코의 왼손잡이 습관은 그리 눈에 띄지 않는다. 범인이 혹시 왼손잡이인 것을 알고 있었다고 해도, 깜빡 잊고 오른손에 쥐여주었다는 건 충분히 생각할 수 있다. 그 지문의 상태와 편지 봉투를 뜯는 방법이 모순된다는 점에서 가가 형사는 자살에 의심을 품었던 게 아닐까.

"한 가지만 좀 솔직히 얘기해주쇼." 야스마사는 침실 카펫 위에 책상다리를 틀고 앉았다. "가가 씨는 분명하게 소노코의 죽음에 의문을 품고 있어요. 좀 더 정확하게 말하자면 지금 자살이 아니라 타살이라고 생각하고 있죠? 왜 그런 거예요?"

"아뇨, 나는 아직 거기까지는……."

"시치미 떼지 맙시다. 내가 일반인이라면 그런 식으로 말을 돌리는 게 먹힐지도 모르겠지만, 공교롭게도 내 직업 역시 경찰이에요."

가가는 어깨를 으쓱 쳐들었다. 그러고는 천천히 오른쪽 뺨을 긁적였다. 잠시 망설이는 눈치였지만 딱히 난처해하는 기색은 보이지 않았다. 언젠가는 이런 질문이 나올 것이라고 예상했는지도 모른다.

"잠깐 들어가도 될까요?"

"예, 들어오시죠. 사실대로 말해준다면."

"내가 거짓말을 한 적은 없는 거 같은데?" 쓴웃음을 지으며 가가는 안으로 들어섰다. "오히려 진실을 말하지 않은 건 야스마사 씨 쪽이겠죠."

"무슨 뜻이에요?" 야스마사는 단단히 마음을 다졌다.

"별로 깊은 뜻은 없어요. 말 그대로죠. 야스마사 씨는 우리에게 많은 것을 숨기고 있어요."

"왜 내가 숨기고 말고 합니까?"

"그 이유에 대해서도 대충 짐작은 하고 있어요." 가가는 자리에 앉지 않고 좁은 부엌을 돌아다니며 말했다. "처음에 느낀 의문은 극히 사소한 것이었어요. 호텔 바에서 이야기했을 때, 야스마사 씨에게 개수대 얘기를 물었어요. 기억나요?" 그는 거기서 멈춰 서서 야스마사를 보았다.

"개수대에 물기가 있었다는?"

"맞습니다. 사망 추정 시각을 생각해보면 소노코 씨가 개수대를 사용한 건 수십 시간 이전이었어요. 그러니까 바짝 말라 있어야 했죠. 하지만 개수대는 상당히 광범위하게 물기가 있었어요. 아마 당신이 손이라도 씻었을 거라고 해석했었어요. 그렇게 생각하지 않고서는 앞뒤가 맞지 않으니까요."

가가는 찬장 앞까지 이동했다.

"그다음으로 마음에 걸린 점, 이것도 지난번에 당신에게 말했던 건데, 바로 빈 와인병입니다. 미리 사다놓은 술이 없는 걸 봐서는 소노코 씨가 그리 술을 많이 마시는 편은 아닌 것 같은데, 그 와인병은 혼자서 다 비우기에는 지나치게 크다는 생각이 들더군요. 그래서 그 술을 과연 혼자 마셨을까, 하는 의문이 생겼습니다. 이번 일이 자살이라고 해도 그 전에 함께 술을 마신 상대가 있었다는 건 별로 이상한 일은 아니에요. 만일 그런 사람이 있었다면 최대한 빨리 찾아내서 자세한 이야기를 들어봐야겠지요. 분명 어딘가에 또 하나의 와인 잔이 나와 있을 거라고 생각하고 집 안을 찾아봤습니다. 하지만 그것 말고는 밖에 꺼내놓은 잔이 없었어요. 소노코 씨는 두 개 한 세트인 와인 잔을 몇 벌 갖고 있었지만, 그녀가 사용한 것과 똑같은 잔은 꺼낸 흔적 없이 찬장의 제자리에 그대로 놓여 있었어요." 그는 찬장 안을 손끝으로 가리켰다. "근데 이 와인 잔을 잘 살펴봤더니 약간 이상한 점이 있더라고요."

"뭔데요?" 마음속의 동요를 감추며 야스마사는 물었다.

가가는 찬장에서 와인 잔을 꺼내 왔다.

"소노코 씨는 깔끔한 편이어서 잔은 모두 깨끗이 닦여 있어요. 하지만 이 와인 잔만은 이렇게 흐릿하죠? 아주 허술하게 씻었다고 할 수 있어요."

"그래서요?"

"그래서 이 잔은 다른 사람이 씻은 거라고 생각했습니다. 그러면 언제 씻었는가. 소노코 씨가 사망하기 전이라고는 생각할 수 없겠죠. 하필 이 잔만 다른 사람이 씻어둘 이유도 없고, 소노코 씨가 살아 있었다면 이런 잔은 틀림없이 새로 씻어서 넣어뒀을 테니까요. 즉 이 잔을 씻어둔 건 소노코 씨가 사망한 뒤라는 얘기예요. 하지만 그렇게 되면 뭔가 이상하단 말예요. 왜냐하면 이 집은 현관문의 체인이 걸려 있었기 때문이죠. 아니, 정확히 말하자면 현관문의 체인이 걸려 있었다고 증언한 사람이 있었기 때문입니다. 이 와인 잔을 씻어둔 인물은 이 방에서 대체 어떻게 나갔을까요?"

거기까지 이야기한 참에 가가는 반응을 살피듯이 야스마사를 보았다.

"그것에 대한 답도 얘기해주시죠"라고 야스마사는 말했다.

"네, 그래서 뭔가 석연치 않은 채로 경찰서에 돌아갔는데, 조금 뒤에 감식과에서 나온 결과를 보고는 좀 더 고개를 갸웃거리게 됐어요."

"이번에는 또 뭔데요?"

"지문이 나오지 않았어요."

"지문?"

"수도꼭지에서." 가가는 개수대의 수도꼭지를 가리켰다.

"정확히 말하자면 소노코 씨의 지문만 발견됐어요. 내가 고개를 갸웃거린 이유를 아시겠지요? 다른 사람의 지문은 없는데 왜 개수대에는 물기가 있었는가."

야스마사는 흠칫했다. 수도꼭지를 돌릴 때 그는 장갑을 끼고 있었다. 공연히 여기저기 지문이 찍히지 않도록 하자는 생각 때문이었지만 그것이 역효과로 나타난 모양이었다.

"그래서 야스마사 씨에게 물었어요, 개수대를 사용했느냐고. 개수대에 물기가 있었다고 했더니 당신은 얼굴을 씻었다고 했죠. 하지만 그건 명백히 이상한 얘기예요. 그렇다면 당신의 지문이 반드시 있어야 하거든요."

"그래서 대체 어떻게 추리를 했냐고!" 야스마사는 거칠게 물었다. 더 이상 점잖게 존댓말을 해줄 기분이 아니었다.

"와인 잔을 씻은 건 야스마사 씨가 아닐까, 라고 추리했어요. 당신이 잔을 씻은 것을 경찰에게 들키지 않으려고 수도꼭지에 지문이 찍히지 않게 했다는 거예요."

"흠……."

"잘못된 추리라면 지적해주시죠. 단지 지적을 할 때는 개수대에 물기가 있었던 이유, 그리고 수도꼭지에 지문이 찍히지 않았던 점에 대해서도 설명해주셨으면 하는데."

"하고 싶은 말은 많지만 일단 끝까지 듣기로 합시다."

"좋아요. 당신이 와인 잔을 씻었다는 건 그 잔은 사용된 상태로 방치되어 있었다는 얘기예요. 즉 잔은 두 개가 사용되었어요. 그렇다면 소노코 씨는 혼자서 와인을 마셨던 게 아니라고 할 수 있습니다. 근데 당신은 이 사실을 은폐하려고 했다, 어째서인가. 생각할 수 있는 건 한 가지예요. 그 잔 때문에 경찰이 소노코 씨의 자살에 의문을 품을까 봐 치워버렸다는 것. 거꾸로 말하면 당신은 소노코 씨의 죽음이 단순한 자살이 아니라는 걸 알고 있었다는 얘기예요. 거기서 문제가 되는 게 바로 현관문의 체인이죠. 만일 정말로 체인이 걸려 있었다면, 그밖에 또 다른 부자연스러운 상황증거가 있었다고 해도 당신은 자살이 아닐 가능성을 선뜻 생각하지 못했을 겁니다. 자, 필연적으로 한 가지 결론이 나오게 되지요."

"현관문 체인이 걸려 있었다는 건 거짓말이라는?"

"네, 그렇게 생각할 수밖에 없어요." 가가는 고개를 끄덕였다.

가가 형사가 호텔 바에서 그 체인에 대해 물어볼 때부터 이미 의심하는 눈치였다는 것을 야스마사는 떠올렸다.

"계속해봐요"라고 야스마사는 말했다.

"당신이 왜 그런 거짓말을 하는지, 내 나름대로 생각해봤어요." 가가는 집게손가락을 세웠다. "혹시라도 친누이의 죽음에 의문이 있다면 경찰에 적극적으로 정보를 제공하는 게 일반적인 반응이겠죠. 그래서 내가 가장 먼저 생각한 것은 당신 자신이 누이의 죽음과 관계가 있다는 것이었어요."

"그래서 내 알리바이를 조사했군."

"변명하자는 건 아니지만, 어디까지나 수사 절차의 하나로서 확인해본 것뿐이에요. 실제로는 당신이 소노코 씨를 살해했다는 둥의 생각은 한 번도 해본 적이 없습니다."

"아, 됐어요. 그래서 결과는 어떻게 나왔죠? 금요일은 낮 근무라서 저녁까지만 일했고 토요일은 쉬는 날이었어요. 즉 알리바이를 증명할 수는 없는 상태였잖아요."

"맞는 말씀. 하지만 방금 말했던 대로 당신의 알리바이 따위에는 별로 관심 없었어요. 오히려 내가 의심한 건 당신이 소노코 씨를 살해한 범인을 알고 있고, 게다가 그 범인을 보호해주려고 한다는 거였죠."

"단 하나뿐인 누이가 죽었는데 그 살해범을 보호해준단 말입니까?"

"분명 생각하기 어려운 일이기는 하지만, 인간이란 때로는 몹시 복잡한 사고 형태를 보이니까요."

"그런 건 없어요. 적어도 나와 소노코의 경우에는."

"그렇다면 또 한 가지를 생각할 수 있습니다." 가가는 진지한 얼굴이 되어 말했다. "당신에게는 범인을 보호할 마음은 없지만 범인이 경찰에 체포되는 건 바라지 않는다는 것."

야스마사도 표정이 팽팽해져서 형사의 얼굴을 마주 보았다. 가가는 처음부터 이 추리를 말하고 싶었던 것이다.

"단지 그런 추리가 성립되려면 조건이 필요해요."

"뭔데요?"

"당신은 어느 정도까지는 범인을 알고 있다는 거예요. 개인적인 수사는 아무래도 한계가 있다는 것을 당신이라면 충분히 알고 있을 거예요."

야스마사는 책상다리를 튼 무릎을 손끝으로 두드렸다.

"거기까지 추리를 했으면서 네리마 경찰서는 왜 움직이지 않았어요?"

"아니, 이건 내 추리예요." 형사는 입가를 삐뚜름하게 구부렸다. "상사에게 말해봤는데 동의해주지 않더라고요. 오빠인 당신이 거짓말을 할 리가 없다는 거예요. 현관문 체인이 걸려 있었다면 그건 자살이라고 할 수밖에 없다, 자살로 처리해도 아무도 문제를 제기할 일이 없다, 라고." 한숨을 내쉬며 가가는 입 끝으로 웃었다. "관내에서 일어난 독신 직장 여성 연쇄살인 사건 때문에 한창 정신이 없는 때이기도 하거든요."

"가가 씨의 답답한 마음은 이해가 되네요."

"다시 묻겠는데요." 가가는 현관문 쪽으로 몸을 돌렸다. 그리고 끊어진 채 매달려 있는 체인을 가리켰다. "야스마사 씨가 처음 이 집에 왔을 때, 체인은 걸려 있지 않았다―. 그렇죠?"

"아니." 야스마사는 고개를 저었다. "체인은 걸려 있었어요. 그래서 내가 자르고 들어왔습니다."

가가는 머리 뒤를 긁적였다.

"당신이 경찰에 신고한 건 그날 오후 6시쯤이었어요. 당신은 유체를 발견하고 곧바로 전화를 했다고 말했죠? 근데 한 가지 묘한 증언이 나왔어요. 이 근처 학원에 다니는 초등학생이 오후 5시에 당신이 이 앞에 차를 세우는 걸 목격했다고 말했거든요. 그 한 시간 동안, 당신은 뭘 하고 있었죠?"

아차, 자동차를 목격했구나, 하고 야스마사는 내심 혀를 차고 싶은 기분이었다. 그때는 거기까지 신경을 쓰지 못했고, 그런 걸 조사하고 다닐 형사가 있으리라는 것도 생각하지 못했다. 물론 가가는 야스마사가 좀 더 일찍 도착했을 거라고 짐작하고서 그 뒷받침이 될 증언을 찾아다녔을 것이다.

"그건 내 차가 아니었겠지."

"하지만 그 초등학생은 분명하게 차 종류까지 기억하고 있었는데요?"

"여기저기 흔해빠진 국산 차예요. 게다가 넘버까지 기억한 건 아니잖아요. 만일 기억하고 있다면 그 아이를 여기로 데려와요. 대질을 해도 좋으니까."

야스마사의 말에 가가는 쓴웃음을 지었다. 그것을 보고 야스마사도 뺨을 풀었다. "자, 다음은 어떤 카드를?"

"이런 건 어때요? 당신은 현관문 체인이 걸린 것을 보고 큰소리로 소노코 씨를 불렀다고 했어요. 근데 이 맨션에 사는 사람들 중에 그 소리를 들은 사람이 한 명도 없었어요. 그날 여기 같은 층 사람들이 집에 있었는데도 말이죠. 이건 어떻게 설명할 거예요?"

야스마사는 어깨를 으쓱 쳐들었다. "나름대로 큰 소리를 낸다고 냈는데, 실제로는 그 정도가 아니었다―, 그런 거 아닌가?"

"아무튼 안에 있는 사람에게 들릴 정도로는 불렀을 텐데요? 이웃에서 못 들을 만큼 목소리가 작았다는 건가요?"

"나도 모르죠. 그때는 정신이 없었으니."

가가는 배우처럼 두 손을 번쩍 쳐드는 포즈를 취하더니, 다시 한참을 어정거리고 다녔다. 바닥이 삐걱삐걱 울렸다.

"야스마사 씨." 문득 발을 멈추고 말했다. "범인을 찾아내는 건 경찰에, 그리고 재판하는 건 법정에 맡겨주세요."

"자살인데 범인이고 뭐고가 어딨어요?"

"혼자서 할 수 있는 일은 기껏해야 뻔한 거예요. 당신은 범인이 누군지 어느 정도 감을 잡았는지도 모르지만, 정말 어려운 건 그때부터예요."

"당신이 아까 말했잖아요? 내가 이래 봬도 물증을 바탕으로 가설을 세우는 데는 프로예요."

"가설만으로는 범인을 체포할 수 없어요."

"체포할 필요 없어요. 가설만으로도 충분합니다."

가가는 쓰디쓴 것을 입 안에 넣은 듯한 얼굴을 했다.

"우리 아버지가 입버릇처럼 하는 말을 한 가지 알려드리죠. 무의미한 복수는 아코 로시赤穗浪士*만으로도 충분하다―."

"그들이 한 일은 복수가 아니라 퍼포먼스겠지. 그보다……." 야스마사는 짐짓 부루퉁한 얼굴을 해 보였다. "여기 와서 확인하고 싶다는 게 겨우 배드민턴 라켓을 조사하는 거였어요?"

"아뇨, 이제부터 해야죠."

"그러면 얼른 끝내고 돌아가시는 게 좋겠네요. 그리고 집 안에 들어오는 조건으로 귀가 솔깃한 정보를 준다고 하더니, 나는 아직 하나도 못 들었어요."

"두 가지를 동시에 끝내드리죠. 미안하지만 거기 그 텔레비전 밑을 좀 볼래요?"

"텔레비전 밑?"

✚ 에도 시대에 주군의 원수를 갚은 뒤에 자결한 47인의 무사들. 역사 속의 대표적 충신으로서 이후 수많은 소설, 드라마, 영화에 등장했다.

텔레비전은 진갈색의 작은 받침대에 얹혀 있었다. 받침대 안에는 비디오기기가 들어 있었다. 2단짜리라서 아랫단에는 비디오테이프를 단정하게 정리해두었다. "거기 있는 비디오테이프 말인데요, 모두 다 VHS인가요?" 가가가 테이프의 종류에 대해 물었다.

"그런 거 같은데? 그야 당연하죠, 비디오기기 자체가 VHS 방식인데. 그 밖에는 카세트테이프 몇 개가 있고……" 받침대 아랫단을 들여다보면서 야스마사는 말했다. 하지만 곧바로 자신의 실수를 깨달았다. "아, 아니네, 카세트테이프가 아냐. 이건 8밀리 비디오테이프로군요." 그가 꺼낸 건 아직 뜯지 않은 8밀리 비디오카메라용 테이프였다. 한 시간짜리 테이프 두 개가 한 팩으로 묶여 있는 상품이었다.

"잠깐 실례." 가가는 테이프를 집어 들고 만족스러운 표정으로 바라보며 고개를 끄덕였다. "역시 내가 생각했던 대로야."

"근데 이 비디오가 무슨?"

"혹시 옆집에 사는 사람을 만나봤어요?"

느닷없는 질문에 야스마사는 잠시 당황했다.

"아니, 아직 안 만났는데?"

"옆집에 사는 여자분이 프리라이터였어요. 소노코 씨와 그리 친하게 지낸 건 아니지만, 오다가다 만나면 잠시 대화를 나누는 사이였다는군요."

"그 여자가 왜요?"

"소노코 씨가 사망하기 이틀 전에 그 여자에게 비디오카메라를 빌려달라고 했어요. 8밀리 비디오카메라를."

"비디오카메라?" 예상도 하지 못한 기기의 이름이 튀어나오는 바람에 야스마사는 그게 어떤 물건이었는지 머릿속에 떠올리는 데 몇 초가 걸렸다.

"무엇 때문에 그런 물건을?"

"결혼 피로연에서 사용할 거라고 했다는군요. 옆집 여자가 그걸 취재용으로 갖고 있었던 모양이에요. 그래서 토요일에 빌려주기로 했는데, 금요일에 소노코 씨가 다시 찾아와서 빌려 갈 필요가 없게 됐다고 말했다는 거예요."

피로연에 쓰겠다고 한 건 거짓말이 틀림없다. 그렇다면 무엇 때문에 소노코는 비디오카메라를 빌리려고 했을까. 그리고 빌려 갈 필요가 없게 됐다는 건 또 어째서인가.

"뭘 촬영하려고 했지?" 야스마사는 혼잣말처럼 중얼거렸다.

"좀 더 자세한 이야기를 듣고 싶으면 옆집에 한번 문의해보시죠. 아마 오늘은 집에 있을 겁니다."

"가가 씨는 그 밖에 더 조사할 건 없어요?"

"오늘은 이 정도로 해두죠." 가가는 현관에서 구두를 신었다. "야스마사 씨는 언제 또 도쿄에 올 수 있을까요."

"아직 모르겠는데."

"모레는 올라올 거 같은데요?" 가가는 말했다. "내일은 단속 당직이고, 모레 아침까지는 근무. 그다음에 올 수 있는 거 아닌 가요?"

야스마사가 눈을 흘겼다.

가가는 씩 웃으며 "자, 그럼 또 만납시다"라는 인사를 남기고 문을 나섰다.

4

시간이 약간 남아서 야스마사는 소노코의 방을 다시 수색해 보기로 했다. 찾으려는 물건은 사사모토 아키요가 말했던 복사키였다. 사사모토의 말이 맞는다면 복사키는 분명 또 한 개가 더 있을 터였다.

작은 물건들을 담아두는 바구니, 세면대 서랍까지 샅샅이 찾아봤지만 복사키는 발견되지 않았다. 그 대신 한 가지 찾아낸 게 있었다.

책장 중간 칸에 도자기 피에로 인형이 있었는데, 그 머리 부분이 훌렁 열렸던 것이다. 그래서 그게 연필꽂이라는 것을 알았다. 거기에 볼펜과 샤프펜슬, 사인펜, 만년필 등이 빼곡히 들어 있었다. 야스마사는 샤프펜슬을 뽑아냈다. 심지는 들어 있었다. 그 밖에 펜도 두세 개 살펴봤지만 모두 쓸 수 있는 것들이었다. 이 방에서 필기도구가 거의 눈에 띄지 않았던 이유를 그제야 알 수 있었다.

그와 동시에 야스마사의 머리에는 새로운 의문이 떠올랐다. 수첩에 딸린 작은 연필이 테이블에 나와 있었던 것을 설명할 수 없게 된 것이다. 새끼 고양이 달력의 뒷면에 소노코가 뭔가 메모를 하면서 그 연필을 썼을 거라고 생각했는데 그건 아무래도 부자연스러웠다. 어째서 굳이 수첩용 연필을 꺼내다 썼을까. 잠깐만 손을 뻗으면 이 피에로 연필꽂이에 닿았을 터였다. 게다가 수첩은 가방 속에 들어 있었으니까 우연히 그 작은 연필만 밖에 나와 있었다고 생각하기도 어려웠다.

그렇다면—.

연필을 사용한 건 소노코가 아니라 범인이라는 이야기가 된다. 범인은 방 안에서 필기구를 찾아봤지만 얼른 눈에 띄지 않자 가방을 뒤져서 수첩에 딸린 연필을 꺼낸 것이다. 그 연필을 어디에 사용했는가. 여기서 다시 달력이 마음에 걸렸다. 역시 그 달력 뒷면에 뭔가를 썼다고 생각하는 게 가장 타당하다는 생각이 들었다. 하지만 그렇게 되면 이번에는 그것을 어째서 태웠는가 하는 의문이 나온다.

이건 완전히 두더지 잡기로구나, 라고 야스마사는 게임센터의 놀이를 생각했다. 한 가지 의문을 때려눕혀도 다른 구멍에서 차례차례 의문이 머리를 내민다.

야스마사는 침대에 몸을 기대고 앉아 자신의 가방을 끌어당겼다. 안에서 비닐봉지 하나를 꺼냈다. 거기에는 열쇠가 하나 들어 있었다. 소노코의 유체를 발견했을 때 현관문 우편함에 들어 있던 열쇠다.

소노코를 살해한 범인이 복사키를 사용해 문을 잠갔다는 건 틀림이 없다. 문제는 그것이 이 열쇠인가 아닌가 하는 것이다. 지금까지는 이 열쇠라고만 생각했다. 그래서 범인이 노리는 게 무엇이었는지 알지 못했던 것이다.

하지만 복사키가 한 개 더 있다고 하면 이야기가 달라진다. 범인은 자신이 사용한 열쇠는 가져갔다고 생각하는 게 타당하다. 즉 우편함에 복사키가 들어 있었던 것은 또 다른 이유 때문이라는 얘기가 된다.

하지만, 이라는 생각에 야스마사는 여전히 뭔가 석연치 않았다. 혹시 우편함에 열쇠를 넣어둔 사람이 소노코였다고 해도 이상하다. 소노코는 왜 복사키를 우편함에 넣어두었을까.

출발하지 않으면 안 될 시각이 다가오고 있었다. 야스마사는 새로 떠오른 수수께끼를 수첩에 메모한 뒤, 집을 나섰다.

옆의 214호실에는 사는 이의 문패가 붙어 있지 않았다. 소노코의 현관문에도 문패가 없는 것을 보면 대도시에서 혼자 사는 여자들로서는 당연한 일인지도 모른다.

벨을 누르자 한창 젊은 나이인데도 피부에 생기가 없는 여자가 문 틈새로 얼굴을 내보였다. 화장기는 없고 파마를 한 긴 머리를 헤어밴드로 고정하고 있었다.

야스마사가 이름을 밝히자 이웃집 여자는 금세 경계를 풀었다. 조문 인사를 해주는 그 얼굴이 제법 미인으로 보였다.

누이가 비디오카메라를 빌리려고 했던 것 같은데, 자세한 이야기를 좀 해줄 수 없겠느냐고 말했다. 프리라이터는 일단 현관문을 닫고 체인을 풀어낸 뒤에 다시 문을 열었다. 그녀는 고양이 무늬가 들어간 하늘색 스웨터를 입고 있었다. 젊은 여자들은 고양이를 좋아하는구나, 하고 야스마사는 생각했다.

"자세한 이야기래야 그냥 그것뿐이에요. 게다가 결국 빌려 가지도 않았고요."

"그 얘기 말인데요, 왜 필요 없게 되었는지는 말하지 않던가요?"

"네, 그런 말은 안 했어요."

"그래요……." 괜히 가가의 꼼수에 걸려든 건지도 모르겠다고 야스마사는 생각했다. "이번 일로 이래저래 폐를 끼친 모양이던데, 미안합니다. 형사도 찾아왔었지요?"

"네, 딱 한 번 오셨죠. 하지만 폐라고 할 건 없었으니까 마음 쓰지 마세요. 그보다 소노코 씨의 자살 이유는 아직 밝히지 못했나요?"

"예, 아직." 가가가 그런 식으로 얘기하고 탐문 조사를 한 모양이다. "소노코와 가끔 대화를 하셨다던데, 대개 어떤 이야기를?"

"여러 가지예요. 그냥 두서없는 이야기들." 그녀는 미소를 지었다.

"고양이에 대한 이야기라든가?" 야스마사는 그녀의 스웨터를 가리키며 말했다.

"네, 맞아요, 고양이 이야기. 둘이 똑같이 고양이를 정말 좋아했거든요. 이 맨션에서는 동물을 기르면 안 된다고 해서 둘이서 진짜 말도 안 된다고 툴툴거렸어요. 하지만 아마 소노코 씨가 나보다 더 고양이를 좋아했을 거예요. 사진까지 갖고 다녔거든요."

"고양이 사진을?"

"네. 정확히 말하면 고양이 그림을 찍은 사진이죠. 예쁜 새끼 고양이를 그린 유화 액자 두 점을 방 벽에 걸어뒀는데 밖에 나와서도 가끔 보려고 사진으로 찍어서 수첩에 끼우고 다닌댔어요."

"그래요⋯⋯." 야스마사는 애매하게 고개를 끄덕였다. 소노코의 방에서는 그런 그림 액자도 사진도 발견되지 않았다.

하지만 그림이라는 말을 듣고 쓰쿠다 준이치가 머릿속에 떠올랐다. 혹시 그 두 장의 유화 액자라는 건 준이치가 준 게 아닐까. 나아가 야스마사는 태워버린 사진 조각을 생각해냈다. 그건 그 유화의 사진이었는지도 모른다.

"아, 미안해요. 상관도 없는 이야기만 했네요." 야스마사가 저도 모르게 심각한 얼굴이 된 것을 그녀는 다른 뜻으로 해석한 모양이었다. "뭔가 좀 더 도움이 될 만한 이야기를 해드려야 할 텐데……. 지난번에 형사분에게도 애매한 얘기만 해서 미안했어요." 그녀는 딱하다는 듯이 말했다.

그 말이 야스마사의 마음에 걸렸다.

"비디오카메라 얘기 말고 다른 이야기도 했어요?"

"네, 형사분이 말 안 했어요?"

"안 했는데, 어떤 이야기였지요?"

"정말로 애매한 얘긴데요"라고 그녀는 첫말을 뗐다. "금요일 밤에 이야기하는 소리를 들은 기억이 있어요."

예엣, 하고 야스마사는 저도 모르게 놀라는 소리를 흘렸다. "금요일이라면 소노코의 유체가 발견된 월요일 이전의 금요일 말인가요? 몇 시쯤이었어요?"

"12시 조금 전이었을 거예요. 하지만 별로 자신은 없어요."

"소노코의 목소리를 들었어요?"

"아뇨, 그건 정확히는……. 하지만 남자와 여자의 목소리였다는 건 분명해요."

"남자와 여자……." 여자 쪽이 소노코라고 하면 남자는 쓰쿠다 준이치 이외에는 생각할 수 없었다. "몇 시쯤까지 이야기 소리가 들렸지요?"

"죄송해요, 내가 일을 하던 중이라서 거기까지는……."

프리라이터는 미안하다는 표정을 보였지만, 그것만으로도 큰 수확이라고 할 수 있었다.

그러자 그녀가 다시금 입을 열었다.

"토요일 일도 형사분에게 얘기 못 들으셨어요?"

"토요일 일? 그건 뭔데요?"

"이것도 별로 정확한 건 아닌데요"라고 그녀는 말했다. 원래 호기심이 많은 성격인 모양이었다.

"토요일 점심때, 누군가 옆집을 들락날락했던 거 같아요."

"토요일에요?" 야스마사는 또다시 목소리가 커져버렸다. "그럴 리가……."

"네, 그러니까 내가 잘못 들었는지도 모르겠어요."

"어떤 소리를 들었는데요?"

"이 맨션은 벽이 얇아서 옆집 소리가 거의 다 들려요. 하지만 소노코 씨 방이 아니라 위층이나 아래층이었는지도 모르겠어요. 벨이 울리는 소리가 났었는데, 글쎄, 확실한지 어떤지는……." 옆집 여자는 신중한 말투였다. 야스마사는, 이 여자가 지금 하는 말에 자신이 없는 건 아니라고 간파했다. 자신의 발언이 이번 사건에서 너무나 큰 비중을 차지하는 증언이 되는 게 달갑지 않은 것뿐이다.

야스마사는 고맙다는 인사를 건네고 그 자리를 떴다. 맨션을 나와 역으로 향하면서, 바로 이 이야기를 내 귀에 들어오게 하기 위해서 가가가 옆집에 가보라고 했던 거라고 생각했다.

5

혼마 계장이 데려온 사람은 검은 가죽점퍼를 입은 젊은 남자였다. 잔뜩 짜증이 난 얼굴을 하고 있었다. 야스마사는 무표정하게 남자를 맞이했다.

혼마가 넘겨준 서류에는 측정 시각과 자동차의 속도를 표시한 작은 기록지가 첨부되어 있었다. 집게손가락으로 간인間印이 찍혔고 그 옆에는 성과 이름이 적혀 있었다. 여기까지 작성하게 하는 데 혼마가 어지간히 애를 먹는 것을 야스마사는 왠건 차 안에서 지켜보았었다.

"면허증 보여주세요"라고 남자에게 말했다. 남자는 분통이 터진다는 기색으로 갈색 지갑을 통째로 쓱 내밀었다.

범칙금 납부서에 필요 사항을 기입하려고 했을 때, 아니나 다를까, 남자가 입을 열었다.

"저쪽 경찰 아저씨한테도 말했지만요, 나는 그렇게 속도를 높이지 않았다니까요."

기록지에는 74킬로미터라고 찍혀 있었다. 단속을 나갔던 도로의 제한속도는 50킬로미터였다.

"속도를 높였어요. 그러니 이렇게 기록이 되었겠지." 기록지를 가리키며 야스마사는 말했다.

"그거, 별로 정확하지 않다고 들었는데요."

그거, 라고 하는 건 레이더 속도 측정기를 말하는 것이었다.

"그래요? 어떻게 정확하지 않은데?"

"재는 각도나 거리에 따라서 숫자가 다르게 나온다던데요."

"그런 소리는 누구한테 들었어요?"

"누구한테? 그냥 다들 그래요."

"우리는 정해진 절차에 따라서, 정해진 조건 안에서 측정했어요. 기계 점검도 거른 적이 없고. 만일 기계에 의심이 간다면 재판을 하시면 되겠네. 가끔 있어요, 그런 사람이. 근데 한 가지 알려드리지." 야스마사는 남자에게 미소를 건넸다. "현재 우리가 사용하는 측정기는 일본 무선 제품인데 아직까지 한 번도 재판에 져본 일이 없어. 이른바 무적의 챔피언이지. 어때, 도전해볼래요?"

남자는 잠깐 주춤하는 얼굴이 되었다. 하지만 물러설 마음은 없는 모양이었다.

"레이더 사용은 자격증이 필요한 거 아닌가?"라고 고개를 획 돌리고 중얼거렸다. 위반자는 대개 경찰의 얼굴을 똑바로 보면서 말하는 법이 없다.

"필요하죠."

"아저씨는 자격증 있어요?"

자동차 잡지 같은 데서 '속도위반에 걸렸을 때의 대처법'이라는 기사라도 읽어본 모양이다. 요즘 들어 간간이 이런 시답잖은 트집을 잡는 사람들이 있었다.

"한 팀에 한 명만 자격증을 소지하면 되니까 내가 꼭 보여드릴 필요는 없는데, 뭐, 좋아요, 보여준다고 닳는 것도 아니고." 야스마사는 경찰수첩을 꺼내 그 안에 끼워둔 카드형 레이더 면허증을 남자 쪽으로 내보였다. "전에는 레이더 면허를 따기가 아주 어려웠지만, 요즘은 경찰이라면 누구라도 금세 딸 수 있죠. 원래 경찰 무선기를 쓰기 위해서는 무선 자격이 반드시 있어야 하는데, 거기에 덧붙여서 강습만 잠깐 받으면 레이더 자격증은 금방 내주게 되어 있거든."

"쳇, 자격 기준이 너무 허술하잖아요!"

"그만큼 기계의 성능이 좋아졌다는 얘기야. 그 밖에 질문은?"

남자는 입가를 삐뚜름하게 비틀 뿐이었다.

12월의 속도위반 단속은 아무래도 내키지 않는 일이었다. 먹고살겠다고 어쩔 수 없이 속도를 높이는 사람들의 발목을 잡는 듯한 마음이 들었기 때문이다. 한 해의 업무 마감을 앞두고 모두들 저도 모르게 액셀을 과하게 밟기 쉽다. 평소에는 속도위반을 조심하던 사람들도 이때만은 획획 내달리는 일이 많은 것이다. 그래서 연말에는 사고가 발생하기 쉽고 그것을 방지하기 위해 단속을 강화한다는 취지인데, 단속을 당하는 측에서는 그렇게 곱게 받아주지 않는다. 간혹 입이 험한 운전자는 "연말에 국고에 들어갈 돈을 급하게 거둬들이자는 수작이지?"라고 단속 나온 경찰에게 삿대질을 한다. "우리가 내는 범칙금의 몇 퍼센트가 당신 호주머니에 들어가는 거야?"라고 따지는 사람도 있었다. 경찰들은 쓴웃음을 지으며 무시하는 수밖에 없었다.

가죽점퍼의 젊은 남자에게 딱지를 끊고 납부서를 건네주는 찰나에 다시 혼마가 다음 위반자를 데려왔다. 이번에는 중년의 뚱뚱한 여자였다. 잔뜩 성질이 나 있었다. 야스마사는 몰래 작은 한숨을 내쉬었다.

"유화요?" 사카구치는 이건 또 뭔 소리냐는 듯한 표정을 지었다. "글쎄요, 나는 그런 예술적인 건 전혀 모르는데요." 그는 핸들을 쥔 채 고개를 갸웃거렸다.

속도위반 단속을 마치고 서에 돌아가는 중이었다. 오후 3시부터 5시 사이에 22건의 위반을 적발했다. 속도가 높아지기쉬운 국도 1호선인 만큼 역시나 위반자가 많았다.

"뭐야, 유화에도 관심이 있었어?" 뒷좌석에서 다사카가 말을 건넸다. 오늘은 그가 측정 담당이었다. 길가에 서서 자동차의 속도를 측정하느라고 콧등이 빨갛게 탔다. 오늘은 겨울 날씨답지 않게 햇살이 제법 강했던 것이다.

속도위반 단속은 대개 네 명이 한 팀으로 하게 된다. 우선 측정 담당이 위반 차량을 찾아낸다. 측정 담당에게서 무선 스피커로 연락을 받고 도로에 나가 위반 차량을 세우는 것은 정지 담당이다. 이른바 목숨을 건 업무로, 이런 위험한 일은 대개 가장 말단이 하는 것으로 정해져 있다. 이번 멤버에서는 사카구치가 정지 담당이었다. 정지 담당은 위반한 운전자를 잡아 기록 담당에게 인도한다. 기록 담당은 측정 담당과 무선으로 대화를 취하면서 사실관계를 분명히 한 다음, 취조 담당에게 위반자를 인도한다. 하지만 위반한 운전자는 일단 자신의 잘못을 인정하지 않으려고 하기 때문에 이 취조 담당이 가장 까다로운 업무라고 할 수 있다. 어떻게든 빠져나가려고 요리조리 말을 돌리는 사람을 어르고 달래가면서 설득해야만 한다. 팀의 리더인 혼마는 네 사람 중에서 야스마사가 가장 그 일에 적합하다고 판단한 모양이었다.

"딱히 유화에 관심이 있는 건 아닌데, 좀 궁금한 게 있어서."

"뭐가 궁금한데?"

"엉뚱한 얘기 같지만, 유화 한 장 그리는 데 시간이 얼마나 걸릴까?"

"진짜로 엉뚱한 질문이네." 다사카가 웃었다. "근데 그건 그림에 따라 다른 거 아닐까?"

"꽃을 그린 거야. 자세히 말하자면 호접란 그림."

"호접란?"

"흠, 호접란이라면 꽃이 아주 예쁘지." 다사카 옆에서 혼마가 말했다. "어디서 호접란 사생 대회라도 하나?"

"아뇨, 그런 건 아니고요. 혹시 그린다면 시간이 얼마나 걸릴지 궁금해서요."

"그림의 크기에 따라서도 다를 거야." 다사카가 말했다. "그리고 얼마나 꼼꼼하게 그리느냐에 따라서도 다르겠지."

"적당히 꼼꼼하게, 그리고 크기는 이런 정도." 그렇게 말하며 야스마사는 자신의 어깨 폭보다 조금 넓은 길이를 양손으로 만들어 보였다.

"전혀 감이 안 잡혀."

"산이나 숲의 풍경화를 한 시간 만에 멋지게 그려내는 외국인을 전에 텔레비전에서 봤어요. 게다가 수준도 꽤 높았어요." 예술적인 건 전혀 모른다던 사카구치가 말했다.

"아, 그거라면 나도 봤어." 혼마가 뒤에서 말했다. "하지만 그런 풍경화는 의외로 간단히 그릴 수 있는 모양이야. 산이나 숲을 그릴 때, 일정한 패턴이 있는 거 같더라고. 하지만 호접란처럼 특수한 꽃을 그리자면 역시 두세 시간은 걸리지 않겠어?"

"그렇겠죠?" 다사카도 상사의 말에 동의하더니, 다시 야스마사에게 물었다. "근데, 왜 그런 게 궁금해?"

"소설에 그런 게 나왔어"라고 야스마사는 말했다. "추리소설의 트릭으로 써먹었더라고. 살인을 저질렀다고 추정되는 시간에 범인은 다른 장소에서 호접란을 그리고 있었다는 거야."

"에이, 그런 거였어?"

다사카뿐만 아니라 다른 사람들도 당장 김빠진 표정이 되었다. 대체적으로 경찰관은 추리소설을 별로 읽지 않는다. 현실에서는 소설 같은 범죄 사건은 일어날 수 없다는 것을 잘 알고 있기 때문일 것이다. 살인사건은 일상다반사지만, 시간표 트릭도 없고 밀실도 없고 다잉 메시지 같은 것도 없다. 그리고 사건 현장은 무슨 외딴섬도 아니고 환상적인 별장도 아니다. 그저 생활의 구차함이 느껴지는 싸구려 아파트나 늘 다니는 길거리인 경우가 대부분이다. 게다가 동기라고 해봤자 대개는 시시해빠진 것이다. "나도 모르게 불끈해서"라는 게 주로 현실에서 일어나는 사건이다.

하지만 이번의 '그것'만은 알리바이 트릭이 틀림없다고 야스마사는 생각했다. '그것'이란 밤 9시 반부터 오전 1시까지 그림을 그렸다는 쓰쿠다의 알리바이이다. 하지만 소노코의 옆집 여자는 금요일 밤 12시 전에 남녀가 이야기하는 소리를 들었다고 했다. 그 남자가 쓰쿠다 준이치 이외의 딴 사람일 리는 없었다.

어떻게든 쓰쿠다의 알리바이를 무너뜨리고 꼬리를 잡을 방법이 없을까, 야스마사는 고민했다. 그의 머릿속에서는 그 곱상한 꽃미남 녀석이 소노코를 살해한 범인일 확률이 100퍼센트에 가까웠다.

야스마사가 자기 자리로 돌아오자 책상 위에 메모가 놓여 있었다.

4시경, 유바 씨에게서 TEL. 0564-66-××××

유바라는 이름을 보고 유바 가요코에게서 온 전화라고 생각했지만, 그 번호는 분명하게 아이치현 내의 전화번호였다. 그렇다면 유바 가요코의 부모 집에서 연락이 왔었다는 얘기다. 야스마사는 곧바로 수화기를 들었다.

전화는 역시 가요코의 어머니가 받았다. 야스마사가 이름을 밝히자 미안하다는 듯한 목소리로 가요코의 어머니는 말했다.

"집 전화번호를 몰라서 할 수 없이 그쪽으로 전화했어요. 우리 가요코가 언젠가 소노코의 오빠가 도요하시 경찰서에 근무한다는 얘기를 했거든요. 일하시는데 이런 전화를 드려서 참말로 미안하네." 가요코의 어머니는 직장에 전화한 것을 몹시 미안하게 생각하는 기색이었다.

"무슨 급한 볼일이라도 있으십니까?"라고 그는 물었다.

"아니, 꼭 급하다고 할 일은 아니지만, 따로 물어볼 만한 사람이 없어서 폐가 되는 줄 알면서도……."

"무슨 일이신데요?" 야스마사는 적잖이 답답했다.

"그게 그러니까, 뭐라고 할까, 소노코 일은 이제 완전히 정리가 되었어요?"

"정리가 되다니요?"

"그러니까, 그게 자살이라고 했지요? 그 자살의 이유라든가, 여러 가지 것들이 이제는 다 깨끗이 해결이 되었는가 해서요."

유바 가요코의 어머니가 이런 말을 꺼낸다는 건 야스마사로서는 전혀 예상 밖이었다.

"아, 예, 깨끗이 해결되었다고 하기는 좀 그렇습니다만……." 그는 애매모호하게 말을 흐렸다. "근데 왜 그런 걸 물어보시죠?"

"아니, 그게, 실은……." 가요코의 어머니는 다시 한참을 망설이고 나서 말했다. "실은 어제 우리 딸의 친구한테서 전화가 왔어요. 대학 다니던 때의 친구인데, 지금은 사이타마현에서 사는 아이예요."

"그 친구가 왜 전화를?"

"지난번에 경찰이 찾아와서 소노코에 대해 자세히 물어보고 갔다고 하더라고요. 형사는 그 아이가 소노코하고 같은 대학에 다녔다고 해서 찾아갔나 봐요. 근데 그 애는 소노코가 자살한 것도 모르고 있다가 형사한테 듣고는 아주 깜짝 놀랐대요."

찾아온 형사라는 건 가가일 거라고 야스마사는 생각했다. 하지만 왜 대학 시절의 친구를 찾아갔는지는 짐작이 가지 않았다.

"그러고는 우리 가요코에 대해서도 물어봤다는 거예요."

"아, 그러니까 소노코와 가장 친했던 사람이 누구냐고 물어본 모양이군요?"

"아니, 그게 그렇지를 않아요."

"그러면 어떤 걸 물어봤는데요?"

"그게 아무래도 이상한 이야기라서……. 글쎄, 우리 가요코 사진을 보여주면서 이런 사람을 아느냐고 물어보더래요."

"사진을?" 소노코의 방에 있던 앨범에서 뽑아 간 건가, 하고 야스마사는 생각했다. 하지만 그런 것을 꺼내 가도 좋다고 허락한 기억은 없었다. "어떤 사진인지는 안 물어보셨어요?"

"근데 그게 아무래도 보통 사진이 아니었던 거 같아요. 뭔가 어려운 영어로 말을 하는 바람에 나는 무슨 소린지를 모르겠는데, 아무튼 보통 사진이 아니었다는 거예요."

야스마사 역시 도무지 무슨 소린지 알아들을 수가 없었다. 보통 사진이 아니라니, 그럼 무슨 사진이란 말인가.

"사진에 찍힌 건 따님이 틀림없었대요?"

"그런가 봐요. 전화를 해준 그 애는 대학교 졸업한 뒤로는 우리 가요코하고 한두 번밖에 만난 적이 없는데도 그 사진을 보고는 금세 알아봤다고 하더라고요. 그 사진이 요즘 것이 아니고 대학생 때 사진인 것 같다고 했어요."

대학 시절의 유바 가요코의 사진―. 그런 것을 가가가 어디서 입수했을까. 그리고 왜 그것이 소노코의 죽음과 관계가 있다고 주목했을까. 야스마사는 마음이 초조했다.

"그 친구가 따님에게는 연락을 했답니까?"

"아니, 그 애는 우리 가요코의 연락처를 모른다고 했어요. 그래서 나한테 전화를 한 거예요. 일단 가요코 전화번호는 알려줬으니까 이제는 연락을 했는지도 모르겠네."

"어머님은 따님에게 전화하셨어요?"

"엊저녁에 했지요."

"따님은 뭐라고?"

"모른대요. 전혀 짐작 가는 것도 없다고 하고……. 근데 내가 아무래도 걱정이 되어서, 그래서 혹시나 뭔가 아는 게 있나 싶어서 소노코 오빠에게……."

"아, 그래서 저한테 전화를 하셨군요?"

"예, 그렇지요."

그제야 사정이 이해가 되었다. 하지만 현시점에서는 야스마사로서도 속 시원한 대답을 해줄 수가 없었다. 하긴 대답할 수 있었다고 해도 그걸 유바 가요코의 어머니에게 털어놓느냐 마느냐 하는 건 또 다른 문제였다.

"알겠습니다. 실은 따님이 소노코와 친한 사이라는 것은 경찰 쪽에 얘기하지 않았어요. 별 관계도 없는데 공연히 폐를 끼쳐서는 안 되겠다 싶어서요. 근데 그게 도리어 역효과를 낸 모양이군요. 소노코 일에 대해 조사하는 형사를 제가 알고 있으니까 한번 확인해보겠습니다. 일단 그 대학 때 친구였다는 사람의 연락처를 알려주세요."

가요코의 어머니는 친구의 전화번호를 말해주더니 "잘 부탁해요"라고 진심으로 바라는 말투로 끝을 맺었다.

가가가 유바 가요코의 존재를 알아차렸다면 이제 느긋하게 지켜볼 수는 없었다. 머지않아 쓰쿠다 준이치의 존재도 알아차릴 게 틀림없었다. 그때까지 어떻게든 그들을 바짝 몰아붙여서 자신이 먼저 진상을 알아내야 한다고 야스마사는 생각했다.

8시를 넘어서면서 다시 손이 비어서 전화 수화기를 들었다. 유바 가요코에게 걸려다가 잠시 망설인 끝에 소노코와 가요코의 대학 때 친구라는 여자에게 먼저 걸기로 했다. 후지오카 사토코라는 친구였다.

다행히 전화를 받은 것은 후지오카 본인이었다. 다른 사람이 받았다면 자신의 신분을 밝히기가 꽤 번거로웠을 터라서 야스마사는 안도의 한숨을 내쉬었다. 대학 때 친구의 오빠가 이제 새삼 무슨 볼일이 있어서 전화를 하느냐고 분명 수상하게 생각했을 것이다.

유바 가요코의 어머니에게서 연락을 받았다는 얘기를 먼저 하고, 자세한 내용을 좀 알고 싶다고 야스마사는 말했다.

"자세한 내용이랄 것도 없어요. 가요코 어머니에게 말씀드린 게 전부예요." 후지오카 사토코의 목소리 뒤에서 작은 어린아이가 조잘거리는 소리가 들려왔다. 그것이 현재 소노코 동창생들의 일반적인 모습일 거라고 야스마사는 문득 생각했다.

"가요코에게는 연락했어요?"

"어젯밤에 가요코 쪽에서 전화가 왔어요. 그래서 똑같은 이야기를 가요코에게도 해줬어요."

"가요코는 뭐라고 하던가요?"

"무슨 일인지 전혀 모르겠다고 했어요. 별로 신경 쓰지 않는 거 같던데요?"

그럴 리가 없을 거라고 야스마사는 생각했다.

"형사가 보여준 사진은 어떤 것이었지요?"

"얼굴 부분을 클로즈업한 사진, 대여섯 장이었어요."

"보통 사진이 아니라고 들었는데."

"네, 아마 텔레비전 화면을 프린터로 인쇄한 사진일 거예요.

우리 남편이 디지털카메라를 갖고 있는데, 프린트하면 꼭 그런 느낌이 났거든요."

이런 사진 설명이라면 가요코의 어머니가 무슨 말인지 이해하지 못할 만도 했다.

"대학 때 찍은 것 같다고 하셨다는데."

"네, 그때 그 얼굴이었거든요. 3년 전에 내 결혼식에 왔을 때는 훨씬 더 어른스럽고 날씬해진 모습이었어요. 대학 때는 머리가 길고 딱히 미인이라기보다 귀여운 쪽이었거든요."

"형사는 그 사진을 어디서 어떻게 입수했는지, 그런 얘기는 없었어요?"

"네. 그런 얘기는 못 들었어요. 그냥 이즈미 소노코가 아는 사람 중에 이런 여자는 없느냐고 물었을 뿐이에요."

"그래서 사진 속의 인물이 유바 가요코라고 알려줬군요."

"네, 뭔가 잘못되었나요?"

"아뇨, 그런 건 아니고."

그다음에 후지오카 사토코는 위로의 말과 함께 소노코의 자살에 대해 이것저것 물었다. 가십거리에 호기심이 많은 타입이라고 생각하면서 야스마사는 적당히 대꾸한 뒤에 전화를 끊었다.

유바 가요코에게는 결국 전화하지 않기로 했다. 가가가 찾아왔었는지, 왔다면 어떤 질문을 했는지, 그리고 가가가 보여준 사진에 대해 짐작 가는 게 있는지, 등을 묻고 싶었지만, 가요코가 자신에게 정직하게 말해줄 것 같지 않았다.

그나저나 텔레비전 화면을 프린트한 사진이라니—.

야스마사는 옆자리에서 서류를 작성하고 있는 사카구치에게 그런 사진에 대해 뭔가 아느냐고 물어보았다. 이 젊은 후배는 기기 쪽에는 꽤 박식했다.

"비디오 프린터라는 기계가 있어요." 사카구치는 즉석에서 대답했다. "비디오테이프에 녹화된 화상을 사진처럼 인쇄할 수 있죠. 근데 진짜 사진에 비해서 화질은 상당히 떨어져요."

"아, 그거라면 나도 들은 적이 있어. 하지만 요즘에는 컴퓨터로도 그런 걸 할 수 있지 않나?"

"할 수 있죠. 다만 비디오 화면을 입력하는 기능이 있어야 해요. 그 화면을 컴퓨터에 입력하고 그다음에는 컬러 프린터로 인쇄만 하면 됩니다. 과정은 완전히 똑같아요."

"디지털카메라는?"

"비디오는 움직이는 장면을 촬영하는 건데 디지털카메라는 정지 화면만 찍을 수 있어요. 그러니까 보통 카메라하고 똑같은데 그걸 필름에 기록하느냐 아니면 디지털 신호로 기록하느냐, 그것만 다른 겁니다. 정지 화면만 인쇄한다면 이쪽을 쓰는 게 훨씬 유용하죠. 컴퓨터에 입력할 때도 신호가 이미 디지털화되어 있으니까 낭비도 적고요. 하긴 요즘에는 디지털카메라에도 동영상 촬영이라는 게 등장했지만."

가가가 들고 온 사진에는 대학 시절의 유바 가요코가 찍혀 있었다고 했다. 그렇다면 촬영한 건 벌써 10년 가까이 되는 셈이다. 그리고 그때라면 디지털카메라는 아직 일반적으로 보급되지 않았던 시절이다.

"컴퓨터에 화면을 입력하는 방법은 그 밖에는 어떤 게 있을까?"

"여러 가지가 있지만, 일반적으로는 스캐너를 써요. 그거라면 사진이나 필름을 간단히 입력할 수 있어요."

그런 사진이나 필름이 있었다면 일부러 화질이 떨어지는 프린트 사진을 만들 필요는 없었을 것이다. 역시 가가가 갖고 있던 사진은 비디오의 한 장면을 프린트한 것일 가능성이 높았다.

비디오라고 하면 소노코가 옆집의 프리라이터에게서 비디오카메라를 빌리려고 했다는 이야기가 생각난다. 그것과 가가가 가진 사진이 뭔가 관계가 있는 걸까. 소노코가 비디오카메라로 뭔가를 촬영하려고 했던 걸까—.

"컴퓨터 사려고요?" 사카구치가 흥미로운 눈빛으로 물었다.

"아니, 그런 거 아냐. 비디오로 찍은 것을 인쇄할 수 있으면 좋겠다고 생각한 것뿐이야." 야스마사는 애매하게 둘러댔다.

"그래도 역시 컴퓨터가 훨씬 낫죠. 입력한 화상을 가공할 수도 있거든요."

"나도 그런 얘기는 들었는데 무슨 영화를 만들 것도 아니고, 그런 건 필요 없어."

야스마사의 말에 사카구치는 쓸쓸한 미소를 지으며 말했다.

"에이, 컴퓨터로 가공한다고 해도 무슨 스필버그나 저메키스 감독의 영화처럼 멋지게 나오는 게 아니에요. 그냥 사진을 조금 손보는 정도죠. 콘트라스트나 색조 바꾸기, 자잘한 합성 같은 걸 하는 거예요. 내 친구 중에 부인과 아이들만 찍은 사진에 자기 사진을 합성해서 붙이고 배경으로는 후지산을 딱 넣어서 연하장으로 인쇄했던 녀석이 있어요. 언뜻 보면 온 가족이 후지산 여행이라도 다녀온 것처럼 보이는 거예요."

"웅크리고 앉아서 그런 작업을 하는 아버지의 모습, 어쩐지 서글프네." 야스마사도 웃으며 말했다. "하지만 확실히 편리하긴 하겠다."

"배경을 해외로 해주면 그야말로 폼 나죠. 하긴 그건 더 서글플지도 모르지만."

"가지도 않은 곳을 정말로 간 것처럼 사람들한테 자랑할 수 있다는 건가?" 야스마사는 턱을 쓰다듬었다. "그거 알리바이를 만드는 데도 도움이 되겠네."

"또 추리소설 얘기예요?" 사카구치가 빙글빙글 웃었다. "하지만 그런 걸로 알리바이가 증명될까요? 컴퓨터를 좀 아는 사람이면 그런 것쯤은 식은 죽 먹기라는 거 뻔히 다 알거든요. 적어도 실제 일어나는 사건에서는 알리바이를 입증할 만한 재료가 못 될 겁니다."

"그건 그렇겠다."

알리바이라는 말이 야스마사의 머리에 걸렸다. 쓰쿠다 준이치의 알리바이가 다시금 떠올랐다. 그의 알리바이는 사진과는 관계가 없었다.

관계가 있는 건 사진이 아니라 유화다―.

쓰쿠다 준이치의 방에서 본 호접란 그림이 머릿속에 떠올랐다. 야스마사는 그림에는 전혀 문외한이지만 분명 상당한 수준의 솜씨일 터였다. 실제 호접란이 얼마나 아름다웠는지 충분히 전달되는 그림이었다.

그만한 그림을 짧은 시간에 쓱쓱 그려낼 수 있을 것 같지는 않았다. 역시 데생이라는 것부터 차근차근 해야 할 것이다. 그러자면 밑그림만으로도 한 시간쯤은 걸리지 않을까.

미리 그려두었다는 게 가장 생각하기 쉬운 방법이었다. 하지만 작가에게 호접란을 선물하기로 결정한 건 쓰쿠다 준이치가 아니었다.

게다가 호접란을 선물하리라는 것을 미리 알았다고 해도―.

같은 종류의 꽃이라도 저마다 생긴 모습이 다르다. 미리 그려둔 그림과 완전히 똑같은 호접란 화분을 사 올 수는 없다.

오히려 전혀 다른 화분일 확률이 훨씬 더 높은 것이다. 그리고 실물과 그림이 너무 다르면 증인 역할을 맡았던 사토 유키히로가 수상하게 생각했을 것이다.

어떻게 했건 일단 짧은 시간 안에 그려냈다는 쪽으로 생각하는 수밖에 없어, 라고 야스마사는 생각했다. 과연 어떤 방법을 쓰면 짧은 시간 안에 호접란 그림을 그려낼 수 있을까ー.

야스마사는 저 앞으로 시선을 던졌다. 벽 쪽에 붙은 캐비닛 위에는 조화 튤립 화분이 놓여 있었다. 조화라기보다 장난감이라고 하는 게 더 어울릴 작은 튤립이다. 화분 부분이 저금통이어서 거기에 '교통안전'이라는 스티커가 붙어 있다. 캠페인을 할 때 어린이들에게 나눠주고 남은 것이다.

그 튤립을 그림으로 그리는 장면을 상상해보았다. 원래부터 그림이라면 전혀 소질이 없었지만 실물을 보면서 그것을 유화 풍으로 머릿속에 떠올리는 건 간단했다.

아, 잠깐ー.

머릿속에 한 가지 번쩍 떠오르는 게 있었다. 그건 얼른 정리가 되지는 않았지만 방향만은 정확한 지점을 가리키고 있었다. 이런 이변을 불러일으킨 것은 분명코 사카구치와 나눈 대화였다.

"사카구치, 컴퓨터에 대해 좀 더 알려줬으면 좋겠는데."

야스마사의 말에 후배는 웬일이냐는 듯 씩 웃었다.

제5장

1

쓰쿠다 준이치가 사는 나카메구로의 맨션은 전에 왔을 때와 똑같이, 잔뜩 시치미를 떼는 표정으로 야스마사를 내려다보았다. 마치 이쪽이 지방 경찰이라는 것을 다 알고 있다는 듯한 표정이라고 야스마사는 생각했다.

고급스러운 정면 현관을 향해 걸음을 옮기기 전에 그는 손목시계를 보았다. 오후 5시를 조금 지난 시각이었다. 좀 더 서둘러 오고 싶었지만, 당직을 마친 날은 역시 힘에 부쳤다. 밤샘으로 아침까지 근무한 뒤에 네 시간쯤 눈을 붙이고 곧장 신칸센에 올랐다.

토요일이라서 일반 샐러리맨이라면 회사는 쉬는 날일 거라고 야스마사는 생각했다. 하긴 출판사가 일반 회사에 속하는지 어떤지는 모르겠다. 어떻든 오늘 온다는 연락을 미리 해둔 것도 아니기 때문에 쓰쿠다가 집에 없을 수도 있었다.

지난번처럼 보안 시스템이 완벽하게 갖춰진 1층 입구에서 쓰쿠다의 집 번호를 눌렀다. 하지만 아무리 기다려도 반응이 없었다.

야스마사는 우편함을 살펴보았다. 사토 유키히로라는 이름이 702호실 박스에 적혀 있었다. 그는 숫자가 적힌 호출 버튼 쪽으로 다시 돌아와 702호를 눌렀다.

네, 라는 무뚝뚝한 목소리가 들려왔다.

"사토 씨? 나는 지난번에 쓰쿠다 씨 방에서 봤던 경찰인데, 잠깐 확인할 게 있어요. 이야기 좀 할 수 있을까?"

"아, 그때 그 형사분이세요? 지금 문 열게요. 아니면 제가 내려갈까요?"

"아니, 내가 올라갈게요."

"네에, 자, 그럼." 소리가 끊기는 것과 동시에 도어록이 해제되었다.

702호실에서 야스마사를 맞이해준 사토 유키히로는 온몸을 노란 운동복으로 감싸고 있었다. 상의에는 후드도 달려 있다. 수염은 덥수룩하고, 마구 어질러진 방 한쪽 구석 텔레비전에서는 요리 방송이 나오고 있었다.

"오늘 쉬는 날이었나?" 현관에 선 채로 야스마사는 물었다. 신을 벗고 올라가봤자 앉을 자리도 없을 것 같았다.

"토요일과 일요일, 둘 중 하루가 휴일이에요. 저는 내일이 나가는 날이에요." 바닥에 어질러진 잡지 사이를 경중경중 뛰면서 사토는 말했다. 펼쳐놓은 잡지는 모조리 요리와 관련된 것들이었다. 겉모습과는 달리 꽤 공부를 열심히 하는 사람인지도 모른다. "아, 커피하고 홍차, 어느 쪽이 좋아요?"

"아냐, 됐어. 오래 있을 거 아니니까."

"아, 그러면 실례지만 저 혼자라도." 사토는 냉장고에서 미네랄워터병을 꺼내 주전자에 붓고 끓이기 시작했다. "저기, 이거 살인사건 수사 맞아요? 그 뒤에 쓰쿠다가 확실한 얘기를 전혀 안 해주던데."

"사람이 죽기는 했는데 아직 살인사건이라고 분명하게 말할 수는 없는 상태야."

"와아, 근데 그 사건에 쓰쿠다가 얽혀 있는 거예요?"

"글쎄, 어떨지." 야스마사는 고개를 갸웃거려 보였다.

"저도 알고 있어요. 형사분들은 사건과는 별로 관계없는 사람이라도 일단 탐문을 해야 하잖아요. 내 친구 중에 우연히 마약을 중개하던 가게에서 아이스커피 한잔을 마셨다는 이유로 며칠씩 수사원에게 시달린 녀석이 있어요. 그 형사 얼굴이 꿈에 나타날 정도였대요. 하지만 생각해보면 형사분들도 정말 힘드실 거예요. 특정한 사람을 계속 따라다닌다는 건 상당한 에너지와 정신력이 필요하겠죠. 게다가 사람들에게 미움은 받지, 얼간이 바보라고 뒤에서 욕들은 하지, 정말 가엾어요."

"그렇게 이해를 해주다니 고맙네. 내 얘기도 진지하게 들어 줄 거지?"

"아, 네네. 제가 혼자 너무 떠들었죠?" 사토는 홍차를 타기 시작했다.

"그날 밤 일을 다시 한번 자세히 얘기해줬으면 좋겠어. 그러 니까 사토 씨는 밤 1시에 쓰쿠다의 방에 갔다고 했는데, 그 시 간은 정확한 건가?"

"정확히 1시였느냐고 물으시면 좀 곤란하고요. 대략 1시쯤 이었을 거라는 얘기예요. 일이 끝나고 돌아오면 항상 그때쯤 이 되니까요."

"그건 사토 씨의 습관인가? 그러니까, 한참 더 일찍 오거나 더 늦어지는 일은 없었어?"

"더 일찍 돌아오는 일은 절대로 없어요. 왜냐면 가게 폐점 시간이라는 게 정해져 있으니까요. 늦어지는 일도 별로 없죠. 막차를 놓치면 아주 힘들어지거든요."

사토는 알리바이의 증인 역할을 맡기기에는 안성맞춤의 인 재였던 셈이다.

"피자를 쓰쿠다의 방에 갖다주고 한참 동안 이야기를 했다고 했지?"

"네, 쓰쿠다가 캔 맥주를 꺼내줘서 그걸 마시며 얘기했죠."

"그림 이야기도 했어?"

"아, 그 꽃 그림요? 정말 아름다운 그림이었어요."

"진짜하고 똑같이 그렸던 모양이지?"

"네, 맞아요, 아주 똑같았어요."

"그때 그림은 어디에 놓여 있었어?"

"어디에 있었냐고요? 뭐, 항상 세워두는 그 자리예요. 창가에 이젤이 있고 그 위에 그림이 있었죠."

"사토 씨가 집 안까지 들어갔었어?"

"아뇨, 들어가진 않았어요. 신발은 안 벗고 그냥 현관 턱에 앉았어요."

"한 시간이나 그런 모습으로 이야기를 했단 거야?"

"네, 맞아요. 방 안에 온통 신문지가 깔려 있었거든요."

"신문지? 왜?"

"그림 그릴 때 바닥에 물감이 튈까 봐서 그랬다던데요?"

"그렇군……." 야스마사는 고개를 끄덕였다. 사토의 말로 몇 가지 의문이 얼음 녹듯이 풀려버렸다.

사토는 자신을 위한 홍차를 가져왔다. 향료 냄새가 났다.

"그때 쓰쿠다에게 뭔가 특이한 점은 없었어? 이야기하면서도 정신이 딴 데 가 있었다거나 시간에 유난히 신경을 썼다거나."

"엇, 어려운 질문이네요. 그런 걸 살펴가면서 이야기했던 게 아니라서요." 사토 유키히로는 꽃무늬 찻잔을 입가로 옮겨 한 모금 후루룩 마시고는 "으, 떫어"라고 중얼거렸다. 그리고 야스마사에게 말했다. "그러고 보니 전화가 왔었어요."

"전화?"

"이런 한밤중에 무슨 전화인가 하고 의아하기는 했어요. 쓰쿠다가 소곤소곤 전화를 받더라고요. 어디서 걸려온 전화인지는 모르지만, 쓰쿠다가 전화받으러 일어서는 바람에 나도 집에 돌아오게 됐죠."

"그렇다면 거의 2시 가까운 시각이었겠네?"

"네, 그렇죠."

"어떤 사람이 걸었는지, 그건 모르는 거야? 이를테면 여자라든가."

"알 리가 없죠. 남의 전화를 엿듣는 취미는 없거든요." 사토는 선 채로 다시 홍차를 마셨다. "저기요, 형사님하고 이런 얘기 했다는 거, 쓰쿠다에게 말해도 돼요?"

"응, 상관없어."

"그럼 그 친구의 혐의가 풀리면 이야깃거리로 삼아야겠네요."

혐의가 풀린다면 얼마든지 하시지, 라는 말을 꿀꺽 삼키고 야스마사는 사토에게 고맙다는 인사를 건넨 뒤에 702호실을 나왔다.

마침 엘리베이터가 도착하려는 참이었다. 얼른 앞에 가서 기다렸는데 엘리베이터 문이 열리고 쓰쿠다 준이치가 안에서 나왔다.

야스마사도 놀랐지만 쓰쿠다 쪽은 더 깜짝 놀란 기색이었다. 한순간 눈을 허옇게 뜨고 무슨 환영이라도 본 듯한 표정이었다. 하지만 그 표정을 금세 혐오를 표현하는 베일로 감싸버렸다.

"마침 딱 좋을 때 만났군." 야스마사는 피식 웃으며 말했다.

"뭐 하시는 겁니까, 이런 데서?" 쓰쿠다 준이치는 그를 외면한 채 걸음을 옮겼다.

"당신을 만나려고 왔는데 부재중이라서 먼저 사토 얘기부터 듣고 오는 참이야. 어디 외출했었나?"

"어딜 갔건 댁과는 상관없잖아요?"

"잠깐 얘기 좀 했으면 좋겠는데."

"당신에게 할 얘기 없어요."

"나한테는 있어." 빠른 걸음으로 걷는 쓰쿠다 준이치를 쫓아가며 야스마사는 말했다. "알리바이 트릭에 대한 얘기."

그 말에 쓰쿠다의 발이 멈췄다. 야스마사 쪽을 홱 돌아보는 참에 긴 앞머리가 이마에 떨어졌다. 꽃미남 청년은 그것을 쓸어 올리며 도전적인 눈빛으로 노려보았다.

"무슨 말이죠?"

"그러니까 그걸 이야기하자는 거야." 야스마사는 쓰쿠다의 눈을 정면으로 노려보았다.

쓰쿠다 준이치는 한쪽 눈썹이 꿈틀 올라간 채 호주머니에서 열쇠를 꺼내 바로 앞의 현관문 구멍에 꽂아 넣었다.

방 안은 어두웠다. 창밖은 이미 밤의 색깔을 띠고 있었다. 쓰쿠다 준이치는 벽에 붙은 스위치를 모두 눌러서 실내를 형광등 불빛으로 채웠다. 호접란 그림은 지난번과 마찬가지로 이젤 위에 올라가 있었다.

"들어가도 되겠지?"

"아, 그 전에." 쓰쿠다 준이치는 야스마사 앞에 버티고 서서 오른손을 내밀었다. "경찰수첩을 보여주시죠."

불의의 반격에 야스마사는 잠시 당황했다. 마음을 가라앉히기 위해, 그리고 상대가 노리는 게 무엇인지 파악하기 위해 야스마사는 쓰쿠다 준이치를 발끝에서 얼굴까지 천천히 훑어보았다.

"보여줄 수가 없겠죠." 쓰쿠다는 콧구멍을 벌름거렸다. "경찰수첩은 있을 거예요. 하지만 경시청이 아니라 아이치현 경찰수첩이라서 못 보여주는 거겠죠."

흥, 그런 거였군, 이라고 야스마사는 상황을 알아차렸다. 동시에 여유가 생겼다.

"유바 가요코가 얘기해준 모양이지?" 한쪽 뺨으로 슬쩍 웃었다.

쓰쿠다는 자존심에 상처를 입은 듯한 얼굴을 했다.

"그녀는 상관없어요."

"뭐, 불쾌했다면 사과할게." 야스마사는 구두를 벗고 올라섰다. 쓰쿠다를 밀치고 안으로 들어가 호접란 그림을 내려다보았다. "음, 잘 그린 그림이야. 아주 대단해."

"경시청 형사라고 거짓말을 하고, 대체 어쩌자는 겁니까?"

"내가 잘못했나?"

"거짓말을 했는데 잘했다고 할 수는 없죠."

"뭐가 잘못됐지? 소노코의 오빠라고 했으면 만나주지 않았을 텐데, 깜빡 속아서 만나준 게 신경질이 나?"

"그런 얘기가 아니죠. 왜 나한테 이야기를 들으러 오면서 형사라고 거짓말을 했느냐는 거예요."

"형사가 알리바이를 추궁하는 것과 피해자의 오빠가 추궁하는 것, 어느 쪽이 더 나을까? 나는 그래도 너를 생각해서 그런 거야."

"이즈미 씨." 쓰쿠다는 카펫에 털썩 앉더니 머리칼을 쥐어뜯었다. "나도 소노코 일은 안됐다고 생각해요. 오빠의 심정도 충분히 이해해요. 하지만 제발 이상한 망상은 하지 말아주세요. 나도, 그리고 가요코도 이번 일과는 전혀 무관하다고요."

"가요코라고?" 야스마사는 팔짱을 끼고 창틀에 몸을 기댔다. "그래, 웬만한 남자라면 그 여자를 선택할지도 모르지. 세련되고 스타일 좋고 옷 입는 센스도 뛰어나고, 게다가 미인이야. 소노코는 키는 크지만, 등은 구부정하고 어깨는 넓고 가슴도 크지 않아. 물론 미인도 아니고, 게다가." 그는 오른손 엄지로 자신의 등을 가리켰다. "등에 별 모양의 화상 흔적도 있어."

마지막 한마디는 예상 밖이었는지 쓰쿠다 준이치는 허를 찔린 듯한 표정으로 눈썹을 꿈틀 움직였다. 그 별 모양의 흉터를 만든 사람이 오빠라는 것을 이 젊은이는 알지 못하는 듯했다.

"나는 두 사람을 비교한 적이 없어요."

"아니, 그렇지 않아. 소노코가 유바 가요코를 소개해준 뒤부터 너는 두 사람을 비교했을 거야. 아니면 유바 가요코를 만난 순간에 이미 소노코 같은 건 머릿속에서 사라져버렸나?"

"가요코에게서도 들었겠지만, 나는 소노코와 헤어지고 한참 지난 뒤에 그녀와 교제를 시작했다니까요!"

열을 내어 말하는 쓰쿠다 준이치의 입가를 바라본 뒤, 야스마사는 얼굴을 바짝 들이대고 물었다.

"그렇게 짰어?"

"짜다니요?"

"유바 가요코하고 그런 식으로 말을 맞추기로 했느냐고 묻는 거야."

"그런 적 없어요. 그냥 사실대로 말하는 거예요."

"거짓말은 그만하자." 야스마사는 자리에서 일어섰다. "네가 소노코의 죽음과 무관하다면 왜 네 머리카락이 그 애 방에 떨어져 있었을까? 그 점을 좀 설명해보시지."

"머리카락?" 쓰쿠다의 눈이 불안하게 허우적거렸다.

"유바 가요코에게 들었겠지만, 그 여자 머리카락도 있었어. 그쪽에서 하는 변명은 수요일에 소노코의 집에 갔었고 그때 떨어졌을 거라고 하더군. 자, 네 변명도 좀 들어보자."

"머리카락이……." 쓰쿠다는 생각에 잠긴 표정을 짓더니 슬쩍 머리를 저었다. "그래, 머리카락이었어. 그것 때문에 당신이 우리를 의심하는 거군요."

"내가 너희를 의심하는 가장 큰 이유는 너희에게 동기가 있기 때문이야."

"동기 같은 거 없어요. 내가 소노코와 결혼을 했던 것도 아니잖아요."

"결혼은 안 했어도 쉽게 버릴 수는 없는 관계였겠지. 이를테면 소노코가 너의 아이를 임신한 적이 있다, 하지만 우선은 지웠다, 언젠가 반드시 결혼할 테니 그때까지 참아달라는 네 말을 믿었기 때문이다―. 이런 스토리가 있었다면 어떨까?"

쓰쿠다는 후우 코로 숨을 내쉬었다.

"싸구려 드라마 같군요."

"현실은 드라마보다 더 싸구려 같고 질척질척한 거야. 사람 목숨도 소설이나 텔레비전 드라마보다 더 싸구려로 취급되지. 지난번에 트럭 운전기사가 아이를 친 사고가 있었어. 아이는 즉사했고 운전기사도 차를 벽에 들이받아서 중상을 입었어. 근데 그 운전기사의 마누라가 이런 소리를 하더라고. 어차피 앞으로 일도 못할 거고 아예 깨끗이 죽어주는 게 더 편하다, 라는 거야."

"나는 안 죽였어요."

"공염불은 이제 그만하고, 머리카락이 현장에 떨어져 있던 것에 대해 해명해봐."

쓰쿠다는 부루퉁한 얼굴로 가만히 있다가 무겁게 입을 열었다.

"월요일이에요."

"뭐가?"

"내가……." 쓰쿠다는 한숨을 쉬었다. "소노코의 집에 갔던 게."

야스마사는 고개를 홱 돌리고 헛웃음을 지었다.

"유바 가요코는 수요일이고, 너는 월요일이야? 이거 참, 재미있네."

"하지만 사실이에요."

"네가 소노코와 헤어진 건 한참 전이라면서? 근데 왜 새삼스럽게 헤어진 여자를 만나러 가야 했을까?"

"소노코에게서 연락이 왔어요. 그림을 다시 가져가라고."

"그림? 무슨 그림?"

"고양이 그림. 예전에 내가 그녀에게 줬던 거예요. 두 점이 있었어요."

야스마사의 기억에 소노코의 옆집에 사는 프리라이터의 말이 되살아났다. 고양이를 그린 유화가 두 점이 있었다고 했다.

"소노코는 왜 그때 그림을 가져가라고 했지?"

"전부터 마음에 걸렸대요. 고양이는 좋아하지만 헤어진 남자의 그림이라고 생각하면 마음에 들지 않는다, 그렇다고 포스터처럼 내다 버릴 수도 없고, 그래서 돌려주고 싶다고 했어요."

"잘도 그런 변명을 지어내는군. 놀랍네."

"믿지 않아도 상관없어요. 경찰에 말하고 싶으면 하시죠."

쓰쿠다 준이치는 될 대로 되라는 듯 양손을 뒤로 턱 짚었다. 경찰이라는 말을 꺼낸 것은 야스마사가 경찰에 신고할 마음이 없다는 것을 뻔히 알고 하는 소리일 터였다.

"소노코의 옆집에 프리라이터가 살고 있어. 알고 있나?"

"몰라요."

"그 여자 얘기로는 소노코가 죽은 날 밤 12시 전에 남자와 여자가 이야기하는 소리가 들렸어. 여자 쪽은 소노코겠지. 시간적으로 봐서 수면제는 이미 먹었을 거고, 아마 잠들기 직전쯤이었을 거야. 그럼 남자 쪽이 누구인지는 뻔한 일이야. 그 뒤에 잽싸게 범행을 마치면 오전 1시까지 여기로 돌아오는 것도 충분히 가능해."

"12시 전이라고요?" 쓰쿠다는 손끝으로 목을 긁으며 말했다. "그때라면 나는 그림을 그렸어요. 지난번에도 말했죠?"

"이 그림 말이지?" 야스마사는 호접란 그림을 가리켰다.

"당연하죠."

"아니야."

"뭐가 아니에요?"

"이 그림을 그린 건 훨씬 뒤야. 그날 밤, 너는 그림을 그리지 않았어."

"사토의 증언이 있잖아요? 아니면 그 친구도 거짓말을 했다는 건가요?"

"아니, 사토 군은 거짓말을 하지 않았어. 그 친구는 아주 착한 젊은이거든." 야스마사는 고개를 끄덕이며 말했다. "하지만 안타깝게도 관찰력이 떨어지는 친구야."

"무슨 소린지 모르겠네."

야스마사는 자리에서 일어나 바닥을 쓰다듬는 듯한 몸짓을

272

했다.

 "그날 밤, 여기에 죄다 신문지가 깔려 있었지? 너는 그림물
감이 튀어서 바닥이 더러워질까 봐 깔았다고 둘러댄 모양인
데, 진짜 이유는 다른 거였어. 사토를 안에 들어오지 못하게 하
려고 죄다 깔아둔 거야." 쓰쿠다 준이치가 시선을 피하는 것을
보며 야스마사는 말을 이었다. "왜 안에 들어오면 안 되었는가.
실은 안에 들어오는 것 자체는 상관없었어. 네가 두려워한 건
사토가 그림을 가까이에서 들여다보는 것이었지. 만일 가까이
에서 그림을 들여다봤다면……." 그는 책상 앞으로 다가갔다.
"그 그림을 그린 건 네가 아니라 이 녀석이라는 것을 들켜버렸
을 테니까."

 야스마사가 손으로 짚은 것은 컴퓨터 모니터였다.

 쓰쿠다 준이치는 입가를 삐뚜름하게 틀었다. "컴퓨터가 유
화를 그렸단 말이에요?"

 "아니, 유화로 보이는 것을 그렸겠지." 야스마사는 실내를
둘러보았다. "이 집 어딘가에 디지털카메라가 있지? 혹은 비디
오카메라라도 좋아."

 쓰쿠다는 입을 꾹 다물었다.

 야스마사는 다시 천천히 그림 앞으로 이동했다.

 "너는 그날 밤 호접란 화분을 들고 와서 그 카메라로 사진을
찍었어. 아마 이 그림과 똑같은 앵글로 찍었겠지. 그리고 그것

을 컴퓨터에 입력해서 유화처럼 가공했어. 네가 전에 근무했던 '계획 미술'이라는 디자인 사무실에 전화해서 이미 확인한 사항이야. 컴퓨터를 이용해 사진을 유화처럼 가공하는 게 과연 가능한가. 대답은 물론 예스였어. 그 사무실에서 이미 10년 전쯤부터 해왔던 작업이라던데? 내가 좀 더 자세히 물어봤거든. 예전에 댁의 사무실에서 근무한 쓰쿠다라는 사람도 그런 작업을 할 줄 아느냐고. 그 친구라면 그런 것쯤은 식은 죽 먹기다—. 사무실 사람이 그렇게 알기 쉽게 얘기해줬어. 즉 너는 컴퓨터에 재료를 던져주고 작업 지시 버튼을 누른 뒤에 이 맨션을 떠나 소노코의 집으로 갔던 거야. 그리고 거기서 일을 끝내고 돌아올 즈음에는 이미 가짜 유화가 인쇄되어 있었다—. 그런 트릭을 쓴 거야. 그다음은 그걸 캔버스에 붙여놓고 친절한 사토 군이 피자를 가져오기를 기다리기만 하면 되는 거야. 무사히 그를 속여 넘긴 뒤에는 천천히 시간을 들여 컴퓨터가 만든 가짜 유화와 비슷하게 진짜 유화를 그렸겠지." 야스마사는 쓰쿠다 앞에 서서 그를 내려다보았다. "어때, 내 추리력도 꽤 쓸 만하지?"

"증거가 있어요?"라고 쓰쿠다 준이치는 물었다. "내가 그런 트릭을 썼다는 증거가 있느냐고요!"

"내가 가짜 형사라는 건 이미 알고 있잖아. 가짜 형사에게는 증거 같은 건 필요 없어."

"그럼 내가 무슨 말을 해도 아무 소용이 없겠네요." 쓰쿠다 준이치도 자리에서 일어섰다. "당신 머릿속에는 내가 소노코를 죽였다는 스토리가 이미 만들어져 있고, 거기에 꿰맞춰서 어떤 사실이건 왜곡해버리겠죠. 그럴 거라면 뭐, 좋으실 대로 하시랄 수밖에요. 무슨 짓이 됐건 마음대로 상상하세요. 그렇게 상상해서 나를 실컷 원망하고 미워하시라고요. 하지만 한마디만 해두죠." 그는 야스마사를 노려보았다. "당신의 상상은 잘못되었어요. 사실은 훨씬 더 단순해요. 당신의 여동생은 스스로 죽음을 선택했어요."

야스마사는 웃는 얼굴을 지었지만 금세 진지한 얼굴로 되돌아왔다. 그리고 눈앞에 있는 젊은이의 멱살을 오른손으로 왈칵 움켜쥐었다.

"좋은 거 한 가지 알려주지. 나는 99퍼센트, 네가 소노코를 죽였다고 생각해. 하지만 나머지 1퍼센트가 부족해서 아직은 점잖게 얘기하고 있는 거야. 그 1퍼센트를 내가 밝혀낼 때까지 꼼짝 말고 기다리라고."

"당신이 잘못 생각했을 확률은 100퍼센트예요!" 쓰쿠다 준이치는 야스마사의 손을 뿌리쳤다. "그만 나가요."

"다음에 만날 때는 기대해도 돼. 물론 그리 오래 걸리지 않을 거야."

야스마사는 구두를 신고 쓰쿠다의 집을 나왔다. 쓰쿠다 준이치가 거칠게 문을 닫았다. 자물쇠를 채우는 소리도 유난히 크게 들렸다.

2

시부야로 나와 코인로커에 넣어두었던 짐을 챙겨 들고 야마테센 전차에 탔다. 토요일이라서인지 유난히 젊은이들이 많았다. 하지만 휴일에도 출근을 해야 하는 샐러리맨도 적지 않았다. 야스마사 옆에서는 안경을 쓴 남자가 휴대전화로 소곤소곤 얘기를 하고 있었다. 모두가 뭔가에 쫓기는 것처럼 보이는 건 이 도시의 특성인지, 아니면 연말이라서인지, 그것도 아니면 단순히 자신의 심리에 그 원인이 있는 건지, 야스마사는 알수 없었다.

쓰쿠다 준이치와의 언쟁을 돌이켜보았다. 알리바이 트릭이 정답이었다는 건 쓰쿠다가 반론을 하지 않은 것만 봐도 분명했다. 그때 말했던 대로 야스마사에게 증거 따위는 필요 없었다.

하지만 진상을 밝혀냈느냐 하는 점에 대해서는, 야스마사로서는 입술을 깨물지 않을 수 없었다. 해결해야 할 의문이 아직도 많이 남아 있었다. 쓰쿠다가 스스로 실토하게 할 수만 있다면 문제는 간단하겠지만 그렇게 하기에는 이쪽이 가진 재료가 너무나 적었다.

역시 유바 가요코 쪽을 공격해야 하나—.

그 여자의 잘 다듬은 작은 얼굴이 머릿속에 떠올랐다. 쓰쿠다가 혼자서 저지른 범행이라도 가요코가 전혀 모르고 있었으리는 없다. 그 증거로, 자신의 암약暗躍에 대해 둘이서 뭔가 말을 맞추며 명백히 상의를 했었다.

그 여자를 어떻게 공략할 것인가, 그런 생각을 굴리고 있을 때였다. 오른편에서 뭔지 모르게 시선이 느껴졌다. 손잡이 끈을 잡은 채 야스마사는 얼굴을 그쪽으로 돌렸다.

문 옆에 가가가 서 있었다. 손에 주간지를 들고 있었지만, 그걸로 얼굴을 감추려고도 하지 않았다. 그러기는커녕 야스마사와 눈이 마주치자 씩 웃기까지 했다. 여자들 중에는 껌뻑 넘어갈 사람도 있겠다 싶은 웃음이었다.

마침 이케부쿠로에 도착했기 때문에 야스마사는 일단 내리기로 했다. 가가도 당연히 따라 내렸다.

"언제부터 미행했어요?" 플랫폼의 계단을 내려가며 야스마사는 물었다.

"아뇨, 미행할 생각은 아니었는데 우연히 눈에 들어온 데다가는 방향도 같더라고요."

"그러니까 어디서부터 나를 발견했느냐고 묻는 거예요."

"글쎄, 그게 어디였더라?"

야스마사는 도쿄역에서 곧장 쓰쿠다의 맨션에 갔었다. 그 중간에 우연히 가가에게 발견될 리는 없었다.

야스마사는 플랫폼 기둥 옆에서 멈춰 섰다. "설마 나카메구로에서?"

"정답!" 가가는 엄지손가락을 세웠다. "어떤 남자를 미행하다가 그 맨션까지 가게 됐는데 잠시 뒤에 야스마사 씨가 거기서 나오더라고요. 일이 재미있게 됐잖아요. 그래서 관리인에게 물어봤죠. 이름은 쓰쿠다 준이치, 출판사 직원이라더군요. 쓰쿠다 준이치라니, 어디선가 들어본 이름이죠?"

야스마사는 형사가 햇볕에 그을린 얼굴로 빙긋이 웃는 것을 바라보았다. 말하는 투로 봐서는 그 맨션에 가기 전까지는 그가 쓰쿠다라는 것도 알지 못했던 모양이다. 그렇다면 어디서부터 쓰쿠다를 미행했던 것인가.

"아하, 그렇군." 야스마사는 고개를 끄덕였다. "그놈이 오늘 유바 가요코를 만났어."

"그렇죠. 고엔지에 있는 유바 가요코의 맨션에서. 정확히 두 시간."

가가는 오늘 아침부터 유바 가요코의 맨션을 지키고 있었던 것이다. 토요일이기도 하고, 틀림없이 뭔가 움직임을 보일 거라고 미리 내다봤다는 얘기가 된다. 즉 가가는 가요코가 이번 사건과 밀접한 관계가 있다고 확신한 것이었다. 그건 무엇을 근거로 한 확신인가.

"네리마 경찰에서 당신이 이렇게 독자적으로 수사하는 것을 인정해줬어요?" 야스마사는 자동 검표기를 향해 걸음을 옮겼다. "다른 살인사건으로 수사본부까지 만들고 정신없이 돌아가는 판에."

"상사가 허가해줬어요. 설득한 보람이 있었죠. 단지 조건이 한 가지 붙었어요."

"어떤 조건?"

"당신의 증언을 얻어낼 것." 말을 하면서 가가는 기계에 표를 넣고 검표기를 지나갔다.

야스마사는 표를 넣으려다가 손을 멈추고 먼저 나간 가가의 얼굴을 바라본 뒤에 한발 늦게 검표기를 지났다.

"내 증언?"

"현관 체인에 대한 증언"이라고 가가는 말했다. "체인이 걸려 있지 않았다는 증언을 정확히 5일 안에 당신에게서 얻어낸다는 조건." 꼭 쥔 주먹을 얼굴 앞에서 쫘악 펼쳐 보였다.

"그거 안됐군요. 당신에게 승산은 없어." 야스마사는 세이부 이케부쿠로센의 승차장을 향해 걸음을 옮기려고 했다.

"한잔, 어때요?" 가가가 잔을 잡는 손 모양을 해 보였다. "싸고 맛있는 닭 꼬치구잇집이 있는데."

야스마사는 상대의 얼굴을 보았다. 그 표정에서 뒤 꿍꿍이 같은 건 느껴지지 않았다. 물론 실제로도 그런 건 없을 테지만, 적어도 지금까지 보았던 가가 형사의 얼굴과는 분명하게 다른 얼굴이었다.

술 한잔하면서 정보를 얻어낼 수 있을지도 모른다―. 그런 생각이 야스마사의 머릿속을 스쳤다. 그리고 무엇보다 이 남자와 한잔하는 것도 나쁘지 않겠다고 생각했다.

"내가 살게요."

"아니, 각자 냅시다"라고 야스마사는 말했다.

닭 꼬치구잇집은 손님이 열 명만 들어서면 가득 차버릴 좁은 가게였다. 야스마사와 가가는 안쪽에 달랑 한 개뿐인 2인용 테이블에 앉았다. 가가가 앉은 자리 위로는 2층으로 올라가는 계단의 뒷면이 경사를 그리며 바짝 다가와 있었다.

"나고야의 유명한 코친* 맛은 나도 잘 알지만, 여기도 나름대로 맛있어요." 맥주를 한 모금 마시고 가가는 닭 꼬치 모듬구이 중에서 하나를 집어 들었다.

"가가 씨를 따라온 건 물어볼 것들이 있었기 때문이에요."

"아이, 슬슬 합시다." 가가는 야스마사의 잔에 맥주를 채워

✤ 아이치현 원산의 닭 품종. '나고야코친'이라는 이름으로 널리 알려져 있다. 고기 맛과 달걀 생산량으로 전국에서도 고급품으로 손꼽힌다.

주며 말했다. "다른 경찰서 사람하고는 느긋하게 이야기할 기회도 별로 없잖아요. 야스마사 씨로서는 그리 달가운 만남은 아닐 테지만요."

"아, 그러고 보니 우리 경찰서에 당신 팬이 있었어요."

"팬?"

"가가 교이치로라는 말을 듣고, 검도 일본 챔피언이었던 사람이라고 단번에 맞히던데요."

"야아, 그것참." 가가는 겸연쩍은 기색이었다. "고맙다고 전해주십쇼."

"나도 가가 씨 기사를 읽은 적이 있어요. 처음 이름을 봤을 때 어디선가 본 이름이다 싶더니만. 나도 한때는 검도에 열을 올렸던 시기가 있었거든요. 물론 가가 씨와 비교할 정도는 아니지만."

"영광이군요. 하지만 그것도 다 옛날 얘기예요."

"요즘에는 안 해요?" 야스마사는 왼손에 든 꼬치를 슬쩍 위로 들면서 물었다.

"시간이 나야 말이죠. 며칠 전에 오랜만에 잠깐 연습을 했는데 중간에 숨이 차더라고요. 이제 나이가 느껴져요." 가가는 얼굴을 찌푸리며 맥주를 마셨다.

야스마사는 껍질만 모아서 구운 것을 먹어봤다. 오, 맛있네, 라고 했더니, 그렇다니까요, 라면서 가가가 웃었다.

"가가 씨는 왜 경찰이 됐어요?"라고 야스마사는 물어보았다.

"어려운 질문이군요." 가가는 쓴웃음을 지었다. "뭐, 굳이 말하자면 운명이었다고나 할까."

"거창하시네."

"결국 여기가 내가 자리 잡을 곳이었어요. 몇 번 그걸 거슬러보려고 애는 썼는데 안 되더라고요."

"아버님도 경찰관이셨다고 했지요?"

"그래서 더 싫었어요." 가가는 닭똥집을 씹으면서 "이즈미 씨는요?"라고 거꾸로 물어왔다. "왜 경찰관이 됐어요?"

"잘 모르겠네. 시험에 합격해서, 라는 게 가장 가까운 대답이랄까."

"설마."

"정말이에요. 여기저기 시험을 보고 다녔어요. 다른 공무원 시험도 봤고. 아무튼 한시라도 빨리 안정된 직업을 갖고 싶었으니까."

"왜요?"

"아버지가 안 계셔서 그랬나."

"아, 어머님을 돌봐드려야 했군요."

"그것도 있었고, 역시 가장 마음에 걸린 건 누이동생이었어요. 결혼할 나이가 되어서도 얼굴에 가난한 티가 나면 가엾잖아요. 뛰어난 미인은 아니어도 자부심 있는 여자로 커줬으면

했어요. 누구에게도 열등감을 느끼지 않는 아가씨로."

소노코의 일이 생각나는 바람에 야스마사는 자기도 모르게 목소리가 커졌다. 자신을 빤히 바라보는 가가의 진지한 시선을 느낀 순간, 야스마사는 시선을 떨구고 맥주잔을 들었다.

"그 심정, 알 것 같아요." 가가가 말했다. "이즈미 소노코 씨에게는 정말 멋진 오빠가 있었군요."

"글쎄요, 결국 일이 이렇게 됐으니 좋은 오빠라고 할 수도 없죠." 야스마사는 잔에 남은 맥주를 단번에 마셔버렸다.

가가가 다시 맥주를 따라주었다. "유바 가요코는 술을 전혀 못한다고 하던데요?"

야스마사는 눈을 치떴다. "정말이에요?"

"틀림없어요. 회사 동료나 대학 때 친구들에게도 확인해봤으니까. 거의 한 모금도 못 마시는 모양이에요."

그렇다면 그녀가 범인일 가능성은 점점 적어진다. 소노코와 함께 와인을 마셨을 리가 없기 때문이다.

"한 가지만 물어봅시다. 왜 그 여자를 주목하게 됐어요?" 이 질문에 가가는 윤곽 짙은 눈매 속의 눈동자가 반짝 빛났다. 그것을 마주 보며 야스마사는 말을 이었다. "당신이 유바 가요코의 사진을 들고 대학 때 친구를 찾아갔다는 건 알고 있어요. 그 사진은 어떤 거예요? 어디서 입수했죠? 왜 그 사진에 찍힌 여자가 이번 사건과 관계가 있다고 생각했어요?"

가가는 슬그머니 웃었다. 하지만 지금까지 보인 웃음과는 질이 다른 것이었다.

"한 가지만 물어본다더니, 항목이 너무 많은데요?"

"기본적으로는 하나잖아요. 얼른 알려주기나 해요."

"알려드리죠. 단지 내가 제시한 조건을 받아줘야 합니다."

가가가 제시한 조건이라는 건 금세 알았다.

"현관 체인?"

"맞아요. 그 체인에 대해 사실대로 증언해준다면, 어떤 얘기든 다 해드리죠."

"그걸 증언하면 나는 모든 카드를 다 내놓아야 할 텐데요."

"그것도 괜찮잖아요? 당신 대신 경찰이 뛰어주는 것뿐이에요."

"아무도 나를 대신할 수 없습니다." 야스마사는 꼬치 끝에 양념장을 찍어 접시에 '소노코'라고 썼다.

"왜 내가 유바 가요코를 주목했는가―. 이건 아주 중요한 문제예요. 나로서도 최대의 카드라고요. 그러니까 무조건 보여드릴 수는 없어요."

"사진은 일반 사진이 아니라 비디오를 프린터로 인쇄한 것이라고 들었는데요?"

"유도 심문에는 안 넘어갑니다." 가가는 씩 웃고 야스마사의 잔에 맥주를 따랐다. 병이 비어서 다시 한 병을 추가 주문했다.

"유바 가요코하고는 얘기해봤어요?" 야스마사는 다른 각도에서 공략하기로 했다.

"아뇨, 아직."

"얘기는 안 하고 잠복만 했다는 거예요? 그 여자 뒤에 남자가 있다는 걸 이미 알고 있었던 모양이네."

"알고 있었던 건 아니지만, 누군가 또 한 사람이 얽혀 있을 거라는 생각은 했죠."

"어째서?"

"유바 가요코는 범인이 아니기 때문이에요. 적어도 그녀의 단독 범행은 아니죠."

단정적인 그 말투에 야스마사는 슬쩍 몸을 뒤로 물렸다.

"유바 가요코가 술을 못 마시니까?"

"그것도 있었죠."

"그것도, 라는 건?"

"그녀는 미인이고 스타일도 좋지만, 딱 한 가지 결점이 있어요. 결점이라고 하면 미안하긴 하지만."

"키가 작지."

"맞아요."

"반창고 얘기죠?"

야스마사의 말에 가가는 맥주잔을 든 채 집게손가락 끝을 그에게 향했다. "역시나 눈치가 빠르시네."

"가가 씨도 마찬가지로 예리하죠." 야스마사는 잔을 맞부딪치고 싶은 기분이었지만, 유치한 것 같아서 관뒀다.

꼬치구이를 안주 삼아 한참 말없이 맥주를 마신 뒤, 별것 아니라는 듯이 가벼운 어조로 가가가 물었다. "범인은 역시 쓰쿠다인가요?"

"글쎄올시다"라고 야스마사는 받아쳤다.

"결정타는 손에 쥐지 못한 모양이네."

"가가 씨는 어때요?"

"나는 항상 이즈미 씨보다 한 발짝씩 늦는데요, 뭘." 가가는 고개를 움츠렸다. "그나저나 조금 전에 쓰쿠다하고는 어떤 이야기를?"

"그걸 내가 가가 씨한테 말할 거 같아요? 내가 알고 싶은 건 알려주지도 않으면서."

그러자 가가는 어깨를 흔들며 웃고, 자기 잔에 맥주를 따랐다. 적어도 외면적으로는 야스마사와의 대화를 즐기는 것처럼 보였다. 그래서 야스마사의 마음속에도 작은 장난기가 발동했다.

"중요한 걸 알려드리죠. 유감스럽게도 쓰쿠다는 알리바이가 있어요."

"예에?" 가가의 눈이 커졌다. "어떤 건데요?"

야스마사는 쓰쿠다가 주장한 알리바이를 간략하게 설명해주었다. 즉 회사에서 돌아온 게 9시쯤이고, 9시 반부터 오전 1시까지는 다음 날 작가 선생에게 선물할 호접란 화분의 그림을 그렸고, 오전 1시부터 2시까지는 같은 층에 사는 사토라는 친구와 잡담을 했다는 얘기다. 그 친구가 거의 완성된 그림을 목격했다는 것도 덧붙였다.

"소노코의 옆집에 사는 프리라이터가 12시 전에 남녀의 이야기 소리를 들었다는 건 가가 씨도 알고 있죠? 하지만 이 알리바이를 어떻게든 해결하지 않고서는 그 남자가 쓰쿠다라는 결론은 내릴 수 없어요."

"그거 꽤 귀찮은 장벽인데요." 가가는 알리바이의 존재 자체보다 이것에 대해 이야기하는 야스마사 쪽에 더 흥미가 있다는 듯 말했다. "근데 이즈미 씨는 그 장벽을 보기 좋게 무너뜨렸군요. 그래서 그것을 선고하려고 오늘 쓰쿠다의 맨션에 갔던 거고요."

"글쎄올시다."

"유감스럽게도 나는 쓰쿠다가 어떤 마술을 썼는지 현재로서는 해명을 못 하겠군요. 분명 뭔가 그럴싸한 방법이 있었겠죠. 근데 그보다 방금 그 얘기를 듣고 마음에 걸린 건 오전 2시 이후의 알리바이가 없다는 점입니다. 사망 추정 시각은 그 범위가 상당히 넓게 나왔으니까요. 범행을 2시 이후라고 생각해도 아무 지장이 없어요. 우연히 옆집 프리라이터의 증언이 나오는 바람에 그림을 그렸다는 시간의 알리바이가 성립됐지만, 그 증언이 없었다면 쓰쿠다의 알리바이 주장은 아무 역할도 못 했을 거예요."

"그건 나도 마음에 걸려요. 쓰쿠다는 운전을 못해서 심야에 마음대로 이동하기 어려웠다고 주장하고 있지만……."

"택시를 이용하는 건 범인으로서는 물론 위험한 일이지만, 그렇다고 전혀 이용하지 않았다고 생각할 만큼 형사들이 물렁하지는 않아요."

"나도 동감이에요. 그리고 쓰쿠다도 그런 정도는 예상했겠지요. 그러니까 그 알리바이를 일부러 어중간하게 만들었겠죠."

"일부러?"

"오전 2시 이후의 알리바이 같은 거, 보통 사람이라면 없는 게 당연해요. 오히려 있는 게 부자연스럽죠. 그런 상식적인 일을 쓰쿠다도 생각했을 거예요."

그렇군요, 라고 형사는 고개를 끄덕였다.

다시 잠깐의 침묵이 이어졌다. 어느새 가게의 손님이 불어나 있었다.

"이즈미 씨." 가가가 약간 정색하는 말투로 나왔다. "당신은 정말 대단한 사람이에요. 당신의 순간적인 판단력, 추리력, 그리고 각오와 집념에 대해서는 진심으로 존경합니다."

"갑자기 왜 이래요?"

"이즈미 씨의 그 능력이 진상을 밝혀내는 데 쓰이는 것에 대해서는 아무 말도 않겠습니다. 하지만 복수에 사용되어서는 안 돼요."

"그 이야기는 더 이상 하지 맙시다." 야스마사는 맥주잔을 테이블에 타악 내려놓았다.

"아니, 이건 중요한 얘기예요. 당신은 감정에 휩쓸려 스스로를 상실할 사람이 아니잖아요. 그런 건 이즈미 씨에게는 어울리지 않아요."

"그만합시다. 가가 씨가 나에 대해 뭘 안다고."

"아는 게 별로 없죠. 하지만 이를테면 이런 일이라면 알고 있어요. 3년 전 이즈미 씨가 담당한 사건 중에, 폭주족 출신의 청년이 빨간불인데도 과속으로 차를 몰고 사거리에 진입했다가 회사원이 운전하는 차와 부딪쳐 상대를 사망시킨 사고가 있었죠. 모두가 그 청년의 신호 무시가 원인이라고 몰아붙였는데, 이즈미 씨만은 목격자의 증언과 신호의 간격을 면밀하게 조사해서 사고가 일어난 건 쌍방의 신호가 빨간불로 바뀐 순간이었다는 것을 밝혀냈어요. 즉 회사원도 파란불에서 빨간불로 바뀐 순간에 계속 달려간 잘못이 있었던 거예요. 이 건에 관해서는 사망한 회사원의 유족 측에서 항의가 들어온 모양이더군요. 경찰이 폭주족 편을 들어주느냐고. 그런 항의에 대해 당신은 이렇게 말했어요. 우리가 하는 일은 누구를 처벌하느냐를 결정하는 게 아니라 왜 그런 비극이 일어났는지 조사하는 일이다, 라고. 사실 그 사거리의 신호 체계가 그 뒤로 개량되었다고 하던데요."

"누구에게 들었는지 모르지만, 오래전 얘기예요." 야스마사는 손안에서 빈 술잔을 만지작거렸다.

"아뇨, 그 이야기 속에야말로 이즈미 씨의 진짜 모습이 있어요. 교통사고든 살인사건이든 본질은 다르지 않겠지요. 범인을 미워하지 말라고는 하지 않겠습니다. 때로는 그런 게 활력이 된다는 건 나도 알고 있어요. 하지만 그 활력은 진상 규명에만 쏟아부어야 합니다."

"이제 그만해요. 그런 얘기는 듣고 싶지 않군요."

"그러면 이 말만 해두죠. 이즈미 씨가 복수를 도모하고 있다는 건 아직 아무에게도 말하지 않았어요. 당신이 틀림없이 그런 마음을 접어줄 거라고 믿기 때문이에요. 하지만 만일 어떻게도 할 수 없다고 판단되었을 때는 어떤 수단과 방법을 쓰더라도 복수만은 저지하겠습니다."

"기억해두지요."

몇 초 동안 두 사람은 서로의 눈을 보았다. 술 탓인지 가가의 눈은 조금 충혈되어 있었다.

가게 문이 열리고 회사원인 듯한 남자 둘이 고개를 들이밀고 안을 들여다보았다. 가게 안은 만석이었다.

"슬슬 나갈까요." 그렇게 말하는 가가의 얼굴에는 웃음이 돌아와 있었다. "꽤 괜찮은 가게죠? 다시 둘이서 한잔할 수 있으면 좋겠군요."

그 말의 이면에는 과오를 범하지 말아달라는 바람이 담겨져 있는 것 같았다.

3

몇 가지 물건을 사들인 뒤, 야스마사는 소노코의 맨션으로 갔다. 구입한 것은 전기 코드 10미터, 전기 플러그 2개, 전기스탠드용 중간 스위치 2개, 드라이버 세트와 니퍼, 그리고 암모니아수였다.

집 안에 들어선 뒤, 소리가 전혀 없으면 쓸쓸하다는 이유만으로 텔레비전 스위치를 켰다. 리모컨을 눌러봤지만 어떤 번호에 맞춰야 방송을 볼 수 있는지 파악하는 데 한참 시간이 걸렸다. 아이치현과 도쿄는 채널이 전혀 다른 것이다. 아무래도 1번이 NHK인 것 같아서 그냥 그 번호로 해두기로 했다.

야스마사는 침실에서 책상다리를 하고 앉아 작업을 시작했다. 우선 전기 코드를 반으로 잘라 5미터짜리 두 개로 만들었다. 다음에 각 전기 코드의 끝에 플러그를 붙였다. 플러그에서 1미터쯤 되는 곳에서 코드를 일단 절단하고 거기에 중간 스위치를 넣어서 다시 연결했다.

스위치를 달고 있을 때, 텔레비전 뉴스 방송에서 살인사건이 발생했다는 보도가 나왔다. 지난달 네리마구에서 일어난 독신 직장 여성 살인사건과 동일범이 저지른 것으로 보이는 살인사건이 이번에는 스기나미구에서 일어났다는 것이었다. 범인은 베란다를 통해 침입하여 잠자던 여자를 끈으로 교살한 뒤, 돈이 될 만한 것을 훔쳐 도주했다. 폭행이 있었는지 어떤지에 대해서는 언급하지 않았다.

네리마 경찰서는 점점 더 바빠지겠군, 이라고 야스마사는 생각했다. 가가가 독자적인 수사를 할 수 있는 시간도 얼마 남지 않은 것이다.

머릿속에서 방금 전에 나눈 가가와의 대화가 되살아났다.

당신을 믿는다, 라는 그의 말은 단순히 형식적인 건 아니라고 생각했다. 그도 말했듯이 정말로 야스마사의 복수를 저지할 마음이라면 현시점에서도 얼마든지 손을 쓸 방법이 있을 것이다. 그것을 하지 않는 건 분명 야스마사의 이성을 믿고 있기 때문이다.

하지만, 이라고 야스마사는 생각했다. 그 형사는 아직 젊다. 그는 인간이라는 존재를 알지 못하는 것이다. 인간은 좀 더 추하고 비겁하고, 그리고 약하다.

뜨겁게 이야기하던 가가의 목소리를 야스마사는 머리에서 몰아내려고 했다. 아무것도 생각하지 않고 오로지 작업에만 몰두하려고 했다.

실제로 시간은 얼마 남지 않았다. 가가는 유바 가요코의 존재를 알아냈고, 나아가 쓰쿠다 준이치까지 파악했다. 쓰쿠다가 소노코의 옛 연인이라는 것도 쉽게 알아낼 것이다. 아니, 이미 감을 잡았을 가능성이 높다. 소노코의 주소록에 나온 '계획 미술'이라는 디자인 사무실에서 예전에 쓰쿠다 준이치라는 이름의 남자가 근무했다는 것을 가가가 잊어버렸을 리가 없다. 현시점에서는 현관 체인 문제가 있어서 가가도 섣불리 움직일 수 없겠지만, 혹시 쓰쿠다가 범행을 실토할 만한 증거를 잡기만 한다면 망설임 없이 살인사건이라고 서에 문제를 제기할 것이다. 그리고 그 형사는 틀림없이 뭔가를 쥐고 있다.

오늘내일 사이에 끝내야 할 승부라고 야스마사는 판단했다. 지금 이렇게 기묘한 작업을 하고 있는 이유도 그런 판단 때문이었다.

문제는 다음 수를 어떻게 쓸 것인가, 하는 것이었다.

텔레비전에서는 뉴스가 끝나고 뭔가 드라마 같은 게 시작되려 하고 있었다. 야스마사는 리모컨을 눌러 텔레비전을 껐다.

달칵, 하는 소리가 등 뒤에서 들려온 것은 잠시 뒤였다. 정확히 현관문 근처였다. 그는 몸을 돌려 문 쪽을 보았다.

뭔가를 우편함에 넣는 기척이 있었다. 그리고 조금 지나 어딘가에서 문이 닫히는 소리가 났다. 아마도 옆집, 그 프리라이터가 사는 곳이다.

야스마사는 자리에서 일어나 현관문에 붙은 우편함을 열었다. 작은 흰색 봉투가 들어 있었다. 열어보니 안에서 음악용 카세트테이프가 나왔다. 노래 몇 곡이 들어 있는 것 같았다. 영어 제목만으로는 어떤 장르에 속하는 음악인지 야스마사는 알 수 없었다.

메모지 한 장이 함께 들어 있고 '전에 소노코 씨에게서 빌렸는데 그동안 깜빡 잊고 있었던 테이프예요. 정말 죄송해요'라고 적혀 있었다.

아무래도 집 안에 아무도 없다고 생각한 모양이라고 야스마사는 짐작했다. 하긴 아이치현에 사는 오빠가 그렇게 자주 도쿄에 올라올 리 없다고 생각하는 게 당연했다.

그 카세트테이프를 보고 있는 사이에 문득 한 가지 아이디어가 떠올랐다. 야스마사는 메모를 해가면서 10분쯤 그 아이디어에 혹시 중대한 결함은 없는지 점검했다. 검토해본 한에서는 설령 잘 풀리지 않더라도 앞으로의 행동에 어떤 제약도 생길 일이 없다고 판단되었다.

그는 현관문을 나섰다. 그리고 옆집의 차임벨을 울렸다.

"누구세요?" 역시 밤늦은 시간인 만큼 상대의 목소리는 딱 딱했다. 어두워서 도어뷰로도 잘 보이지 않는 모양이었다.

옆집의 소노코 오빠예요, 라고 야스마사는 말했다. 아, 예, 라고 조금 안심하는 목소리로 변했다.

"와 계셨어요?" 문이 열리고 프리라이터가 환한 얼굴을 내 보였다.

"깜빡 졸다가 이 봉투 넣어둔 걸 이제야 봤어요." 야스마사는 카세트테이프를 내보이며 말했다.

"아, 미안해요. 좀 더 일찌감치 돌려드렸어야 하는데." 그녀 는 머리를 꾸벅 숙였다.

"아뇨, 그건 괜찮은데……." 야스마사는 약간 망설이고 나서 말했다. "실은 부탁이 좀 있어요."

"부탁요?" 그녀는 조금 당황스러운 표정을 보였다. "무슨 일 인데요? 내가 할 수 있는 일이라면."

"물론 하실 수 있어요. 아주 간단한 일이에요. 전화를 한 통 걸어줬으면 합니다."

"전화를? 어디로요?"

"여기 전화번호를 적어뒀어요. 그리고 여기 적힌 대로 이야 기해주시면 고맙겠는데." 그렇게 말하며 조금 전에 쓴 메모를 보여주었다.

프리라이터는 그것을 들여다보고 의아한 얼굴을 하면서도

얼마간 호기심이 담긴 눈빛으로 "무슨 일인가요, 이거?"라고 물었다.

"미안합니다. 자세한 건 아직 말할 수가 없어서."

"그러세요? 하지만 뭔가 마음에 걸리는데……."

"싫으시다면 무리하게 부탁하지는 않겠습니다." 야스마사는 메모를 다시 받기 위해 오른손을 내밀었다.

"혹시 누구에게 피해를 주는 일은 아니지요?"

"아닙니다." 딱 잘라 말했다. 이건 피해라는 것과는 다른 종류의 일이라고 생각했다.

그녀는 고개를 갸우뚱하고 메모를 다시 한번 들여다보더니 장난기 어린 얼굴을 야스마사에게로 향했다.

"나중에 무슨 일인지 꼭 얘기해주실 거죠?"

"좋아요"라고 야스마사는 웃으면서 말했다. 어차피 모든 게 끝나고 나면 그녀도 어떤 일이었는지 알게 될 것이다.

"그래요, 해드릴게요. 지금 바로 해야 되나요?"

"그렇게 해주시면 고맙겠는데요."

"그럼 잠깐만 기다려주세요."

"잘 부탁합니다." 그녀가 집 안으로 사라지는 것을 야스마사는 긴장된 마음으로 지켜보았다.

그날 밤을 야스마사는 거의 잠들지 못한 채 보냈다. 자신이

쳐놓은 덫에 언제 사냥감이 걸려들까, 그걸 기다리고 있으려니 도무지 마음이 침착해지지 않았던 것이다. 이 맨션은 한밤중에도 이따금 사람이 돌아다니는 소리가 들렸다. 그때마다 몸이 긴장되었다.

하지만 창밖이 훤하게 밝아오면서 야스마사는 자신이 틀렸는지도 모른다는 생각이 들기 시작했다. 나름대로 근거가 있는 작전이기는 했지만, 잘못 짚었을 가능성도 적지 않았던 것이다.

아침 6시를 지나 이윽고 바깥이 시끌시끌해지기 시작했을 즈음에는 또 다른 작전을 강구하는 게 좋겠다는 마음이 들었다. 하지만 묘안은 떠오르지 않고 머리와 눈꺼풀이 묵직해져 왔다.

잠시 끄덕끄덕 졸고 있을 때였다. 달칵, 하는 소리가 났다.

침실에 앉은 채 졸고 있던 야스마사는 본능적으로 소리가 난 쪽을 보았다.

그의 눈앞에서 현관문이 천천히 열리려고 하고 있었다. 그는 순간적으로 침실 문 뒤로 몸을 숨겼다.

사람이 들어서는 기척이 나고 현관문이 닫혔다. 우편함을 여는 소리가 났다.

타이밍을 노려 야스마사는 앞으로 나섰다. "여어, 어서 오시지."

후드가 달린 하얀 코트를 입은 유바 가요코가 야스마사 쪽
으로 등을 돌린 자세 그대로 얼어붙었다.

4

옆집 프리라이터에게 부탁한 전화 내용은 다음과 같은 것이
었다.

나는 이즈미 소노코 씨의 옆집에 사는 사람이다. 실은 그녀
가 사망하기 직전에 비디오카메라를 빌려줬는데, 그 카메라를
그녀가 사망한 뒤에 다시 돌려받고 보니 안에 소노코 씨의 테
이프가 들어 있었다. 프라이버시 침해가 되기 때문에 뭐가 찍
혀 있는지는 안 봤지만, 중요한 것일 수도 있어서 곧바로 유족
에게 돌려주려고 한다. 그런데 얼마 전에 이즈미 씨의 오빠라
는 분은 나고야로 돌아갔다. 게다가 나는 내일부터 한동안 해
외에 나가지 않으면 안 된다. 그래서 테이프를 소노코 씨의 현
관문 우편함에 넣어두기로 했다. 미안하지만 당신 쪽에서 유
족에게 그런 연락을 좀 해줄 수 없겠는가. 당신의 전화번호
는 전에 소노코 씨가 언젠가 여행을 떠날 때, 가장 믿을 수 있
는 친구라면서 무슨 일이 있으면 연락해달라고 내게 알려주었
다ㅡ.

중요한 건 유바 가요코가 제 발로 이 집에 찾아오게 유도하는 것이었다. 이 집에 와서 직접 문을 열게 한다, 그것이 가장 큰 목적이었다.

그러기 위한 먹이를 8밀리 비디오테이프로 한 것은 야스마사로서는 일종의 도박이었다. 소노코가 죽기 직전에 비디오카메라를 빌리려고 했던 것을 보면 그것이 분명 이번 사건과 관련이 있다고 짐작한 것일 뿐, 의외로 전혀 관계가 없을 가능성도 있었기 때문이다. 만일 유바 가요코가 이 먹이를 덥석 물지 않는다면 앞으로 어떤 먹잇감을 준비하든 다시는 옆집 프리라이터는 동원할 수 없게 될 참이었다.

행운은 내 쪽에 있었다, 라고 야스마사는 생각했다.

"자, 시작해볼까"라고 야스마사는 유바 가요코를 내려다보며 말했다. 가요코는 거실 테이블 앞에 앉아 있었다. 어깨를 움츠리고 고개를 푹 숙였다. 야스마사 쪽은 서 있었다. 영락없이 취조실 같다고 그는 생각했다. 그리고 이제부터 하려고 하는 일도 취조 그 자체였다.

"우선 테이프 문제부터 얘기하지. 테이프에 뭐가 찍혀 있다고 생각했지?"

"……몰라요." 가느다란 목소리로 가요코가 대답했다.

"모를 리가 없지. 이렇게 일부러 찾으러 올 정도였는데 말이

야. 아, 아니지"라고 그녀의 얼굴을 들여다보았다. "훔치러 왔
다고 해도 되겠지."

가요코는 눈을 깜빡였다. 변함없이 속눈썹이 아름다운 컬을
그리고 있었다.

"정말로 몰라요. 하지만…… 소노코가 테이프에 뭘 찍어뒀
는지 보고 싶어서…… 허락 없이 집에 들어온 건 사과할게요."

"뭐, 좋아. 테이프에 대해서는 나중에 얘기하자. 그보다 지
금 네가 사과한 일에 대해 물어보자. 이 열쇠는 어떻게 된 거
지?" 야스마사는 열쇠 하나를 테이블 위에 올려놓았다. 가요코
가 조금 전에 문을 열 때 사용한 열쇠였다.

"전부터 갖고 있었어요."

"전부터? 왜?"

"한참 전에 쓰쿠다 씨에게서 받았어요. 소노코가 준 열쇠인
데 이미 헤어졌기 때문에 더 이상 필요 없다면서 나한테 줬어
요. 하지만 내가 소노코에게 돌려주는 것도 이상하고, 그래서
여태 돌려주지 못하고……" 도저히 명료하다고 할 수 없는 말
투였다.

"그 말은 반은 사실이고 나머지 반은 거짓이야." 야스마사는
가요코의 얼굴을 가리키며 딱 잘라 말했다. "쓰쿠다에게서 받
았다는 건 사실이겠지. 하지만 그게 한참 전이라는 건 거짓말
이야. 아주 최근, 혹은 바로 며칠 전이었겠지."

"아니에요, 나는 정말······."

"거짓말을 해도 소용없어." 야스마사는 왼손을 내저었다. "만일 네가 한참 전부터 이 열쇠를 가지고 있었다면, 소노코를 죽인 건 너라는 얘기가 돼. 그래도 괜찮아?"

"······어째서요?"

"소노코가 자살한 게 아니라는 건 확실해. 그 근거를 나는 몇 가지 갖고 있어. 문제는 범인이 누구냐는 거야. 내가 유체를 발견했을 때, 이 집에는 열쇠가 채워져 있었어. 이 집의 원래 열쇠는 두 개야. 하나는 소노코의 가방에서 발견되었고, 나머지 하나는 내가 가지고 있었어. 즉 범인은 복사키를 갖고 있었다는 이야기야. 간단한 일이지." 야스마사는 그녀 앞에 얼굴을 가까이 대고 소리를 낮추어 말을 이었다. "네가 쓰쿠다를 감싸주려고 하는 건 알겠어. 하지만 솔직히 말하는 게 너를 위해서 좋아. 더 이상 애를 먹인다면 나는 너도 공범자로 볼 거야."

가요코는 겁에 질린 기색이었다. 그러면서도 야스마사를 올려다보며 반론을 펼쳤다.

"그 복사키가 꼭 이거라고만은 할 수 없잖아요?"

"아, 열쇠가 그 밖에 또 있다는 건가?"

"하나 더 있었어요. 소노코는 복사키를 두 개 만들었어요."

"그래?" 야스마사는 손끝으로 테이블을 툭툭 쳤다. "그럼 나머지 한 개는 어디 있지?"

"소노코는 항상 신발장 맨 위 칸에 넣어뒀어요."

야스마사는 현관으로 가서 신발장을 열었다. 물론 그곳에 열쇠 따위는 없었다.

"없어."

"그러니까요"라고 가요코는 말했다. "누군가 가져갔다는 거 잖아요."

"대체 누가 가져갔다는 거야? 여기에 열쇠를 넣어둔 걸 알 만큼 소노코와 친한 사람은 쓰쿠다와 너밖에 없어. 그리고 거기 그 열쇠를 네가 전부터 갖고 있었다면 결국 여기서 꺼내 간 건 쓰쿠다라는 얘기가 되는군. 역시 범인은 그자였다는 거야."

"아니에요, 아니라고요."

"뭐가 아니라는 거지?"

"그는 범인이 아니에요."

"어떻게 그렇게 단언할 수 있지? 그자를 좋아하니까? 하지만 그자는 너를 속이고 있는지도 몰라. 소노코를 속인 것처럼."

"그럴 일은 없어요."

"그러니까 왜 그렇게 단언할 수 있는지 묻고 있잖아? 너는 복사키가 두 개가 있다고 했어. 하나는 네가 가지고 있었고. 그리고 나머지 하나가 사라졌다면 그쪽은 쓰쿠다가 가져갔다고 생각하는 게 당연하잖아?"

"아니에요. 그 사람이 아니에요."

"그럼 누구라는 거야?"

"나예요."

"뭐야?" 야스마사는 눈을 둥그렇게 떴다.

"내가 가져갔어요, 또 하나의 열쇠도."

"그냥 생각나는 대로 대충 말해봤자 그런 거짓말은 금세 들통이 나."

"아니에요, 사실이에요. 수요일에 여기 왔을 때, 소노코의 눈을 피해 가져갔어요."

"뭣 때문에?"

유바 가요코는 눈을 내리깔았다. 입술이 희미하게 떨리고 있었다.

"뭣 때문이지?"라고 야스마사는 다시금 물었다.

그녀는 얼굴을 들었다. 그 표정을 보고 야스마사는 흠칫했다. 모종의 결의가 담긴 것처럼 보였기 때문이다.

"소노코를 죽이기 위해서요." 진지한 눈빛으로 털어놓았다.

5

꽤 긴 침묵이 흐른 것 같았지만 실제로는 1분도 채 지나지 않은 시간이었다.

"네가 지금 무슨 말을 했는지 알고 있어?" 야스마사는 물었다.

"네, 잘 알아요. 사실은 어젯밤 옆집 여자에게서 전화가 왔을 때, 어쩌면 함정인지도 모른다고 생각했어요. 하지만 만일 그런 거라도 어쩔 수 없다고……, 그런 거라면 있는 그대로 사실을 밝히자고 생각했어요."

"모두 다 말하겠다고?"

"네."

"그렇다면 잠깐만."

야스마사는 자신의 가방 속에서 녹음기를 꺼내 왔다. 녹음 버튼을 누른 뒤 테이블에 내려놓았다. 솔직히 전혀 예상도 하지 못한 전개였다.

"다 내가 나빴어요." 가요코는 조용히 이야기를 시작했다. "내가 소노코를 죽게 했어요. 죄송해요."

그렇게 말한 직후부터 고개를 숙인 가요코의 속눈썹 끝에 눈물방울이 맺히기 시작했다. 마치 지금까지 봉인되었던 것이 한꺼번에 풀려나오는 것 같았다. 이윽고 그것이 뚝 떨어져 바닥에 작은 별 모양의 얼룩을 만들었다. 야스마사의 기억 밑바닥에서 먼 옛날의 장면이 떠올랐다. 소노코의 등에 뜨거운 물을 흘렸을 때의 일이었다.

"네가 죽였다는 얘기야?" 야스마사는 물었다.

"죽인 거나 마찬가지예요."라고 가요코는 대답했다.

"무슨 소리지?"

"그날 밤 나는……, 소노코를 죽일 마음으로 여기에 왔었으니까요."

"왜 죽이려고 했지?"

"그건 지난번에 이즈미 씨가 말했던 대로예요. 소노코가 있는 한, 나와 준이치 씨는 절대로 행복해질 수 없다고 생각했기 때문이에요."

"소노코가 천하의 악녀인 것처럼 말하는구나."

야스마사의 말에 그녀는 얼굴을 들고 뭔가 말하려고 했다. 하지만 결국 그대로 고개를 숙였다.

"아무튼 그건 됐어. 이야기를 계속해봐. 금요일 몇 시쯤에 여기에 왔지?"

"정확히 기억나지는 않지만, 아마 밤 10시 반쯤이었을 거예요."

"찾아오는 이유를 말했었나?"

"중요한 할 얘기가 있다고 했어요. 소노코가 나오는 말도 섞기 싫다고 하길래 내가 사과하겠다고 달랬어요."

"사과하겠다고?"

"준이치 씨 일로 사과하겠다고요."

"그런 말 정도로 소노코가 너를 집에 들였을 것 같지 않은

데?"

"처음에는 사과 따위 필요 없다고 화를 냈어요. 그래서 준이치 씨를 포기하겠다고 말했어요."

"흐음." 야스마사는 가요코의 얼굴을 빤히 바라보았다. "그건 물론 본심이 아니었겠지?"

"네, 거짓말이었어요. 그래도 소노코는 그 말에 나를 집에 들어오게 해줬죠."

"그렇군. 그때 소노코는 뭘 입고 있었지?"

야스마사의 질문에 가요코는 잠깐 틈을 두었다가 "파자마를 입고 있었어요. 아마 목욕을 하고 나온 참이었을 거예요"라고 대답했다.

"좋아. 이야기를 계속해봐."

"와인을 가져왔으니까 함께 마시자고 했어요. 그걸 마시면서 내 말을 들어달라고……."

"하지만 너는 술을 못 마실 텐데?" 가가에게서 들은 이야기를 야스마사는 떠올렸다.

"술은 못 마시지만 오늘 밤은 한 모금 정도라면 함께 마시겠다고 했어요. 소노코는 웬일이냐, 준이치 씨와 사귀면서 술도 늘었느냐고 미운 소리를 했고요. 물론 그 정도의 말은 들어도 당연하겠죠." 뒤쪽은 입 안에서 중얼거리듯이 덧붙였다.

"소노코는 너를 경계하지 않았어?"

"모르겠어요. 경계했는지도 모르지요. 하지만 설마……." 가요코는 입술을 핥고 나서 말을 이었다. "내가 자기를 죽이려고 한다는 생각은 못 했겠지요."

야스마사는 고개를 저었다.

"그러고는?"

"소노코는 와인 잔 두 개를 꺼내 왔어요. 거기에 와인을 따르고 둘이서 마시기 시작했어요. 그렇긴 해도 나는 거의 입만 대는 정도였지만요."

"그리고 다정하게 얘기를 나눴다는 거야? 설마."

"소노코는 내가 진심으로 그를 포기할 생각인지 의심하는 눈치였어요. 당연하겠지요. 친구의 연인을 빼앗아 가고서 갑자기 포기하겠다고 해봤자 믿을 수 없을 거예요. 하지만 한참 이야기하는 사이에 소노코도 점점 내 말을 진짜라고 믿는 것 같았어요. 그러는 참에 마침 그녀가 화장실에 가려고 자리에서 일어섰고 그 틈에 내가 와인 잔에 수면제를 넣었어요."

"수면제는 언제 손에 넣었지?"

"한참 전이에요. 소노코와 둘이서 해외여행을 갔을 때, 시차 때문에 잠을 못 잔다고 했더니 몇 봉지 주더라고요. 그게 한 봉지가 남아 있었어요."

"한 봉지?" 야스마사는 미간을 좁히며 되물었다.

"예, 한 봉지예요"라고 그녀는 딱 잘라 말했다.

"알겠어. 그래서?"

"화장실에서 돌아온 소노코는 아무 의심 없이 와인을 마셨어요. 그러더니 10분도 안 되어 끄덕끄덕 졸다가 잠이 들어버렸어요. 그래서 내가 정신없이 여러 가지 일을…….." 그렇게 말하면서 가요코는 다시 고개를 떨구었다.

"여러 가지 일이라는 건 뭐지?" 야스마사는 물었다. "거기서부터가 중요해. 어떤 일을 했는지 말해야 해."

"내가 그때는 정말 정신없이 움직였기 때문에 자세한 건 기억이 안 나요."

"그럼 기억나는 것만이라도 좋아."

"우선 전기 코드를 잘랐을 거예요. 그걸 소노코의 등과 가슴에 붙였어요."

"어떻게 붙였지?"

"테이프인지 뭔지, 그런 거였어요. 순간적으로 눈에 들어온 것을 썼기 때문에 생각이 안 나요."

"……알았어. 그러고는?"

"자살인 것처럼 보이게 하려고 수면제 빈 봉지를 테이블 위에 놓고 와인 잔 하나는 나중에 씻어두려고 싱크대로 가져갔어요. 그 뒤에 소노코의 몸에 연결한 코드에 전기를 켜려고 했어요. 소노코가 혹시 자살을 한다면 감전사가 좋을 거라고 예전에 말한 적이 있어서 그 방법을 쓰면 의심을 받지 않을 거라고 생각했어요."

"그래서 전기를 켰어?"

"아뇨"라면서 가요코는 천천히 고개를 저었다. "못 했어요. 역시 그런 짓은 할 수가 없었어요."

"무슨 소리야?"

가요코는 얼굴을 들었다. 눈은 충혈되고 눈 주위도 발갛게 부어 있었다. 그리고 아래 눈꺼풀과 뺨도 눈물로 얼룩져 있었다.

"그 조금 전까지 나누었던 소노코와의 이야기가 생각났거든요. 소노코는 그래도 또 나를 믿어줬잖아요. 웃는 얼굴까지 보여줬어요. 그렇게 못된 짓을 한 내게⋯⋯. 그걸 생각하니 소노코를 죽이는 짓은 도저히 할 수가 없었어요."

"그럼 안 죽였다는 얘기야?"

"네." 떨리는 목소리였지만 또렷하게 그녀는 대답했다. "코드는 소노코의 몸에서 떼어내 쓰레기통에 버렸어요. 그리고 소노코에게 편지를⋯⋯."

"편지?"

"고양이 달력을 한 장 떼어내 그 뒤에 '미안하다'라고 썼어요. 그리고 집에서 나갔어요."

"달력 뒷면에 메시지를 썼다고?" 이건 야스마사가 추리했던 그대로였다. 단지 거기에 적힌 내용은 전혀 예상 밖이었다. "그렇게 현관으로 나가서 문에 열쇠를 채웠다는 건가?"

"네, 열쇠를 채웠어요. 그때 사용한 게 아까도 말했던, 수요일에 미리 훔쳐 갔던 복사키였어요. 이즈미 씨의 말대로, 준이치 씨가 소노코에게서 받은 열쇠는 그때까지는 그가 가지고 있었어요."

"그럼 훔쳤다는 그 열쇠는 어떻게 했지?"

"밖에 나간 뒤, 문에 달린 우편함에 넣어뒀어요."

이건 사실과 일치하는 이야기였다.

"그러고는 그대로 집에 돌아갔다고?"

"네."

말을 마치자 가요코는 후우 하고 긴 한숨을 내쉬었다. 큰일거리 한 가지를 끝낸 듯한 한숨이었다.

"만일 그 이야기가 사실이라면"이라고 야스마사는 말했다. "소노코는 죽지 않았어야 해. 하지만 그 아이는 죽었어. 이게 어떻게 된 거지?"

"그러니까요……." 가요코는 눈꺼풀을 감았다. "내가 나간 뒤에 소노코가 자살한 거예요."

"뭐라고?"

"그것밖에는 생각할 수가 없잖아요. 소노코는 침대에서 죽어 있었죠? 내가 여기서 나갈 때, 소노코는 침대에 몸을 기대고 앉은 채 분명히 자고 있었어요. 하지만 그녀가 죽었다는 소식을 듣고 내가 큰 실수를 했다는 걸 깨달았어요. 소노코가 자살할 수도 있는 도구들을 소노코 옆에 그대로 둔 채로 나온 거예요. 그 전기 코드. 모든 것에 절망한 소노코가 그것을 보자마자 충동적으로 자살을 꾀할 수도 있다는 것을 미리 생각했어야 했어요. 정말 나는……, 왜 그렇게 어리석었는지 모르겠어요……." 가요코는 자신의 말에 흥분한 것처럼 보였다. 눈물 섞인 그녀의 목소리가 점점 더 높아졌다. 훌쩍거리던 것에서 엉엉 우는 소리로 바뀌었다.

"내가 소노코를 죽인 거나 마찬가지예요. 죄송해요. 나를 원망해주세요. 정말 죄송해요." 그리고 그녀는 테이블에 엎드려버렸다.

야스마사는 말없이 싱크대 앞까지 이동했다. 수도꼭지를 틀어 컵에 물을 채웠다. 가요코는 계속 울고 있었다. 가느다란 어깨가 잘게 흔들렸다.

야스마사는 식칼을 뽑아 들었다. 전기 코드의 피복을 깎아내는 데 사용한, 채소용 식칼이었다. 그것을 오른손에 쥔 채 야스마사는 가요코의 등 뒤로 돌아갔다. 그리고 물이 든 컵을 테이블에 내려놓았다.

야스마사가 가요코의 왼편 어깨를 잡자 그녀의 울음소리가 멎었다. 흠칫 놀란 듯 몸을 떨었다.

"그대로 천천히 얼굴을 들어." 그는 말했다.

가요코가 얼굴을 들자 야스마사는 그녀의 목에 칼날을 댔다. 그녀가 숨을 멈추는 기척이 있었다.

"가만히 있어. 움직이면 경동맥을 자를 거야."

"······주, 죽이려고요?" 갈라진 목소리가 기묘하게 떨렸다.

"글쎄, 어떻게 할까. 어떻든 너는 소노코를 자살로 몰아넣었어. 그러니 너를 원망해달라고 나한테 말하기도 했잖아."

가요코는 온몸이 경직되어 있었다. 그래도 칼에 닿은 그녀의 목만은 꿈틀거렸다. 호흡이 거칠어진 데다 고동의 크기를 제어할 수 없었기 때문이다.

야스마사는 왼손으로 호주머니를 뒤져 작은 약봉지에 든 수면제를 꺼냈다. 그리고 그것을 가요코의 얼굴 앞에 내밀었다.

"이 약을 먹어. 무슨 약인지는 알고 있지?"

"나를 잠들게 하고 어떻게 하려고요?"

"걱정하지 마. 잠든 여자에게 못된 짓을 할 만큼 나쁜 놈은 아니야. 그게 아니면 내 앞에서 잠을 자느니 얼굴에 상처가 나는 게 더 좋은가?" 그렇게 말하며 그는 칼을 조금 위로 올려 칼날을 뺨에 댔다.

가요코는 잠시 망설이는 기색이더니 마지막에는 결심한 듯약봉지를 뜯어 안의 가루약을 입에 넣고 컵의 물을 마셨다. 그리고 빈 봉지를 옆의 쓰레기통에 버렸다. 장미 무늬가 들어간 예쁜 쓰레기통이었다.

야스마사는 냉장고 손잡이에 걸린 수건을 손에 들었다.

"좋아, 이걸로 네 두 발을 묶어. 되도록 천천히 움직이는 게 좋을 거야. 급하게 움직이면 칼을 든 손이 잘못 나가는 수가 있거든."

가요코는 하라는 대로 허리를 숙이고 자신의 양쪽 발을 수건으로 묶었다. 그것을 확인하고 야스마사는 전화기를 가요코 앞에 놓았다.

"쓰쿠다 준이치에게 전화해."

"그 사람은 상관없어요. 모두 내가 저지른 짓이에요."

"어떻든 전화해. 네가 하지 않으면 내가 해도 돼."

가요코는 전화기를 잠시 바라본 뒤, 수화기를 들었다. 수없이 걸었던 번호인지, 익숙한 손놀림으로 버튼을 눌렀다.

"여보세요, 준이치 씨? 나야……. 응, 지금 소노코의 오빠하고 함께 있어."

야스마사는 그녀의 손에서 수화기를 빼앗았다. "나야."

"이즈미 씨, 대체 뭐 하고 있는 거예요?" 쓰쿠다의 목소리는 허둥거리고 있었다.

"소노코를 죽인 범인을 밝혀내고 있는 중이야."

"아직도 그런 짓을?"

"너도 여기로 좀 와야겠어. 지금 당장."

"아, 잠깐만요. 가요코와 통화하게 해주세요."

야스마사는 수화기를 가요코의 입가에 대주었다. "네 목소리를 듣고 싶대."

"준이치 씨, 내가…… 내가 소노코를 죽이려고 했다는 거, 다 말했어. 중간에 마음을 돌려서 포기했지만 결국 소노코를 자살로 몰아넣었다고, 그런 얘기를 했어. 그러니까 이제 아무 걱정도 하지 마."

가요코가 거기까지 말한 참에 야스마사는 수화기를 당겼다.

"들었나?"라고 쓰쿠다 준이치에게 물었다.

"들었어요."

"와야겠다는 생각도 들었겠지?"

"……거기가 어디죠?"

"살인 현장이야. 빨리 오는 게 좋을 거야. 가요코가 수면제를 먹었으니까 이제 곧 잠이 들 테니까. 자, 그럼."

그녀에게는 손대지 마, 라는 쓰쿠다의 말을 무시하고 야스마사는 전화를 끊었다.

6

25분 뒤에 현관 벨이 울렸다. 택시로 급하게 달려온 모양이었다. 야스마사는 일단 "누구세요?"라고 물었다.

"쓰쿠다예요."

"들어와. 문은 열려 있어."

현관문이 열리고 재킷 차림의 쓰쿠다가 얼굴을 내밀었다. 베이지색 코트를 둘둘 말아 손에 들고 있었다. 거뭇거뭇 수염이 자라고 머리칼도 흐트러진 모습이었다.

"문을 닫고 열쇠를 채워."

쓰쿠다는 지시한 대로 했다. 그러고는 야스마사 쪽을 도전적으로 노려보았지만, 곧바로 그 눈이 놀람으로 바뀌었다.

"대체 어쩌려고 이래요?" 침실 안쪽에서 침대에 몸을 기댄 자세로 잠이 든 가요코 쪽을 바라보며 쓰쿠다가 물었다. 그녀의 발목은 포장용 테이프로 고정되어 있었다.

"네가 사실대로 말해주기를 바라는 마음에서 하는 짓이야" 라고 야스마사는 대답했다.

그의 손에는 전기 코드의 중간 스위치가 쥐어져 있었다. 코드의 한쪽은 콘센트에, 그리고 다른 한쪽은 유바 가요코의 윗옷 속으로 연결되었다.

"제정신이 아니군요."

"나는 제정신이야. 하지만 만일 미친 거라면 나를 미치게 한 건 너희들이야."

"나한테 어쩌라는 거죠?"

"그래, 우선 그 의자에 앉으실까? 웃옷은 벗는 게 좋아." 야스마사는 거실 테이블 옆의 의자를 가리켰다.

준이치는 웃옷과 코트를 바닥에 내려놓고, 의자에 앉았다. "이제 어떻게 하려고요?"

"테이블 위에 포장용 테이프가 있지? 그걸로 양쪽 발목을 둘둘 감아. 몇 겹으로 단단히. 발을 나란히 맞추고 묶는 게 좋을 거야."

준이치가 그 작업을 마치는 것을 확인하고 야스마사는 그의 뒤로 돌아갔다. 그리고 준이치의 양팔을 등받이 뒤편에 돌려 잡고 양 손목까지 포장용 테이프로 둘둘 감았다.

"자, 이제 좀 쉽게 이야기할 수 있겠군."

"나는 아무것도 할 얘기가 없어요."

"그렇다면 좀 물어볼까. 왜 경찰에 내 얘기를 안 했지? 여기에 오면서도 경찰을 데려오지 않았잖아."

준이치는 입을 꾹 다물었다.

"쓸데없는 일로 시간을 낭비하는 건 관두자. 그보다 이걸 들어봐."

야스마사는 녹음기의 스위치를 켰다. 거기서 흘러나온 것은 조금 전 유바 가요코의 고백이었다. 준이치의 얼굴이 점점 뒤틀리는 것을 야스마사는 지켜보았다.

스위치를 끄고 나서 야스마사는 물었다. "어떻게 생각해?"

"말도 안 돼"라고 준이치는 말했다. "가요코는 그런 짓 안 했어요."

"그럼 거짓말을 했다는 건가?"

"⋯⋯그래요."

"왜 거짓말을 하지?"

야스마사의 물음에 대해 준이치는 대답하지 않고 고개를 돌려버렸다.

"나도 거짓말이라고 생각했어"라고 야스마사는 말했다. "잘 꾸며낸 거짓말이야. 하지만 모순이 있어."

그리고 그는 가방 속에서 플러그가 든 전기 코드를 또 한 벌 꺼냈다. 거기에도 스위치가 붙어 있었다. 그것을 들고 준이치에게로 다가갔다.

"이상한 취미는 없으니까 걱정 마."

야스마사는 준이치의 체크무늬 셔츠의 단추를 풀었다. 그리고 포장용 테이프를 조금 떼어내 두 갈래로 갈라진 전기 코드의 한쪽을 준이치의 가슴에, 그리고 다른 한쪽을 등에 붙였다. "이거 봐, 포장용 테이프로도 꽤 잘 붙지?" 그렇게 말하고 야스마사는 침실을 가리켰다.

"전기 코드를 소노코의 가슴과 등에 붙이는 데 반창고를 썼다는 말을 들었을 때부터 나는 유바 가요코가 한 짓이 아니라고 생각했어. 왜냐면 단순히 붙이는 것뿐이라면 셀로판테이

317

프나 포장용 테이프를 쓰면 되기 때문이야. 그런 건 책장의 눈에 바로 띄는 칸에 놓여 있었지. 하지만 실제로는 반창고를 썼다는 거야. 반창고는 어디 있었는가. 책장 위의 구급상자 속에 있었어. 물론 그걸 사용해도 상관없지. 하지만 가요코가 썼다는 건 이해할 수 없어. 그 이유는 너도 잘 알겠지? 구급상자를 꺼내려면 나도 두 팔을 뻗어야 할 정도야. 소노코는 키가 커서 손이 닿았겠지만, 키 작은 가요코로서는 그 구급상자를 잡기도 어려웠을 거야. 그런데 전기 코드를 붙일 때 정신이 없어서 어떤 테이프를 썼는지 기억도 나지 않는다고 했어. 구급상자를 내리는 데 상당히 고생했을 텐데 말이야. 어때, 이 추리는?"

"아주 대단하시네요." 준이치는 가면처럼 표정을 지운 채 말했다. "훌륭한 추리예요. 그렇게 잘 아신다면 가요코를 해방시켜주시죠. 그녀는 범인이 아니라는 게 판명되었으니까."

"나도 그러고 싶어. 이제 네가 사실대로 말해주기만 하면 돼."

야스마사는 준이치의 몸에 연결한 전기 코드를 들고 원래 자리로 돌아가 스위치가 OFF로 되어 있는 것을 확인한 뒤에 플러그를 옆의 콘센트로 가져갔다. 플러그를 꽂아 넣을 때, 준이치가 눈을 질끈 감는 것이 보였다.

"유바 가요코는 거짓말을 했어. 그건 확실하지? 하지만 완전히 지어낸 이야기라고 할 수 없는 부분도 있어. 이를테면 열

쇠를 우편함에 넣어두고 갔다는 대목이야. 분명 열쇠는 우편
함에 들어 있었어. 그건 범인이 아니고서는 알 수 없는 일이
지. 경찰에서도 모르는 얘기야. 내가 그 열쇠를 미리 챙겨뒀거
든. 그러면 왜 가요코는 범인도 아니면서 그걸 알고 있었을까.
이유는 딱 한 가지, 가요코는 범인에게서 그 얘기를 들은 거야.
그리고 그런 중대한 일을 말한 걸 보면 범인은 가요코와 특별
한 관계인 사람이라고 해도 틀림이 없겠지?"

준이치는 여전히 무표정을 유지하려고 애를 썼다. 하지만
그것이 거의 한계에 이르렀다는 것은 뺨에 일어난 경련이 보
여주고 있었다.

"그녀와 이야기하게 해주세요." 이윽고 준이치는 대답했다.

"미안하지만 그건 안 돼. 무엇 때문에 가요코를 재웠겠어?
둘이서 담합할 여지를 주지 않기 위해서야. 네 말을 듣고 유바
가요코가 진술 내용을 변경하지 않으리라는 보장이 없거든."

준이치가 침을 꿀꺽 삼키자 목젖이 움직였다.

"뭐, 좋아. 말하고 싶지 않다면 그것도 좋겠지. 나는 경찰관
으로서 진상을 밝히려는 게 아니야. 소노코의 오빠로서 범인
을 밝혀내려는 것뿐이야. 그러니 자백 같은 건 필요 없어. 증
거도 증언도 필요 없지. 필요한 건 확신뿐이야. 나는 그 확신
을 거의 다 얻었어." 야스마사는 스위치에 손가락을 얹었다. 준
이치의 몸에 연결된 쪽의 스위치였다. "감전사가 고통을 수반

하는 것인지 아닌지, 나는 알지 못해. 소노코의 일을 생각하면 고통스럽지 않았기를 비는 마음이지만, 지금은 조금쯤 고통을 주는 것이었으면 하는 생각이 드는군."

"잠깐만요."

"아니, 이미 늦었어."

"다, 당신은 아직 아무것도 모른다고요!"

"알아. 네가 소노코를 죽였어."

"아니야!"

"뭐가 아니라는 거지?"

준이치는 뭔가 말을 하려다 입을 다물었다. 그것을 보고 야스마사는 다시 스위치에 손을 얹었다.

"아, 알았어요." 준이치는 포기한 듯이 말했다. "말할게요. 사실대로 다 말한다고요."

"지어낸 이야기는 사양하겠어."

"알았어요." 준이치는 가슴을 크게 들먹였다. 심호흡 소리가 야스마사에게도 들렸다. "분명"이라고 준이치는 입을 열었다. "그날 밤 나는 소노코를 죽이려고 이곳에 왔어요. 가요코가 얘기한 것이 실은 모두 다 내가 한 거였어요."

"그건 이미 알고 있어. 참회라면 듣고 싶지 않아."

"그게 아니에요. 당신은 아직 아무것도 몰라요. 방금 말했잖아요, 내가 한 짓은 가요코가 말한 내용과 똑같다고요. 그러니

320

까 둘 중 누가 범인이건, 범행을 도중에 포기한 건 사실이에
요."

"얼렁뚱땅 둘러대지 마. 소노코는 죽었어."

"그러니까 그것에 대해서도 가요코가 말했잖아요. 소노코가
자살한 거라고요."

"지금 장난하자는 거야? 소노코는 결코 그렇게 약한 아이가
아니야."

"당신이 대체 소노코에 대해 뭘 안다는 거예요? 대학 시절
부터 계속 떨어져 살았으면서."

"……할 말은 그것뿐이야?" 야스마사는 스위치를 앞으로 끌
어당겼다.

"편지를 읽어보라고요!" 준이치가 부르짖었다.

"편지?"

준이치는 후우 한숨을 내쉬더니 턱으로 자신의 웃옷을 가리
켰다.

"그 옷 안주머니에 편지가 있어요. 소노코가 쓴 거예요. 그
걸 읽어봐요."

야스마사는 스위치를 바닥에 내려놓고 준이치의 옷을 집어
올렸다. 안주머니를 더듬자 아닌 게 아니라 편지지가 들어 있
었다. 한 차례 뭉쳤는지 꾸깃꾸깃해져 있었다.

"그게 쓰레기통 옆에 떨어져 있는 걸 우연히 발견했어요. 그

편지를 읽고 내가 잘못했다는 것을 깨달았다고요. 제발 내 말을 믿어줘요." 준이치는 호소하듯이 말했다.

야스마사는 편지지를 펼쳤다. 두 장이었다. 거기에는 틀림없이 소노코의 필체로 다음과 같이 적혀 있었다.

이 편지는 너희 두 사람에게 보내는 거야. 그러니 가요코에게도 읽어보라고 해줘. 그러는 게 아마 너희에게도 좋을 거야.

솔직히 말해서 나는 아직도 혼란스러워. 슬프기도 하고, 너희를 여전히 원망하고 있기도 해. 물론 마음의 상처도 치유되지 않았어.

나는 지난 며칠 동안 어떻게 하면 네 마음을 되돌릴 수 있을까, 그것만 생각했어. 만일 되돌릴 수 없다면, 최소한 너희 두 사람이 맺어지는 것만은 어떻게든 막아야 한다고 생각했어. 그러기 위해 어떤 일이든 다 하겠다고 결심했어. 그래서 몹시 악마 같은 짓까지 생각해냈던 거야. 그리고 실제로 준비도 했어.

하지만 오늘 문득 모든 게 허망해졌어.

악마에게 영혼을 팔아 너희의 행복을 망가뜨린다 한들 나는 결국 아무것도 얻을 게 없어. 그 뒤에 남는 것은 인간으로서의 자존심도 버린 비참한 빈껍데기뿐이겠지.

오해는 하지 말아줘. 나는 너희를 용서할 마음은 전혀 없어. 아마 평생 나를 배신한 사람들로 기억에 남아 있을 거야.

하지만 나는 너희에게 관여하는 건 이제 그만두기로 했어. 너희의 행복을 망가뜨리기 위해 내 귀중한 시간이나 마음을 허비하는 건 어리석은 일이라고 생각하기로 했어.

그러니까 너희도 나에 대해서는

거기까지 쓴 참에 글자를 잘못 썼는지 검은 잉크로 지운 흔적이 있고 그 아래로는 빈 공간이었다.

"내 말이 맞잖아요." 야스마사가 다 읽은 것을 알았는지, 준이치가 다급하게 말했다. "그 편지를 발견해서 읽어봤어요. 그렇다면 더 이상 내가 소노코를 죽여야 할 이유가 없게 된 거라고요."

야스마사는 반론할 말이 떠오르지 않았다. 편지지를 든 손이 부르르 떨렸다. 준이치의 말대로였다. 하지만 소노코가 스스로 죽음을 선택했다는 것은 결코 생각하고 싶지 않았다.

야스마사는 편지지 두 장을 반으로 쭈욱 찢어 내던졌다. 네 개의 종잇조각은 허공에서 춤을 추다가 이윽고 하늘하늘 바닥에 떨어졌다.

"그럴 리가 없어!"

"하지만 그게 사실이에요."

야스마사가 준이치를 노려보았을 때였다. 거실 테이블 위의 전화가 울리기 시작했다.

7

두세 번 신호음을 울리는 전화기를 바라보다가 야스마사는 수화기를 들었다.

"……예."

"이즈미 씨죠?"

"또 당신이야?" 야스마사는 한숨을 내쉬었다. 가가였다.

"거기에 쓰쿠다 준이치와 유바 가요코가 와 있죠?"

"무슨 소린지 모르겠군."

"시치미 떼도 소용없어요. 지금 그쪽으로 갈 거니까."

"잠깐, 올 거 없어."

"갈 겁니다. 그리고 당신하고 찬찬히 얘기를 좀 해야겠어요."

"나는 할 얘기 없어."

야스마사가 말했을 때는 이미 전화가 끊긴 뒤였다. 그는 수화기를 내동댕이쳤다. 그리고 두 줄의 전기 코드 스위치를 양손에 든 채 현관문을 노려보았다.

몇 분 뒤, 발소리가 가까이 다가왔다. 가가의 발소리일 거라고 야스마사는 생각했다. 그 형사가 하는 일이다. 틀림없이 바로 이 근처에서 전화를 했을 터였다.

과연 발소리는 현관문 앞에서 멎었다. 이어서 노크 소리가 나고 손잡이가 돌아갔다. 잠겨 있어서 문은 열리지 않았다.

"이 문 열어요." 가가의 목소리였다.

"그냥 돌아가"라고 야스마사는 문을 향해 말했다. "이건 내 문제야."

"열어요. 지금 열지 않으면 다른 형사들을 부를 수밖에 없어요. 그런 일은 당신도 바라지 않지요?"

"상관없어. 그때까지 내 목적을 이루기만 하면 돼." 야스마사는 다시 스위치를 움켜쥐었다. 손바닥에 땀이 나 있었다.

"그렇게는 못 할 겁니다. 당신은 아직 답을 찾아내지 못했어요."

"대충 넘겨짚지 마. 당신이 뭘 알아?"

"아니, 내가 알고 있어요. 이즈미 씨, 이 문 열어요. 틀림없이 당신에게 도움이 될 겁니다."

"어설픈 소리 따위 하지 말라니까. 증거 같은 거 하나도 없는 주제에."

"그럼 물어보겠는데, 당신은 소노코 씨의 뭘 알고 있죠? 당신이 아직 모르는 게 있어요. 소노코 씨가 죽기 전날까지 어떤 생각을 했는지도 모르잖아요? 나는 중요한 카드를 갖고 있어요. 제발 이 문을 열어요."

가가의 뜨거운 말투에 야스마사는 마음이 흔들렸다. 이 형사의 말은 정곡을 찌르고 있었다. 이제 야스마사는 소노코의 속마음을 정확히 알 수 없는 상태였다. 그 편지를 읽고 망설임

이 생겼다는 건 부정할 수 없었다.

"할 말이 있다면 거기서 해."

"아니, 내가 안에 들어가야 합니다." 가가 역시 양보할 마음이 없는 모양이었다.

야스마사는 스위치를 내려놓고 문 옆에 가서 섰다. 도어뷰에 눈을 대보니 검은 코트에 두 손을 찔러 넣은 가가가 날카롭고 사나운 얼굴을 이쪽으로 향하고 있었다. 죽도를 들었을 때, 호면 뒤에 감추고 있을 것 같은 예리한 얼굴이었다.

"5미터 뒤로 물러서요." 야스마사는 말했다. "자물쇠를 풀어도 뛰어들지 말 것, 문은 천천히 열 것. 약속할 수 있어요?"

"약속합니다."

가가는 코트를 펄럭이며 현관문에서 멀어지기 시작했다. 잠시 후 발소리가 멈춘 것을 확인하고 야스마사는 자물쇠를 풀었다. 그리고 재빨리 원래의 자리로 돌아와 두 개의 스위치를 손에 들었다.

약속대로 가가는 천천히 시간을 두고 현관문으로 다가오더니 손잡이를 돌려 문을 열었다. 차가운 바람이 그 틈새를 비집고 흘러들었다.

눈앞의 상황을 형사는 한순간에 이해한 모양이었다. 눈을 둥그렇게 뜨면서도 몇 차례 고개를 끄덕였다.

"문을 잠가요." 스위치를 양손에 든 채 야스마사는 지시했다.

하지만 가가는 그 말에 바로 따르지 않고 침실 안쪽에 시선을 던졌다. "유바 가요코는?"

"걱정할 거 없어요. 그냥 잠든 것뿐이니까. 빨리 문부터."

가가는 문을 잠그고 나서 물었다. "수면제를 이즈미 씨가 타서 먹었어요?"

"지시는 내가 했고, 약은 제 손으로 먹었어요. 나는 가가 형사를 속일 생각은 없어요."

"이즈미 씨, 이런 방법은 좋지 않아요."

"당신이 관여할 일이 아니라니까. 그보다 당신이 가진 카드나 얼른 보여주시지."

"그 전에 지금 어떤 상황인지 알아야겠어요. 저 사람들, 아직 아무 말도 안 했습니까?" 가가는 준이치와 가요코 쪽을 가리키며 물었다.

"나는 다 얘기했어요." 준이치가 말했다. "이제는 이즈미 씨가 믿어주는 일만 남았어요."

"어떤 내용이었지?"

"내가 소노코를 죽이려고 했다는 얘기예요."

"죽이려고 했다고?" 가가는 미간을 찌푸리며 흘끔 야스마사를 쳐다보았다. "그렇다면 살해하지는 않았다는 뜻인가?"

"네, 중간에 포기했어요. 하지만 결국 그게 계기가 되어서 소노코가 자살했어요."

"말도 안 되는 소리. 소노코가 자살할 리가 없어!"

"저건?" 가가는 바닥에 놓인 녹음기를 가리켰다.

"가요코가 한 얘기를 녹음한 거예요." 준이치가 알려주었다.
"그녀도 나와 똑같은 주장을……. 하지만 나를 감싸주려고 거
짓말을 했어요."

"잠깐 실례." 가가는 구두를 벗으려고 했다.

"이쪽에는 접근하지 마!" 야스마사가 외쳤다. 그리고 발을
내밀어 녹음기를 가가 쪽으로 밀어주었다.

벗으려던 구두를 다시 신고 현관에 선 채로 가가는 녹음기
를 눌러 유바 가요코의 진술을 재생했다. 그리고 현관 근처에
떨어진 편지지도 알아보았다. 그는 네 개의 종잇조각을 주워
들더니 가요코의 진술을 들으면서 소노코가 미처 완성하지 못
한 편지를 말없이 읽기 시작했다.

"이 편지는?"

"내가 그날 발견한 편지예요. 그걸 읽어보고 소노코를 죽일
이유가 없다고 중간에 포기한 거예요."

"그래? 어디서 발견했지?"

"침실 쓰레기통 옆에서."

"아니, 그 편지를 발견한 건 소노코를 죽인 뒤였겠지." 야스
마사가 말했다.

"아니라니까요!"

"아, 잠깐만." 가가는 두 사람을 달래듯이 오른손을 내밀었다. 그러고는 다시 녹음기 재생 버튼을 눌렀다. 유바 가요코의 진술을 다시 들으려는 것이었다.

가가는 준이치에게 물었다. "유바 가요코가 너를 감싸주려고 이런 거짓말을 지어냈다? 그렇다면 가요코에게 네가 그날 한 일들을 미리 얘기해준 모양이지?"

"예⋯⋯."

"왜 그런 얘기를 해줬을까? 너 때문에 소노코가 자살했다고 하면 아무래도 두 사람 사이가 거북해질 게 뻔한데 말이야."

"숨길 수가 없었어요, 비겁한 짓 같아서."

"그런 이야기를 해주면 가요코가 괴로워할 거라는 생각은 안 했어?"

"소노코가 자살하는 바람에 그녀는 이미 상처를 입었고, 어렴풋이 뭔가를 눈치챈 것 같아서 나도 마음을 굳게 먹고 사실대로 얘기했던 거예요."

"그리고 가요코에게 그런 진실을 어디에도 말하지 말라고 지시했다는 거야?"

"그런 건 아니고⋯⋯." 준이치는 말을 어물거렸다.

"그건 됐어. 다음 질문으로 들어가지. 가요코는 녹음기에서 이 집을 나서기 전에 달력 뒤에 소노코 씨에게 보내는 메시지를 적어뒀다고 했어. 그 점은 어떻지?"

"가요코가 말한 대로예요. 물론 그 메시지를 썼던 건 나지만."준이치가 대답했다. "뭔가 소노코에게 사과의 말을 남기고 싶어서 고양이 달력을 찢어다 그 뒷면에 썼어요. 내용은, 나처럼 비겁한 남자는 얼른 잊어달라는 거였어요."

"뭘로 썼지? 펜? 볼펜?"

"필기구가 눈에 띄지 않아서 소노코의 가방을 뒤져 수첩에 딸린 연필을 꺼내서 썼어요."

"정답이로군. 테이블 위에 수첩용 연필이 있었던 건 나도 기억하고 있어. 하지만 메시지는 없었어. 왜지?"

"그럴 리가 없어요. 잘 조사해보세요. 소노코가 자살하기 전에 어디 쓰레기통에 버렸는지도 모르니까요."

"쓰레기통은 충분히 조사했어. 그런 건 발견되지 않았어. 하긴……"이라고 말하고 가가는 야스마사 쪽을 보았다. "우리보다 먼저 이 방에 들어온 누군가가 없애버렸을 수도 있겠지."

야스마사는 왼손을 스위치에서 떼고 옆에 있던 가방에서 재빨리 비닐봉지 하나를 꺼내 가가 쪽으로 던졌다. 그리고 다시 스위치를 잡았다.

"그게 저기 거실 테이블에 있었어요. 작은 접시 안에."

"태웠다는 건가요?" 비닐봉지 속을 보며 가가는 말했다. "컬러사진 같은 게 두 조각이 있었고, 그리고 이 흑백으로 인쇄된 종이는 달력이었다는 얘기네."

"아마 소노코가 태웠을 거예요." 준이치가 말했다. "컬러사진
이라는 건 내가 그녀에게 준 그림을 찍은 사진이었을 거고요."

"자살하기 전에 그런 추억의 물건을 처분했다는 건가?"라고
가가는 다시 물었다.

"그렇겠죠."

"일단 앞뒤가 맞아떨어지기는 하는군." 가가는 소노코가 쓴
편지를 잡고 팔랑팔랑 흔들었다.

"웃기는 소리. 그런 말을 내가 믿을 거 같아?" 야스마사는 부
르짖었다. "그 타다 남은 종이쪽도 다 이 녀석이 위장해놓은
거라고!"

"하지만 이런 걸 위장해봤자 아무 이득이 없어요." 야스마사
와 대조적으로 가가는 담담한 어조로 말했다. "이런 식으로 위
장해봤자 자살했다는 것을 뒷받침할 만한 증거가 될 수 없으
니까요. 어떤 물건들을 태웠는지도 알 수 없는 상태로 위장하
면 경찰의 판단만 어려워질 뿐이에요."

야스마사는 반론을 할 수 없었다. 가가의 말이 맞기는 했다.
사실 야스마사는 이 재와 종이쪽에 대해서는 아무런 추리도
전개하지 못했던 것이다.

"또 한 가지 질문이 있어." 가가가 준이치에게 말했다. "너는
소노코가 와인을 마시던 잔에 수면제를 넣었다고 했는데 그

양이 어느 정도였지?"

"양이라니……."

"즉 한 봉지였는지 두 봉지였는지, 아니면 그 이상이었는지 묻고 있는 거야."

"물론 한 봉지였어요. 가요코도 녹음기에서 그렇게 말했잖아요."

"한 봉지라고?" 가가는 야스마사와 눈을 마주쳤다. 뭔가 할 말이 있는 듯한 표정이었지만 다시 한번 준이치 쪽으로 얼굴을 돌리고 말했다. "하지만 침대 옆 테이블에는 빈 약봉지 두 개가 놓여 있었어."

"그거야말로 소노코가 자살했다는 걸 말해주는 증거잖아요."

"그건 무슨 말이지?"

"소노코가 일단 잠에서 깼고, 다시 자살을 하려고 수면제를 먹었겠죠. 그 전에 내가 빈 약봉지를 테이블에 올려놨으니까 소노코가 먹은 것과 합쳐서 두 개의 봉지가 남아 있는 게 당연하죠."

"흠, 맞는 말이로군." 가가는 어깨를 으쓱 쳐들었다.

"게다가"라고 준이치는 말을 이었다. "유체가 발견되었을 때, 와인 잔이 두 개가 나와 있었다고 했죠?"

"그런 모양이야. 내 눈으로 본 건 아니지만."

"만일 내가 자살로 위장할 생각이었다면 그런 어설픈 짓은 절대 안 하죠. 내가 마신 잔은 눈에 안 띄게 치웠을 거라고요."

"그렇지. 그것 또한 맞는 말이야." 그리고 가가는 야스마사 쪽을 흘끔 쳐다보았다.

야스마사는 고개를 젓고 있었다. 소노코가 결국 자살했단 말인가. 하지만 그럴 리가 없다. 어디선가 놓쳐버린 게 틀림없이 있을 것이다―.

야스마사의 그런 자신감이 흔들리기 시작했을 때였다.

"하지만……." 가가가 조용히 말했다. "그래도 역시 소노코 씨는 살해되었어."

제6장

1

"왜요?"

한동안 침묵이 실내를 가득 채운 뒤, 맨 먼저 입을 연 것은 쓰쿠다 준이치였다.

"내 말이 거짓말이라는 증거라도 있어요?"

"소노코 씨가 자살한 게 아니라는 증거라면 갖고 있어."

"뭔데요, 그게?" 야스마사가 답답하다는 듯이 가가에게 물었다.

"그걸 말하기 전에 우선 그 장치부터 해제할 수 없을까요?" 가가는 야스마사가 들고 있는 스위치를 가리켰다. "이즈미 씨가 진상을 밝히는 데 절대로 방해는 하지 않을 겁니다. 그러니 그런 불편한 짓은 그만했으면 하는데요."

"그 말을 내가 곧이곧대로 믿을 거 같아요?"

"믿어줬으면 좋겠군요."

"유감스럽지만, 그건 들어줄 수가 없어요. 가가 씨의 인간성을 믿지 않는다는 게 아니에요. 하지만 경찰이라는 게 섣불리 믿을 만한 상대가 못 돼요. 그건 내가 뼛속 깊이 아는 일입니다. 스위치에서 손을 떼자마자 가가 씨가 덮쳐들면 나는 이길 자신이 없어요."

그러자 가가는 한숨을 내쉬었다.

"아니, 나도 요즘에는 몸싸움에 영 자신이 없어요. 뭐, 하지만 들어주실 수 없다면 도리가 없군요. 이즈미 씨, 이것만 약속해주시죠. 그 스위치를 충동적으로 누르지는 않겠다는 것. 그랬다가는 영원히 소노코 씨의 죽음의 진상을 밝혀낼 수 없게 돼요."

"그건 나도 알아요. 나 역시 진상을 밝히지 못한 채 복수만 해봤자 아무 소용 없다고 생각하니까."

"좋아요." 가가는 상의 안에 손을 넣어 수첩을 꺼냈다. "이즈미 씨, 당신이 소노코 씨의 유체를 처음 발견했을 때, 이 방의 조명은 어떻게 되어 있었죠?"

"조명은……."

야스마사는 그때의 장면을 머릿속에 떠올렸다. 수없이 회상을 반복해왔기 때문에 영화처럼 극명하게 재현할 수 있었다.

"전깃불은 꺼져 있었어요, 틀림없이. 한낮이라서 그리 어둡지도 않았고."

"그렇지요? 그때도 이즈미 씨는 그렇게 증언했어요. 즉 혹시라도 소노코 씨가 자살을 했다면 전깃불을 끄고 침대에 들어가 잠이 들었다는 얘기가 됩니다. 타이머로 감전사하는 장치를 해둔 다음에 말이죠."

"그게 뭐가 이상해요?" 준이치가 어이없다는 얼굴로 물었다. "잠자기 전에 전깃불을 끄는 거야 당연한 일이잖아요. 그게 죽기 위한 잠이라도."

젊은이의 질문에 형사는 쓴웃음을 지었다.

"문학적인 표현이로군. 죽기 위한 잠, 이라고?"

"비웃는 거예요?"

"비웃는 게 아니야. 이 부분이 아주 중요하거든." 가가는 다시 엄격한 얼굴로 돌아와 수첩을 보았다. "실은 목격자가 있었어."

"목격자?" 야스마사는 눈을 둥그렇게 떴다.

"목격자라고 해도 범인이나 범행을 목격했다는 뜻은 아니에요. 이 집 바로 위층에 사는 호스티스가 그날 밤 일을 마치고 돌아오다가 봤다는 거예요. 이 방 창문 사이로 불이 켜져 있는 것을. 그런 늦은 시간에 이 방에 불이 켜져 있는 일은 거의 없었기 때문에 무심코 기억하고 있었는데, 나중에야 이 방 아가씨가 자살했다는 기사가 신문에 실려 있어서 깜짝 놀랐다고 하더군요."

"그 호스티스가 돌아온 시각은?" 야스마사가 물었다.

"정확하게는 모르지만, 밤 1시가 넘은 시간이라는 건 확실하다고 했어요."

"밤 1시가 넘은……."

"뭔 소린지 모르겠네. 그게 왜 소노코가 살해되었다는 결론으로 이어지죠? 그 시간에 아직 그녀가 살아 있었다는 것뿐이잖아요?" 약간 신경질적으로 준이치가 말했다. 꼼짝도 못 하게 묶여 있어서 더 답답한 모양이었다.

"근데 그렇지를 않아"라고 가가는 말했다.

"왜요!"

"타이머가 오전 1시로 설정되어 있었기 때문이야. 만일 소노코 씨의 죽음이 자살이라면 오전 1시에는 모든 것이 완료되었어야 해. 즉 그때는 전깃불도 꺼져 있었어야 한다는 거야." 가가의 우렁우렁한 목소리가 좁은 실내에 메아리쳤다.

"그건……"이라고 말하려다가 준이치는 입을 딱 다물었다. 반론이 생각나지 않았던 것이다.

야스마사는 입술을 깨물고 가가를 올려다보며 고개를 끄덕였다.

"아닌 게 아니라 강력한 증언이로군요."

"그렇습니다. 하지만 아무리 강력한 증언이라도, 현관의 체인이 걸려 있지 않았다는 이즈미 씨의 진술이 없는 한 그 증언을 채택하기가 어려워요."

가가가 놀리듯이 말했지만 야스마사는 그것을 무시했다.

"오전 1시 넘어서 불이 켜져 있었다는 건 그때도 아직 범인이 이곳에 있었다는 건가……."

"그럼 최소한 내가 범인이 아니라는 건 밝혀졌네요. 그 시간에 내가 집에 있었다는 건 이즈미 씨도 몇 번이나 조사했잖아요?"

준이치의 주장은 야스마사로서도 쉽게 물리치기 어려운 것이었다. 오전 1시 이전의 준이치의 알리바이라면 무너뜨릴 수도 있다. 하지만 그 맨션의 같은 층에 사는 사토 유키히로가 거짓말을 한 게 아니라면 1시부터 2시까지 준이치의 알리바이는 완벽한 것이다.

그러면 역시—. 야스마사는 아직도 잠들어 있는 유바 가요코를 보았다.

하지만 여기서 가가가 반론을 내밀었다. "아니, 전깃불이 켜져 있었다고 해서 그때 범인이 반드시 이곳에 있었다고 할 수는 없어요. 그때는 아직 소노코 씨가 살아 있었고, 범행은 그 한참 뒤였는지도 모르니까."

"나는 오전 2시쯤까지 내 방에 있었어요."

"택시를 이용하면 2시 반쯤에는 여기에 도착할 수 있어. 다른 사람이라면 몰라도 쓰쿠다 너였다면 그런 밤늦은 시간에라도 소노코 씨는 의심 없이 안에 들어오게 해줬겠지."

"내가 여기 온 건 11시쯤이에요."

"그걸 증명할 수 있나?"

"그걸 어떻게 증명해요? 이곳에 오지 않았다는 것을 증명하려고 일부러 알리바이까지 준비했는데."

"거참, 우습게 됐군."

"하지만"이라고 야스마사가 입을 열었다. "저자가 이 집에 온 건 본인 말대로 11시쯤이 아니었을까요?"

"여기서 갑자기 변론에 나서주는 건가요? 왜 그렇게 생각하죠?"라고 가가는 물었다.

"위층에 사는 호스티스가 그날 밤에만 1시 넘어서까지 이 방에 불이 켜져 있었다고 증언한 것이 마음에 걸려요. 그때 이미 일이 일어났다고 생각하는 게 타당하지 않겠어요? 그리고 여행 가방 문제도 있어요."

"여행 가방?"

"만일 살해되지 않았다면 소노코는 다음 날 나고야에 내려올 생각이었어요. 당연히 여행 가방을 챙겼을 거라고요. 하지만 이 방에 그런 흔적은 없었어요. 여행 가방을 꾸리기도 전에 누군가 찾아왔기 때문이라고 생각하면 앞뒤가 맞아떨어져요."

"그러니까요, 그게 바로 나였다니까요." 준이치가 몸을 뒤틀며 필사적인 모습을 보였다.

"그렇다면 1시 넘어서 이 방의 불이 켜져 있었던 건 어째서일까?" 가가가 물었다.

"그러니까 내가 나간 그대로 되어 있어서……."

"소노코 씨가 그때는 아직 살아 있었다는 건가? 그럼 타이머의 모순은 어떻게 되지?"

조금 전과 똑같은 문제로 돌아가면서 다시금 준이치는 침묵하는 수밖에 없었다. 하지만 이번에는 곧바로 입을 열었다.

"그 호스티스의 증언이 잘못된 거예요. 1시 넘어서 전깃불이 켜져 있었다는 건 그 여자의 착각이라고요!"

가가가 두 손을 번쩍 드는 포즈를 취했다. 하지만 그 얼굴에 장난스러운 구석은 없었다.

야스마사는 그때의 정황을 머릿속에 그려보았다. 만일 준이치의 말이 거짓이 아니라면 그는 살인을 포기하고 12시 넘어서 이 방을 나갔다는 얘기다. 그러지 않고서는 1시까지 자기 집에 돌아갈 수 없기 때문이다. 이 시점에는 현관문은 잠겨 있었고, 소노코는 잠이 든 상태였다. 그리고 그 상태가 한참 이어진다. 호스티스가 1시 넘어서 방의 불이 켜져 있는 것을 목격했다는 것도 수긍할 수 있다.

하지만 그 뒤에 소노코는 죽었다. 방의 불도 꺼졌다. 그리고 타이머는 1시에 설정되어 있었다.

야스마사는 가가를 올려다보았다.

"딱 한 가지, 생각할 수 있는 가능성이 있어요."

"그렇죠?" 이미 똑같은 추리에 이르렀는지, 가가는 즉석에서 동의했다. "하지만 그걸 증명할 수 있을까요?"

"증명할 필요는 없어요. 나는 재판을 할 마음이 없으니까. 하지만 그 전에⋯⋯." 다시 한번 야스마사는 잠이 든 유바 가요코를 보았다.

"잠자는 숲속의 미녀를 슬슬 깨워야겠네."

가가의 말투에 비난하는 듯한 기색이 담긴 것은 저 상태에서 어떻게 유바 가요코를 깨울 수 있겠느냐는 답답함 때문일 것이다. 가요코는 그야말로 숙면에 빠져 있어서 몇 마디 건네는 정도로는 전혀 눈을 뜰 것 같지 않았다.

"가가 씨, 그만 나가요." 야스마사가 말했다. "지금부터는 나 혼자 해결할 거니까."

"이즈미 씨 혼자서는 사건의 진상에 도달할 수 없어요."

"할 수 있다니까."

"이즈미 씨는 중요한 사항을 아직 모르고 있어요. 내가 당신에게 줄 수 있는 정보가 호스티스의 증언뿐이라고 생각해요?"

"다른 정보도 갖고 있다면 지금 들읍시다."

"그건 안 되지요. 내 비장의 카드인데."

"비장의 카드를 갖고 있는 건 내 쪽이겠죠." 야스마사는 양 손의 스위치를 들어 올렸다.

"그 스위치를 누르면 이즈미 씨는 아무것도 못 얻어요. 진상을 밝히지 못한 채로는 복수를 했다고 할 수 없죠."

가가는 날카로운 눈빛을 보냈다. 그 눈빛을 야스마사는 정면으로 맞받을 수밖에 없었다. 온몸에 소름이 돋았다.

"그럼, 잠깐만 나가 있어요." 야스마사는 말했다. 가가가 고개를 저었기 때문에 그는 말을 이었다. "저 여자를 깨울 동안만 자리를 피해달라는 거예요. 여자가 눈을 뜨면 다시 들어오게 해줄 테니까. 어때요?"

"약속해요?"

"약속하죠. 하지만 가가 씨도 약속해줄 게 있어요. 밖에 나가서 전기 배선을 끊는 어설픈 짓은 하지 말 것. 만일 그런 짓을 하면 당연히 가가 씨는 이 집에 들어올 수도 없고, 나는 다른 복수 수단을 찾을 겁니다. 부엌에 잘 드는 칼도 있으니까."

"알았어요."

가가는 몸을 돌려 자물쇠를 풀고 문을 열었다. 겨울의 냉기가 힘차게 안으로 흘러들었다. 가가는 한 차례 야스마사 쪽을 돌아보더니 밖으로 나가 문을 닫았다.

야스마사는 혹시라도 가가가 갑자기 뛰어들 것에 대비해 즉시 스위치를 잡을 수 있는 태세를 유지하며 현관문으로 다가갔다. 하지만 가가는 갑자기 덮치는 등의 섣부른 짓은 하지 않았다. 야스마사는 일단 문을 잠갔다.

그리고 가방을 열어 암모니아수병을 꺼내 들고 침실로 들어갔다. 유바 가요코는 기묘한 모양새로 고개를 숙인 채 잠이 들어 있었다. 규칙적인 숨소리가 들렸다.

그는 병뚜껑을 열어 가요코의 코에 가까이 댔다. 반응은 빠르게 나타났다. 가요코는 어깨를 움츠리며 고개를 돌려버렸다. 좀 더 병을 가까이 대자 잔뜩 찌푸린 얼굴로 슬그머니 눈을 떴다.

"일어나." 야스마사는 약간 난폭하게 그녀의 뺨을 두 차례 때렸다.

유바 가요코는 아직 머리가 몽롱한 모양이었다. 야스마사는 다시 암모니아수병을 코끝에 들이댔다. 그녀는 이번에는 몸을 홱 젖혔다.

야스마사는 부엌으로 나가 컵에 물을 받아서 가요코에게 돌아왔다. 물컵을 조심스럽게 쥐여주었다. 가요코는 물을 마시기 시작했지만, 금세 캑캑거리며 기침이 터졌다. 그것으로 잠이 완전히 깬 모양이었다. 눈을 깜빡거리며 주위를 둘러보았다.

"어, 어떻게 됐어요?"

"진상을 찾고 있는 중이야. 드디어 너도 사실대로 밝혀야 할 때가 왔어."

야스마사는 현관으로 다가가 도어뷰로 바깥을 보았다. 가가는 등을 돌리고 서 있었다. 자물쇠를 풀자 그 소리를 알아들었는지 돌아보았다.

"됐어요, 들어와요." 그렇게 말하고 야스마사는 스위치 있는 곳으로 돌아왔다.

현관문이 열리고 가가가 들어왔다. 그는 침실의 유바 가요코에게로 시선을 던졌다.

"기분은 좀 어때요?"

"이건 대체…… 어떻게 된 거예요?" 상황을 미처 파악하지 못한 가요코는 쓰쿠다 준이치의 모습과 형사의 출현에 두려움과 당황이 뒤엉킨 눈빛을 보였다.

"가요코와 나, 둘 중 누군가가 소노코를 죽였다는 거야. 이즈미 씨가 고집을 부리면서 내 말을 전혀 안 들어." 준이치가 말했다.

"나는 사실을 말했을 뿐이야." 야스마사가 말했다.

"아, 아니에요……. 내가 죽으려다가 결국 중단했다고 아까 말했잖아요."

"그게 거짓말이라는 건 이미 밝혀졌어. 네가 조금 전에 말한 것을 실제로 저지른 건 자기라고, 이 남자가 이미 실토했다고."

야스마사는 준이치 쪽을 턱으로 가리키며 말했다. "그렇게 생각하는 게 이치상 맞는 얘기야."

"준이치 씨……."

"다 말했어. 내가 소노코를 죽이려고 이런저런 장치를 했지만 소노코가 나한테 쓴 편지를 발견하고 마음을 돌렸다고……."

"하지만." 야스마사는 말을 이었다. "소노코는 자살한 게 아니야. 만일 자살이었다면 소노코가 이미 죽어 있어야 하는 오전 1시 이후에 이 방에 불이 켜져 있는 것을 목격한 사람이 있어."

그 말의 의미를 가요코는 얼른 이해하지 못하는 눈치였다. 하지만 몇 초쯤 침묵한 끝에 가요코의 눈이 일순 큼직해졌다. 조금 전까지의 몽롱한 표정은 사라지고 없었다.

"쓰쿠다가 거짓말을 하는 게 아니라면 생각할 수 있는 건 한 가지뿐이야. 쓰쿠다가 나간 뒤 이 방에 다른 사람이 들어왔다는 것. 그러면 소노코가 수면제를 먹고 잠에 빠져 있는데도 이 집에 들어올 수 있는 사람은 누구지? 쓰쿠다는 나가면서 열쇠를 채웠다고 했는데 말이야." 야스마사는 가요코를 빤히 보았다. "복사키를 가지고 있는 또 한 사람, 즉 너라는 얘기야."

"내가 왜……."

"물론 소노코를 죽이기 위해서지. 우연히도 쓰쿠다와 똑같은 날에 너는 범행을 하러 찾아왔던 거야."

"아니에요." 가요코가 강하게 고개를 저었다.

거기에 아랑곳하지 않고 야스마사는 말을 이었다.

"하지만 너는 이 집에 들어와서 먼저 다녀간 사람이 있다는 것을 알았어. 버려진 전기 코드, 달력 뒷면에 적힌 메모를 보고 쓰쿠다가 뭘 하려고 했는지 알아챘지. 그래서 너는 실로 대담한 짓을 생각해냈어. 쓰쿠다가 중간에 그만둔 방법을 사용해서 소노코가 자살한 것처럼 위장해서 죽이기로 한 거야."

유바 가요코는 계속 고개를 젓고 있었다. 눈 주위가 붉었지만 뺨은 창백했다.

"중요한 건 경찰뿐만 아니라 쓰쿠다까지 속여야 한다는 것이었겠지. 쓰쿠다가 살인을 하지 않기로 마음먹었는데, 네가 그걸 이어서 감행했다면 두 사람의 관계에 악영향을 미칠 테니까. 그래서 단순한 위장 자살 공작뿐만 아니라 쓰쿠다에 대한 공작까지 했어. 와인 잔 하나를 치우지 않고 그대로 둔 것은 소노코가 자살하기 전에 일부러 그 와인 잔을 치울 리가 없기 때문이야. 그리고 메시지가 적힌 달력을 사진과 함께 태운 건 소노코의 분노와 슬픔을 표현해보자는 속셈이었겠지? 좀 더 말해보자면, 그런 것을 완전히 태우지 않고 조금 남겨둔 것도 의도적이었어. 뭘 태웠는지 전혀 알지 못해서는 아무 의미가 없을 테니까. 수면제 봉지 두 개를 놓아둔 것도 실로 세심한 위장이지. 소노코가 다시 수면제를 먹었다고 하려면 당연히 빈 봉지가 두 개여야 맞겠지. 하지만 그 세심한 위장은 모두 경찰에 보여주려는 게 아니라 쓰쿠다에게 자살로 보이게 하려는 거였어. 현장 상황이 얼마나 발표될지는 모르지만, 만에 하나 쓰쿠다의 귀에 들어갔을 경우를 생각해서 그런 공작을 해둔 거야."

"그건 억지예요!" 그렇게 외친 것은 준이치 쪽이었다. "아무 증거도 없으면서 어떻게 그런 말을 할 수 있죠? 그건 그냥 헛소리라고요!"

"그럼 이거 말고 앞뒤가 맞아떨어지는 설명을 할 수 있어? 그게 아니면 역시 네가 소노코를 죽였다고 실토할 거야?"

"가요코가 이 집에 왔었다는 증거는 없어요."

"따로 복사키를 가지고 있었던 건 이 여자뿐이야."

"복사키가 아니라도 마음만 먹으면 누구든지 문은 열 수 있다고 들었어요."

"그거라면 가가 형사에게 물어봐. 억지로 문을 연 흔적을 감식과에서 발견했느냐고."

야스마사의 말에 준이치는 형사를 올려다보았다. 형사는 말없이 고개를 저었다.

"그런······." 유바 가요코가 억지로 쥐어짜는 듯한 목소리로 말했다. "그런 건 생각해본 적도 없어요. 일단 살인을 포기했는데 다른 사람이 또 자살로 위장해서 죽이다니······."

"그런 배배 꼬인 생각을 하는 건 경찰뿐이야. 우리는 그런 건 상상도 못 하지!" 준이치도 합세해서 소리쳤다.

가요코는 넋이 나간 듯한 얼굴로 허공을 멀거니 바라보다가 다시 고개를 저었다. "난 소노코를 죽이지 않았어요."

"아까는 죽이려고 했다고 눈물까지 흘리더니 이번에는 반대로 주장하는 거야?"

"아까는 나를 보호해주려고 거짓말을 했다니까요." 준이치가 끼어들었다. "지금 그녀가 하는 말이 사실이에요."

가요코는 고개를 꺾고 훌쩍훌쩍 울기 시작했다. 그런 그녀를 야스마사는 허탈한 마음으로 바라보았다. 눈물 따위 믿을 수 없다는 건 벌써 몇 년 전부터 알고 있었다.

"너를 믿어줄 이유가 없어. 네가 이보다 설득력 있는 대답을 내준다면 이야기가 달라지겠지만."

가요코는 대꾸하지 않았다. 그저 울고 있을 뿐이었다.

"거기까지는 나도 생각했어요." 여기서 가가가 입을 열었다. "두 번째 침입자가 처음 왔다 간 사람을 의식해서 위장 공작을 했다고 하면 모든 의문이 풀리니까요. 단지 지금 이즈미 씨가 말했던 것 외에도 와인병 문제가 있어요. 왜 빈 병이었는가에 대해 당신과도 이야기했었지요? 그걸 이렇게 생각하면 앞뒤가 맞아떨어져요. 즉 진범은 소노코 씨가 수면제를 먹었다는 건 알았지만, 약이 어디에 들어 있는지는 알지 못했다. 잔 안에만 있었는가, 그게 아니면 병 속에도 있었는가. 그래서 혹시나 하고 남은 술을 버리고 깨끗이 씻어두었다, 라는 거예요. 병에서 수면제가 검출되면 자살이라고 하기에는 뭔가 이상하다고 생각할 테니까요."

설득력 있는 가설이었다.

"귀중한 의견 고맙군요. 정확한 말이에요."

"단지 처음에 말했던 대로 현시점에서 그것을 증명하는 건 불가능해요. 용의자인 유바 가요코가 그날 밤 여기에 왔었다는 증거는 없습니다."

"머리카락이 있었어요."

"그러니까 그건 그 전의 수요일에 흘린 거예요." 가요코가 눈물 섞인 목소리로 말했다.

"하지만 다른 사람의 머리카락은 나오지 않았어. 발견된 건 너와 쓰쿠다와 소노코의 머리카락뿐이야."

"하지만 이즈미 씨, 현장에 반드시 범인의 머리카락이 떨어져 있는 것도 아니에요. 그것을 막기 위해 모자를 쓰는 강도범도 적지 않거든요."

가가의 말에 야스마사는 얼굴을 찌푸렸다. 그건 그 스스로도 이미 알고 있는 일이었다.

야스마사는 유바 가요코를 보았다. 가요코는 조용히 고개를 숙인 채였다. 바로 조금 전까지는 쓰쿠다가 범인이라고 믿어 의심치 않았지만, 지금은 이 여자가 범인일 확률이 훨씬 더 높다고 야스마사는 생각했다. 뭔가 한 가지 증거만 더 있으면 확신으로 변할 터였다.

현장에서 채취한 다양한 물품들을 머릿속에 떠올렸다. 태우다 남은 종이쪽, 머리카락, 그리고 또 뭐가 있었는가.

아직 대답을 찾지 못한 게 몇 가지 더 있다는 것을 야스마사는 생각해냈다. 지금까지는 사건과 관계가 없다고 제쳐뒀지만, 그렇게 허술하게 생각해도 괜찮은 것인가.

머리카락…… 모자를 쓴 강도라―.

언젠가 읽은 신문 기사가 뇌리를 스쳤다. 기사 속의 키워드가 그의 사고 회로를 자극했다. 어금니에 끼어 있던 생선 가시가 빠진 듯한 쾌감이 온몸을 내달렸다.

그는 몇 초 동안 눈을 감고 있다가 번쩍 떴다. 그 짧은 시간 동안 그의 직감은 구체적인 생각으로 자리를 잡았다. 그는 가가를 올려다보았다.

"그거, 증명할 수 있어요"라고 야스마사는 말했다.

2

"무슨 단서가 있어요?"라고 가가는 물었다.

"물론이죠." 야스마사는 옆의 가방을 잽싸게 가가 쪽으로 던 져주었다. "그 안에 끝을 스테이플러로 박은 작은 비닐봉지와 가느다란 비닐 끈이 들어 있어요. 그걸 꺼내봐요."

가가는 웅크리고 앉아 가방 속을 뒤졌다. 야스마사가 말한 물건들을 금세 찾아낸 모양이었다.

"이거하고 이거? 근데 이게 뭐지요?" 봉지 두 개를 양손에 들고 가가가 물었다.

"비닐봉지 속을 잘 봐요. 안에 소량의 흙이 들어 있죠?"

"그런 거 같군요."

"소노코의 유체를 발견했을 때 이 방에서 채취한 거예요. 마치 누군가 이 방에 흙발로 들어왔던 것처럼 흙 알갱이가 떨어져 있었어요."

"흙발?"

"그리고 그 비닐 끈도 이 방에서 주웠죠. 소노코의 죽음과는 관계가 없다고 생각했지만 일단 확보해뒀던 것들이에요."

"이 두 가지에 뭔가 의미가 있다는 건가요?"

"아주 큰 의미가 있죠." 야스마사는 유바 가요코를 돌아보며 말했다. "아주 대담한 일을 꾸몄어. 여차할 때는 역시 여자가 더 배짱이 두둑한 모양이지?"

가요코는 희미하게 입술을 움찔했다. 하지만 소리는 나오지 않았다. 그 눈이 준이치 쪽으로 향했다.

"무슨 소리예요? 입에서 나오는 대로 떠드는 거잖아요." 준이치가 쏘아붙였다.

"그냥 나오는 대로 하는 소리가 아니라는 건 조사해보면 알아." 야스마사는 다시 가가를 올려다보았다. "유바 가요코도 소노코를 죽일 생각으로 이곳에 왔다가 쓰쿠다의 범행을 그대로 이용해서 위장 자살로 꾸미기로 했다―. 아까 내가 그렇게 말했죠? 가가 씨도 그 생각에는 동의했어요. 그렇다면 유바 가요코는 원래 소노코를 어떻게 죽일 계획이었을까요."

"아하, 그런 쪽으로는 미처 생각을 못 했어요."

"그렇겠지요. 하지만 나는 알아요. 유바 가요코는 잠이 든 소노코의 목을 졸라 죽일 생각이었어. 그 비닐 끈을 이용해서."

가가는 의아한 듯 얼굴을 갸웃하니 기울였다. "어째서 그렇게 단언할 수 있어요?"

"이건 가가 씨라면 금세 알 수 있는 일이에요. 독신 직장 여성, 교살, 흙발……. 뭔가 생각나는 거 없어요?"

가가는 입 속에서 그 말들을 되풀이해보았다. 역시 감이 예리한 형사는 여기서도 명민함을 드러냈다.

"아, 독신 직장 여성 살인사건!"

"바로 그거예요." 야스마사는 고개를 끄덕였다. "이 근처에서 일어난 직장 여성 연쇄살인사건. 네리마 경찰서에 수사본부가 설치되었다고 했죠? 그 범인은 흙발로 집 안에 들어와 잠자는 여성을 폭행한 뒤 끈으로 목을 졸라 죽였다고 뉴스에 보도됐어요. 방 안을 뒤지고 가기도 했죠. 유바 가요코는 그 방법을 흉내 내서 소노코도 그 살인범에 의해 희생된 것으로 보이게 할 생각이었던 거예요."

"말도 안 돼!" 준이치가 소리를 질렀다. "설령 누군가 그런 식으로 몰래 들어왔다고 해도 그게 가요코라는 증거가 어딨어요?"

"그러니까 조사해보면 알 거라고 했지."

"뭘 조사한다는 건데요?"

"자동차야. 이 여자에게는 미니쿠퍼 자동차가 있어. 아마 그걸 몰고 그날 밤 이곳에 왔겠지. 올 때는 괜찮지만 돌아갈 때는 분명 전차가 끊길 테니까. 그 차 안에 남겨진 흙을 조사해보면 지금 가가 형사가 들고 있는 흙과 동일하다는 게 밝혀질 거야."

"알았어요. 즉시 조사해보라고 연락할게요."

가가가 말했지만 야스마사는 고개를 저었다.

"그럴 필요는 없어요." 그렇게 말하며 야스마사는 가요코를 돌아보았다. "이 얼굴을 보면 그 추리가 맞는지 아닌지는 뻔한 일이니까."

그녀는 눈을 감고 있었다. 얼굴에 핏기가 없었다.

그런 그녀에게 야스마사는 이어서 말했다.

"자, 할 말이 있으면 해봐. 나는 이제 아무런 의문도 없어. 진상은 모두 밝혀졌어. 지금 여기서 너를 없애도 전혀 아무 문제가 없어."

"안 돼!" 준이치가 외쳤다.

그러자 가요코가 얼굴을 들었다.

"아니에요……, 그래도 아니라니까요."

"쓸데없는 말을 해봤자 더 이상 내 결심은 흔들리지 않아."

"잠깐만요, 내 말을 들어보라고요. 이즈미 씨 말대로 나는 그날 밤 여기에 왔었어요. 그건 사실이에요. 독신 직장 여성이 살해되는 사건이 연달아 일어났기 때문에 그 사건인 것처럼 만들려고 했다는 것도 맞는 말이에요. 그때는 정말 제정신이 아니었어요. 내가 미쳤었어요."

"이번에는 일시적인 정신착란을 주장하려고?"

"그런 거 아니에요. 한때나마 소노코를 죽이려고 했던 건 용서받을 수 없는 일이겠죠. 그래서 조금 전에는 준이치 씨가 한 일을 내가 했다고 고백했었어요. 방법은 다르지만 죽이려고 했던 건 사실이니까요. 하지만 이것만은 정말이에요. 나는 결국 소노코를 죽이지 않았어요."

"아직도 그런 소리를!"

"이즈미 씨, 일단 얘기를 들어봅시다." 가가가 야스마사의 말을 가로막고 유바 가요코에게 말했다. "이곳에 온 건 몇 시쯤이었지?"

"밤 12시 조금 전이었을 거예요."

"집 안에는 어떻게 들어왔지? 곧바로 복사키로 현관문을 열었나?"

가요코는 고개를 저었다.

"우선 벨을 눌렀어요. 소노코가 아직 안 잘 거라고 생각했으니까요."

"어째서?"

"아까 두 분도 말했잖아요. 이 방 창문에 전깃불이 켜진 게 밖에서 보였기 때문이에요."

"불이 꺼져 있었다면 몰래 들어올 생각이었고?"

"그건…… 두 가지 방법을 생각했어요."

"두 가지 방법이라는 건?"

"열쇠로 열어봐서 체인이 걸려 있지 않으면 그대로 몰래 들어오려고 했어요. 만일 체인이 걸려 있다면 다시 문을 닫고 차임벨을 울릴 생각이었고요."

"소노코 씨가 깨어 있었다면 목을 조르기는 어려웠을 텐데? 당신 쪽이 키도 더 작잖아. 그래도 할 생각이었나?" 가가가 당연한 의문을 던져보았다.

"준이치 씨의 방법과 마찬가지예요. 나도 기회를 노려서 그녀에게 수면제를 먹일 생각이었어요. 그러려고 그녀에게서 받았던 수면제를 준비했어요."

또 수면제인가, 하고 가가는 가만히 고개를 저었다. "근데 실제로는 불이 켜져 있었다. 그래서 벨을 울렸지만 대답이 없었다ㅡ. 그런 경우에는 어쩔 생각이었지?"

"그런 경우는 생각을 못 했어요. 그래서 잠깐 망설였는데 결국 마음먹고 열쇠로 문을 열기로 했어요. 그랬더니 체인이 걸려 있지 않아서 안으로 들어올 수 있었어요."

"들어와보니 방 안에 쓰쿠다가 범행을 하려다 말고 돌아간 흔적이 있었겠군." 야스마사가 말했다.

"아뇨, 그게 아니라⋯⋯." 가요코는 잠시 머뭇거리다가 "말해도 되지?"라고 준이치에게 물었다.

"그래"라고 준이치도 대답했다. 이미 체념한 표정이었다.

"내가 왔을 때⋯⋯." 가요코는 침을 꿀꺽 삼켰다. "준이치 씨는 아직 여기에 있었어요."

"뭐라고?" 야스마사는 놀라서 준이치를 보았다.

준이치는 시선을 돌리고 입술을 깨물었다.

"음, 가능한 얘기야"라고 가가가 말했다. "12시 전이라면 아직 쓰쿠다가 여기에 있었을 가능성이 있어요. 옆집 여자가 들은 남녀의 이야기 소리는 이 두 사람의 대화였어요."

"소노코를 죽이려고 찾아온 두 사람이 마주친 건가?" 야스마사는 자신의 뺨이 파르르 떨리는 것을 느꼈다. "웃음도 안 나오는군. 그래서 어떻게 했지? 둘이 함께 죽이기로 말을 맞췄나?"

"아니에요. 그때 준이치 씨는 이미 일을 정리하고 있던 참이었어요. 근데 갑자기 벨이 울리고 현관문이 열리니까 순간적으로 침실 문 뒤로 숨었던 모양이에요. 거기에 내가 강도처럼 흙발로 들어선 거예요. 그가 내 앞에 나타났을 때는 정말 심장이 멎을 만큼 놀랐어요. 물론 그도 놀랐고요. 내 차림새를 보고 내가 뭘 하려고 했는지, 그는 금세 알아본 것 같았어요. 그렇게 우리는 소노코의 편지를……. 준이치 씨가 그 편지를 보여줬어요. 그걸 읽어보고 나도 준이치 씨가 마음을 돌린 이유를 알았어요. 그리고 내가 얼마나 나쁜 짓을 하려고 했는지도 깨달았고요."

"그래서 가요코도 그때 마음을 돌렸던 거예요." 준이치가 말했다.

"마음을 돌리고, 그리고 그다음은?" 가가가 두 사람을 번갈아 바라보며 뒷말을 재촉했다.

"나는 고양이 달력의 뒷면에 아까 말했던 메시지를 써놓고 먼저 이곳을 나갔어요. 알리바이를 만들려고 밤 1시에는 사토와 집에서 만나기로 미리 약속했기 때문에 그 시간까지는 돌아가야 했으니까요. 그다음 일은 가요코가 정리해주겠다고 했어요."

"그러면 함께 이 집을 나간 건 아니지?" 야스마사는 다짐을 받았다. "너는 여기에 남아 있었다는 얘기야." 그는 가요코를 보았다.

그가 무슨 말을 하려는 건지 가요코는 깨달은 모양이었다. 화들짝 놀라면서 눈을 크게 끄더니 고개를 저었다.

"나는 그냥 잠깐 뒷정리를 했을 뿐이에요. 그것만 하고 곧바로 집을 나갔어요. 정말이에요. 믿어주세요."

"그럼 와인병을 비운 것도 가요코 씨?" 가가 물었다.

"네, 내가 비웠어요."

"무엇 때문에?"

"그 병에 수면제가 들어 있다고 생각했거든요. 그대로 남겨두면 소노코가 마실 거 같아서……."

"그렇군." 가가는 야스마사를 바라보며 어깨를 으쓱 쳐들었다.

"그리고 집에 돌아가서 잠시 뒤에 준이치 씨에게 전화를 했어요. 그대로 별일 없이 돌아왔으니 걱정하지 말라고 말했어요."

"틀림없이 1시 반쯤에 그녀에게서 그런 전화를 받았어요." 준이치가 말했다. 사토 유키히로와 잡담을 나누던 중에 걸려온 전화라는 게 그것인 모양이었다.

"네가 집을 나간 건 몇 시쯤이지?" 야스마사가 가요코에게 물었다.

"12시 20분쯤이었을 거예요. 현관문을 열쇠로 잠그고, 그 열쇠는 우편함에 다시 넣어뒀어요."

"그건 거짓말이야. 밤 1시 넘어서 불이 켜져 있는 걸 본 사람이 있어."

"거짓말이 아니에요. 정말 내가 이 집을 나간 건 12시 20분쯤이에요."

"그럼 왜 불이 켜져 있었지? 내가 유체를 발견했을 때는 그 불이 다시 꺼져 있었어."

"그러니까 그건……." 가요코는 쓰쿠다 준이치의 눈치를 살피는 듯한 몸짓을 보였다.

쓰쿠다가 한숨을 내쉬며 말했다. "불을 끈 건 사실 그다음 날이에요."

"다음 날?"

"네, 다음 날에도 여기에 왔었어요. 가요코와 둘이서."

"웃기는군. 점점 더 재미있는 소설을 쓰고 있어."

"아, 잠깐만요." 가가가 끼어들며 말했다. "조금 더 자세히 말해봐. 다음 날이라면 토요일인가? 토요일에도 여기에 왔었어? 뭣 때문에?"

유바 가요코가 얼굴을 들었다.

"소노코가 아무래도 걱정이 되어서 몇 번이나 전화를 했었어요. 근데 전화도 받지 않고, 아무래도 안 좋은 예감이 들었어요. 가만히 있을 수가 없어서 준이치 씨에게 상의를 했던 거예요."

"그래서 둘이 상황을 보러 왔다는 건가?"

"맞아요." 준이치는 긍정했다. "나도 걱정이 됐거든요."

"그때 차임벨을 눌렀나?" 가가는 다시 가요코에게 물었다.

"네, 눌렀어요."

"옆집 여자의 말과 일치하는군요." 가가는 야스마사에게 말하고 나서 가요코에게 그다음 말을 재촉했다. "그래서 어떻게 됐지?"

"벨을 울려도 대답이 없어서 준이치 씨의 복사키로 안에 들어왔어요. 그리고……." 그녀는 한 차례 천천히 눈을 감았다가 다시 뜨더니 말을 이었다. "소노코가 죽어 있는 것을 발견했어요."

"그때 어떤 상황이었지?" 가가는 준이치를 보았다.

"어떤 상황이었는지 그건 한마디로는……. 그러니까 이즈미 씨가 발견했을 때와 똑같았을 거예요. 다른 점은 그때는 불이 켜져 있었다는 거예요. 그 불을 끈 것 외에는 우리는 어떤 것에도 손을 대지 않고 다시 돌아갔어요."

"왜 그때 경찰에 신고하지 않았지?"

"죄송해요. 하지만 그때 신고하면 분명 우리를 의심할 거 같아서……."

가가는 야스마사 쪽을 보았다. 어떻게 생각하느냐, 라고 묻는 눈빛이었다.

야스마사는 말했다.

"타이머는 1시로 설정되어 있었어. 유바 가요코가 이 집을 나간 게 12시 20분이라고 했지? 그렇다면 소노코는 겨우 40분 동안에 혼자 잠이 깨서 이런저런 복잡한 장치를 준비해 자살했다는 얘기야?"

"하지만 그게 불가능한 건 아니죠." 가가가 말했다. 그리고 코트 호주머니에 두 손을 찌른 채 현관문에 몸을 기댔다. 그러고는 입을 반쯤 벌리고 야스마사를 내려다보았다.

대화가 끊겼다.

바람이 세게 부는지 베란다 밖에서 뭔가 펄럭거리는 소리가 났다. 이따금 덜컹덜컹하는 소리도 들렸다. 이래서 날림으로 지은 건물은 안 된다니까, 라고 야스마사는 전혀 아무 관계도 없는 생각을 했다.

"어떻게 생각해요?" 이윽고 가가가 야스마사에게 질문을 던졌다. "이 두 사람이 하는 말에 모순은 없는데."

"이런 말을 믿을 거 같아요?" 야스마사는 내뱉었다.

"이즈미 씨의 억울한 심정은 잘 알지만, 명확하게 부정할 증거가 없는 한 그들을 살인범으로 몰 수는 없어요."

"몇 번이나 말했지요? 나는 재판을 할 생각은 없어요. 내가 확신을 가지면 그걸로 충분해."

"그럼, 확신을 가졌어요? 둘 중 누가 누이동생을 죽였는지, 단언할 수 있어요?"

"할 수 있고말고. 바로 이 여자야." 야스마사는 가요코를 보았다. "지금까지의 이야기를 종합해보면 가능성은 두 가지로 좁혀져요. 한 가지는, 여기 두 사람이 말하듯이 소노코는 자살했다는 것. 그리고 또 하나는, 혼자 남았던 이 여자가 죽였다는 거겠죠. 하지만 소노코는 자살할 아이가 아니야. 그러니 이 여자가 범인이라고 생각할 수밖에 없어요. 그 편지를 읽고 마음을 돌렸다고 거짓말을 했지만, 인간의 살의라는 건 그리 간단히 사라지는 게 아니니까."

"소노코 씨가 결코 자살하지 않았다고 단언할 수는 없는 일이에요. 이즈미 씨도 처음에 유체를 발견했을 때는 자살이라고 생각했잖아요?"

"아니, 잠깐 갈팡질팡했던 거였어요."

"그런 갈팡질팡하는 마음이 소노코 씨에게는 전혀 없었다고 할 수는 없잖습니까?"

"이제 그만 됐어요. 이건 가가 씨가 알 수 없는 일이야. 소노코는 내가 제일 잘 알아요."

"그렇다면 쓰쿠다는 어떻지요? 쓰쿠다는 이제 용의자에서 제외되는 건가요?"

"나는 안 죽였어요." 쓰쿠다가 입을 툭 내밀며 말했다.

"너는 입 다물어!" 가가가 일축했다. "나는 지금 이즈미 씨와 이야기하고 있어. 어때요, 이 남자는 이제 무죄인가요? 이즈미 씨는 방금 한 이야기를 듣고, 마지막까지 이 방에 남아 있었던 게 유바 가요코라고 하니까 그녀를 범인이라고 지목했어요. 그럼 유바 가요코가 돌아간 뒤에 다시 한번 쓰쿠다가 이곳에 왔었다고 한다면, 그러면 어떻게 되지요?"

"……뭐라고?"

가가의 말이 얼른 이해되지 않아서 야스마사는 머릿속을 정리하는 데 몇 초의 시간이 필요했다.

"말도 안 되는 소리예요!" 쓰쿠다가 필사적인 얼굴로 항의했다. "내가 왜 또 여기에 와요? 일부러 범행을 중단했는데."

"그래. 돌아올 이유가 없어." 여기에서는 야스마사도 쓰쿠다의 의견에 동조하는 수밖에 없었다.

"과연 그럴까요?"

"아니라는 거예요?"

"분명 범행을 중단하고 이 집을 떠났다면 다시 돌아올 이유는 없겠지요. 하지만―." 가가는 오른손 집게손가락을 세웠다. "만일 그런 게 아니었다면?"

"그런 게 아니었다면? 그건 무슨 뜻이에요?"

"쓰쿠다는 범행을 중단할 마음이 없었다. 하지만 유바 가요코가 나타나는 바람에 어쩔 수 없이 중단하는 척하고 이 집을 나갔던 것이라면 어떨까요? 살인의 비밀을 공유하는 건 서로를 불행하게 할 위험성이 높으니까요. 그래서 일단 그런 상황을 피했던 거예요. 그리고 충분히 시간이 지난 뒤에 범행을 완수하기 위해 다시 이곳에 왔다는 것도 생각할 수 있잖아요?"

"……뭐라고?" 야스마사는 가가의 뾰족한 얼굴을 바라보며 이 불가해한 말의 의미를 풀어보려고 했다. 하지만 머릿속에 떠오르는 것이 없었다. "무슨 말을 하자는 건지 모르겠군요."

"유바 가요코는 자신이 이곳에 왔을 때는 쓰쿠다가 이미 범행을 중단했다고 말했어요. 하지만 그건 그녀가 그렇게 생각한 것에 지나지 않아요. 중단했다는 쓰쿠다의 말을 그대로 믿어버린 거라고 생각할 수도 있어요."

"사실은 그렇지 않았다는……?"

"아니에요. 정말 나는……." 쓰쿠다가 열을 내며 변명하려고 했다.

"그 입, 다물라고 했지?" 가가가 쏘아붙였다. 그리고 다시 야스마사 쪽으로 시선을 던졌다. "유바에게 뒷일을 맡기고 자기 집으로 돌아간 뒤, 역시 소노코 씨를 죽여야 한다고 생각해서 이곳으로 돌아왔다는 건 충분히 가능성이 있어요. 유바 가요코가 치워놓고 간 전기 코드를 다시 설정하고 이번에야말로 살인을 감행하는 거지요. 하지만 이번에는 유바 가요코에게 소노코 씨가 자살했다는 것을 보여주지 않으면 안 되었겠죠. 조금 전에 이즈미 씨가 유바 가요코에게 했던 것과 똑같은 말을 여기서도 할 수 있는 겁니다. 즉 두 개의 와인 잔은 그대로 두어야 했고, 소노코 씨에게 썼던 메시지는 그것이라는 걸 알아볼 정도로만 태워야 했겠죠. 그리고 빈 수면제 봉지를 한 개 더 놓아두었고. 거기까지 위장 공작을 한 뒤에야 마침내 현장을 떠난 겁니다. 물론 이건 쓰쿠다에게는 예정에 없던 행동이었어요. 사실은 처음에 소노코 씨를 죽이고, 나아가 밤 2시 이후의 알리바이도 완벽하게 해둘 생각이었죠. 그런데 유바 가요코의 눈을 피해서 다시 찾아오는 바람에 애써 준비한 처음의 알리바이 트릭도 쓸모가 없게 되었다……."

단숨에 거기까지 말한 뒤에 "어때요?"라고 야스마사에게 물었다.

야스마사는 한숨을 내쉬었다.

"언제부터 그런 추리를 했죠? 지금 이 자리에서 갑작스레 생각난 건 아닐 텐데?"

가가는 쓴웃음을 지었다.

"유바 가요코와 쓰쿠다 준이치로 용의자가 좁혀졌을 때부터 다양한 가설을 세웠어요. 상황에 들어맞는 가설을 말이죠. 나는 이즈미 씨가 사소한 물적 증거를 바탕으로 가설을 세우는

데는 프로라고 생각해요. 하지만 살인사건에 관해서라면 내가 더 프로예요."

"흠, 역시나."

"지금의 가설에 모순이 있어요?"

"아니, 없어요." 야스마사는 고개를 저었다. "정말 기막히게 딱 맞아떨어져요. 하지만." 그는 가가를 올려다보았다. "그런 경우라도 유바 가요코 쪽이 범인일 가능성은 여전히 남아 있어요."

"맞는 말이에요." 가가는 고개를 끄덕였다. "조금 더 말하자면 소노코 씨가 자살했을 가능성도 여전히 남아 있죠."

야스마사는 신음을 올렸다.

범인은 쓰쿠다의 범행을 이어받은 유바 가요코인가.

아니면 가요코에 의해 중단된 범행을 다시금 쓰쿠다가 실행한 것인가.

혹은 역시나 소노코의 자살인가.

진실을 밝히기 위해 이토록 기나긴 논쟁을 주고받은 결과가 이런 애매한 형태로 나올 줄은 야스마사도 예상하지 못했다. 처음부터 가가에게 말했던 대로, 야스마사는 명백한 증거가 없더라도 자신이 확신할 수 있는 대답만 찾아내면 된다고 생각했던 것이다.

하지만 이제는 어떤 대답에도 확신을 가질 수 없었다.

"솔직히 말해봐." 야스마사는 두 사람의 용의자를 번갈아 노려보았다. "죽인 건 둘 중 누구지?"

"둘 다 아니에요"라고 준이치는 대답했다. 오랜 시간 몸이 묶이고 정신적으로도 피곤한 탓인지 그 목소리에는 힘이 없었다. "이즈미 씨가 처음부터 잘못 알고 있었어요."

"소노코는 내가 저지른 짓에 충격을 받고 자살했어요. 그런 의미에서는 우리 두 사람이 죽인 것이라고 할 수 있지만……."

"그런 대답을 듣고 싶은 게 아니야!"

야스마사의 고함 소리에 두 사람은 완전히 침묵했다.

일이 복잡해진 것은 두 사람이 다른 한쪽을 보호해주고 있는 게 아니기 때문이다. 범인이 아닌 쪽은 바로 지금도 상대를 믿고 있다. 소노코의 죽음은 자살이라고 진심으로 믿고 있는 것이다.

"이즈미 씨." 가가가 조용히 말했다. "이 사건의 심판은 우리에게 맡겨주시죠. 지금 이 자리에서는 여기까지가 한계예요."

"당신들에게 맡기면 어떻게 되는데요? 결국 답은 찾지도 못하고 자살이라는 식으로 결론이 나겠죠."

"그렇게는 안 될 겁니다. 맹세해도 좋아요."

"글쎄, 그럴까? 네리마 경찰서의 높은 분은 처음부터 아예 자살로 처리할 생각이었는데? 어떻든 나는 이 자리에서 끝장을 낼 겁니다."

"이즈미 씨……."

"더 이상 말하지 맙시다."

3

얼굴에 기름이 뜬 것을 스스로도 알 수 있었다. 젖은 수건으로 닦고 싶다고 생각했다. 하지만 양손에 쥐고 있는 스위치를 내려놓을 수는 없었다. 아마도 가가는 그 순간을 기다리고 있을 것이다.

야스마사는 슬슬 요의가 몰려오는 것도 느꼈다. 쓰쿠다 준이치와 유바 가요코가 아직까지 화장실에 가겠다는 말을 하지 않은 건 다행이었다. 하지만 언제까지고 그럴 수는 없다. 그런 때는 어떻게 할 것인지 생각해둘 필요도 있었다.

답을 찾아내야 한다는 생각에 야스마사는 초조했다. 만일 이 자리에서 답을 찾지 못한다면 다시는 자신의 손으로 복수할 기회를 얻을 수 없을 터였다.

하지만 답을 찾아낼 수 있을까.

야스마사는 머릿속에서 다양한 문제들을 샅샅이 검증했다.

막다른 궁지인가, 하고 체념하는 마음이 문득 머리를 쳐들었다. 그는 가가를 올려다보았다. 형사는 넓은 등을 야스마사

쪽으로 내보인 채 현관 턱에 앉아 있었다. 코트를 입은 채였다. 지긋이 뭔가를 기다리는 것처럼 보였다.

내가 체념하기를 기다리는 거라고 야스마사는 생각했다. 이 형사는 내가 답을 찾지 못하리라는 것을 이미 알고 있는 것이다.

그러면 이 형사는 답을 찾았을까.

야스마사는 조금 전에 가가 형사가 했던 말을 다시 생각해 보았다.

"그렇게는 안 될 겁니다. 맹세해도 좋아요."

어떻게 그런 단정적인 말을 할 수 있는지 문득 이상하게 느껴졌다. 조금 전 가가 형사는 위층에 사는 호스티스의 증언을 소노코의 죽음이 자살이 아니라는 증거로 제시했었다. 하지만 그 말도 이제는 증거로서의 역할을 하지 못하고 있다. 그런데도 가가 형사가 자신만만하게 단언할 수 있는 건 무엇 때문인가.

아직도 그에게는 비장의 카드가 있다는 건가.

야스마사는 답답했다. 자신이 가설을 세우는 데 프로라는 자부심은 있었다. 하지만 분명 살인사건에 관해서라면 가가 형사 쪽이 윗길인지도 모른다.

야스마사는 지금까지 가가와 나누었던 대화를 모두 다 기억해보려고 했다. 그는 지금까지 몇 번이나 의미심장한 발언을

372

했다. 그리고 그 말들은 거의 모두 실제로 의미가 있었다. 하지만 아직 의미가 판명되지 않은 말이 혹시 없었던가?

야스마사의 시선이 가가의 옆구리 쪽으로 옮겨 갔다. 신발장 쪽에서 배드민턴 라켓이 보였다.

오른손잡이와 왼손잡이에 대한 이야기를 했던 게 생각났다. 그때도 가가는 의미심장한 말을 했었다.

"파괴에는 반드시 메시지가 있어요. 그건 어떤 사건에서도 공통적으로 말할 수 있는 진리예요."

그건 어떤 뜻에서 한 말이었을까. 이번 사건과는 관계가 없는 말인가. 아니, 그렇지는 않다고 야스마사는 생각했다.

하지만 이번 사건에서 파괴된 것이 있었는가? ……전기담요의 코드가 절단되었다. 그 밖에는? 그 밖에 절단된 것, 부서진 것, 찢어진 것은 없었던가? ……그러고 보니 가가의 명함을 찢었던 일이 있었다. 이어서 갑자기 눈앞의 안개가 한꺼번에 걷히는 듯한 느낌이 들었다.

그는 쓰쿠다 준이치에게 물었다.

"이봐, 전기 코드를 칼로 자르고 비닐 피복을 깎아낼 때, 장갑을 꼈어?"

돌연 생각지도 못한 질문을 받았기 때문인지 준이치는 약간 당황하는 표정을 보이더니 "장갑, 꼈어요"라고 고개를 끄덕였다.

"그리고 칼에 소노코의 지문을 찍어둔 거야?"

"아뇨, 그런 짓까지는 안 했어요. 저는 그 전에 범행을 중단했다니까요."

"그랬군."

칼에는 소노코의 지문이 찍혀 있지 않았다. 적어도 범인에 의해 강제로 찍히지는 않았다.

전에 가가가 왼손잡이에 대한 이야기를 꺼냈을 때, 야스마사는 아마 범인이 칼에 강제로 찍어둔 소노코의 지문을 보고 가가가 범인이 소노코와는 달리 오른손잡이라는 것을 알아냈을 거라고 생각했었다. 하지만 지금 쓰쿠다의 말을 들어보면 그 칼에는 지문이 없었다.

그러면 가가는 어째서 왼손잡이냐 오른손잡이냐 하는 문제에 집착했던 것일까. 우편물을 뜯는 방법을 보고 소노코를 왼손잡이라고 간파해낸 것까지는 좋았지만, 그것이 이번 사건과 어떤 관계가 있었단 말인가.

다시금 명함을 찢었던 일이 생각났다.

몇 초 뒤, 그는 대답을 발견했다.

그렇다. 바로 그것 때문에 가가는 소노코가 자살한 게 아니라고 확신하게 된 것이다—.

가령 쓰쿠다 준이치와 유바 가요코의 말이 모두 진실이고, 소노코는 역시 자살한 것이라고 한다면, 반드시 소노코 스스로 해야 하는 일이 몇 가지가 있다. 우선 메시지를 적어둔 달력과 사진을 태우는 일. 전기 코드를 자신의 몸에 붙이고 타이머를 설정하는 일. 그리고 수면제를 먹고 침대에 오르는 일. 그런 일들 중에는 소노코가 아닌 사람이 무의식적으로 했을 경우에 분명하게 소노코와는 다른 흔적이 남을 가능성이 있는 것이 존재한다. 그것은 오른손잡이냐 왼손잡이냐 하는 문제와 밀접한 관계가 있다.

야스마사의 시선이 한 가지 물건을 찾아 헤맸다. 그리고 곧바로 그 물건을 발견했다. 그것은 가가의 옆구리 쪽에 있었다. 어느새 그곳으로 옮겨 갔는지 야스마사는 알지 못했다.

"미안하지만"이라고 야스마사는 말했다. "거기 있는 그 쓰레기통을 좀 집어줄래요? 그 장미꽃 무늬 쓰레기통."

들리지 않았을 리가 없는데 가가는 선뜻 반응을 보이지 않고 있었다. 그것이 모종의 의사 표시라고 야스마사는 직감했다. 그래서 이렇게 말을 이었다. "아니, 쓰레기통 안에 있는 것을 집어줘도 좋겠죠."

이번에는 가가도 몸을 움직였다. 여전히 등을 보인 채로 귀찮다는 듯 왼손 끝으로 쓰레기통을 집어 들고 거꾸로 뒤집어 보였다. 쓰레기통에서는 아무것도 떨어지지 않았다.

"벌써 챙겨두셨군?" 야스마사는 말했다.

가가는 자리에서 일어나 야스마사 쪽으로 몸을 돌렸다. 얼굴 표정이 심각해져 있었다.

"아직 답이 나왔다고는 할 수 없어요." 형사는 말했다.

"그렇겠죠. 당신은 그렇게 말할 수밖에 없을 거예요. 하지만 답은 나왔어요. 내 눈으로 그 순간을 목격했거든."

야스마사의 말에 가가는 크게 숨을 들이쉬었다. 그 모습을 보며 야스마사는 고개를 끄덕였다.

"지금의 내 말로 당신도 답을 얻었겠지요? 감식과에 의뢰하는 수고를 덜 수 있겠군요."

그리고 야스마사는 손안의 스위치를 바라보았다. 이제 더 이상 망설일 것은 없었다. 진상은 완전히 밝혀진 것이다.

"무슨 말이에요?" 가요코의 목소리가 높아졌다.

"똑똑히 설명해주셔야죠!" 준이치가 소리쳤다. 눈에 핏발을 세우고 있었다.

야스마사는 피식 웃었다.

"이제 더 이상 너희는 아무 말 안 해도 돼. 답은 나왔어."

"어떻게 나왔다는 거야!"

"보면 알아." 야스마사는 양손에 든 스위치를 천천히 얼굴 높이까지 들어 올렸다. "자, 살아남는 건 둘 중 누구일까?"

두 사람의 피고는 당장 새파랗게 질렸다.

"잠깐만요!" 가가가 말했다.

"말려도 소용없어요." 가가 쪽을 쳐다보지 않고 야스마사는 대답했다.

"그런 복수는 아무 의미도 없어요."

"당신은 내 심정을 몰라. 소노코는 내 삶의 보람이었어."

"그렇다면……." 가가가 몸을 내밀었다. "소노코 씨와 똑같은 잘못을 범해서는 안 돼요."

"잘못?" 야스마사는 가가를 쏘아보았다. "소노코가 무슨 잘못을 범했다는 거야? 그 애는 아무것도 잘못한 게 없어. 아무 짓도 안 했다고!"

그러자 가가는 한순간 고통스러운 표정으로 쓰쿠다 준이치와 유바 가요코 쪽을 보았다. 그리고 다시 야스마사에게로 시선을 돌렸다.

"이 둘이 왜 소노코 씨를 죽이려고 했는지, 알고 있어요?"

"그거야 뻔하지. 두 사람이 만나는 데 소노코가 방해가 되었기 때문이겠지."

"어째서 그렇게 방해가 되었을까요? 이 두 사람이 소노코 씨를 배신했다고 해서 법에 저촉되는 것도 아닌데."

"세 사람 사이에 어떤 다툼이 있었는지는 모르겠어요. 관심도 없습니다."

"그게 중요한 대목이에요. 소노코 씨는 이 두 사람이 사귄다는 것을 알고 복수하려고 했던 거예요."

"복수? 어떻게?"

"유바 가요코의 과거를 폭로하려고 했어요."

"유바 가요코의 과거?"

야스마사는 가요코를 보았다. 그녀는 얼굴을 추하게 일그러 뜨리고 있었다. 가가가 이제부터 말하려는 것을 그녀도 예상 하고 있고, 그 말을 들으면서 받을 고통을 벌써부터 느끼고 있 는 눈치였다.

그리고 쓰쿠다 준이치 역시 똑같은 괴로움을 맛보고 있는 것처럼 보였다.

"소노코 씨가 지난 화요일에 얼굴을 가리다시피 하고 어딘 가에 나갔다는 이야기를 했었죠? 어디에 갔을까요?"

"어디에 갔었는데요?"

"비디오 대여점이었어요."

예상 밖의 대답에 야스마사는 적잖이 허둥거렸다.

"······그런 곳에 왜?"

"비디오를 빌리기 위해서죠." 가가는 대답했다. "성인 비디 오라는 놈입니다."

"농담하고 있을 시간은 없소이다."

"농담이 아니에요. 정말로 소노코 씨는 그런 비디오를 빌려 왔어요."

"당신이 어떻게 그걸 알고 있죠?"

"소노코 씨가 사망한 뒤에 이 집에 우편 광고물이 왔었지요? 그 속에 수상쩍은 비디오 대여점의 광고물이 있었어요. 아시는지 모르겠지만, 그런 광고지는 대여점에서 한 번이라도 성인 비디오를 빌린 고객에게만 보내는 경우가 대부분이에요. 그래서 근처 비디오 대여점을 조사한 끝에 그날 소노코 씨가 갔던 대여점을 찾아냈어요. 그런 것을 빌리러 오는 여자 손님은 별로 없기 때문에 점원이 똑똑하게 기억하고 있더군요. 그날 소노코 씨가 빌려 온 비디오의 제목도 기록이 남아 있었어요. 꽤 오래전의 성인 비디오였죠. 점원에 의하면 그 주연 여배우가 출연한 건 그 한 편뿐이었다더군요. 나는 그 주연 여배우와 뭔가 관계가 있을 거라고 생각하고 일부를 프린트했어요. 그걸 들고 다니면서 비디오가 촬영되었던 무렵의 소노코 씨의 친구 관계를 알아본 겁니다. 그 결과, 저 여자라는 게 판명되었죠." 그렇게 말하며 가가는 침실 안쪽에 있는 여자를 가리켰다.

여자는 바깥 세계를 차단하려는 듯 눈을 질끈 감고 있었다. 젊은 시절, 아마도 돈벌이 삼아 가벼운 마음으로 했을 터인 그 일을 이제 새삼 후회하고 있는지도 모른다.

"내가 헤어지자고 말했을 때, 소노코는 가요코의 과거를 폭로하면서 그런 여자는 나한테 어울리지 않는다고 했어요." 준이치가 고개를 숙인 채 말했다. "처음에는 깜짝 놀랐지만, 나는 과거는 과거라고 생각하고 그런 건 깨끗이 잊어버리기로 했어요. 그랬더니 소노코는 만일 가요코와 결혼한다면 우리 부모님에게 비디오를 보내겠다고 협박하고……, 여기저기 다 공표해버리겠다고…….”

“거짓말! 소노코가 그런 짓을 할 리가 없어!”

“사실이에요. 게다가 그녀는 가요코도 협박했어요. 나와 헤어지지 않으면 옛날 일을 나한테 말해버릴 거라고 했어요. 내가 그런 얘기를 가요코에게 하지 않았다는 걸 알고 그걸 이용했던 거예요.”

“거짓말이야. 말도 안 되는 소리.”

“이즈미 씨.” 가가가 말했다. “소노코 씨가 옆집 프리라이터에게서 비디오카메라를 빌리려고 했다는 건 당신도 알고 있지요? 비디오카메라는 촬영에만 쓰이는 게 아니라 비디오 데크로도 쓸 수 있어요. 그걸 빌리려고 한 건 비디오를 복사할 목적이었던 거예요.”

“하지만 결국 그 카메라는 빌리지 않았잖아요.”

“그래요. 아슬아슬한 순간에 소노코 씨는 깨달은 거지요. 이런 짓은 자신의 가치를 깎아내리는 일이라는 것을.” 가가는 발치에 떨어져 있던 편지 조각을 주웠다. “여기에 적혀 있어요. 악마에게 영혼을 팔아 너희의 행복을 망가뜨린다 한들 나는 결국 아무것도 얻을 게 없다, 그 뒤에 남는 것은 인간으로서의 자존심도 버린 비참한 빈껍데기뿐이다―. 이즈미 씨가 지금 그 스위치를 누른다면 그건 악마에게 영혼을 파는 일이에요.

그래서는 아무것도 해결되지 않아요."

가가의 목소리가 잠시 메아리가 되어 남았다.

야스마사는 손안을 가만히 바라보았다. 두 개의 스위치는 손바닥에서 흐른 땀으로 흥건히 젖어 있었다.

야스마사는 다시 한번 두 개의 스위치를 얼굴 높이까지 들어 올렸다. 쓰쿠다 준이치와 유바 가요코의 충혈된 눈이 그쪽으로 향했다. 그들은 차마 소리도 내지 못하는 기색이었다.

이윽고 그는 한쪽 스위치를 던져버렸다. 남은 것은 범인의 몸에 연결된 스위치였다.

"이즈미 씨!" 가가가 외쳤다.

야스마사는 가가를 빤히 쳐다보다가 다시 범인의 얼굴을 응시했다. 스위치에 손가락을 얹었다.

범인이 절규했다. 범인이 아닌 쪽도 비명을 질렀다.

가가가 덮쳐드는 것을 곁눈으로 느끼며 야스마사는 손가락 끝에 힘을 넣었다.

몸을 던져 덮치는 힘에 떠밀려 야스마사는 바닥에 나동그라졌다. 스위치는 그의 손을 떠났다. 하지만 그것은 이미 ON이 되어 있었다.

가가는 급하게 범인을 돌아보았다.

하지만—.

아무 일도 일어나지 않았다. 아무도 죽지 않았다. 범인은 얼빠진 듯한 얼굴로 멍한 시선을 허공에서 허우적거리고 있었다.

범인이 무사한 것을 확인하고 가가는 다시 야스마사를 돌아보았다.

"스위치는 원래부터 전기에 연결되지 않았어요."

야스마사는 툴툴거리며 천천히 몸을 일으켰다. 오랜 시간 같은 자세로 서 있었던 탓인지 무릎이 우두둑거리는 소리를 냈다.

가가가 입을 일자로 꾹 다물고 야스마사를 보고 있었다. 그리고 그대로 머리를 숙였다. "고마워요, 이즈미 씨."

"뒷일을 부탁하리다."

두 남자가 좁은 방 안에서 서로 엇갈렸다. 야스마사는 자신의 구두를 신었다.

그는 문을 열고 밖으로 걸음을 내밀었다. 찬 바람이 눈에 스몄다.

소노코를 생각해보려고 했지만 그토록 사랑했던 누이의 얼굴이 제대로 떠오르지 않았다.

잠시 뒤에 가가가 문밖으로 나왔다.

"서에 연락했어요. 현관 체인에 대해 사실대로 말해줄 거죠?"

알았어요, 라고 야스마사는 고개를 끄덕였다.

"당신은 내가 범인을 진짜로 죽일 줄 알았어요?"

"어려운 질문을 하시네." 형사는 웃었다. "당신을 믿기는 했어요. 이건 정말입니다."

"뭐, 그런 걸로 해둡시다."

스위치 내부를 전기와 연결해두지 않았던 것은―.

가가 형사, 당신과 다시 한번 술을 마시고 싶었기 때문이요, 라고 말한다면 이 남자는 어떤 얼굴을 할까. 그 상상은 야스마사의 쓰린 가슴을 제법 부드럽게 쓰다듬어주었다.

"의미 없는 짓을 했다는 생각이 드는군요."

"무슨 말이지요?"

"둘 중 누군가 소노코를 죽였다―. 그냥 거기까지만 알면 충분했어요."

가가는 아무 말도 하지 않았다. 그 대신 먼 곳의 하늘을 가리켰다.

"서쪽이 컴컴하군요."

"날이 궂을 모양이네요."

야스마사는 하늘을 올려다보았다. 그건 눈물이 쏟아지는 것을 막기 위한 몸짓이기도 했다.

둘 중 누군가 그녀를 죽였다

지은이 히가시노 게이고
옮긴이 양윤옥
펴낸이 김영정

초판   1쇄 펴낸날 2009년 6월 30일
개정판 1쇄 펴낸날 2019년 7월 25일
개정판 9쇄 펴낸날 2024년 10월 10일

펴낸곳 (주)**현대문학**
등록번호 제1-452호
주소 06532 서울시 서초구 신반포로 321(잠원동, 미래엔)
전화 02-2017-0280
팩스 02-516-5433
홈페이지 www.hdmh.co.kr

© 2019, 현대문학

ISBN 978-89-7275-004-8 04830
     978-89-7275-000-0 (세트)

• 책값은 뒤표지에 있습니다.
• 파본은 구입처에서 교환해드립니다.

하는 '답변 매뉴얼'까지 만들었다는군. 아, 그리고 사족이지만, 지금 이 글을 읽고 있는 독자 여러분, **이제부터 소설 내용을 자세히 이야기할 겁니다.** 추리의 즐거움이 사라질 수 있으니 이 점, 부디 주의하시기를!

조교 : 교수님, 지금 누구하고 얘기하시는 거예요? 요즘 한창 유행하는 '메타 레벨'이라는 그 까다로운 수법인가요? 에이, 괜히 젊은 평론가들 흉내를 내시면 안 되죠.

교수 : 에헴, 그럼 본론으로 들어가볼까? 근데 자네, 가장 중요한 소설의 줄거리는 똑똑히 파악했나?

조교 : 사건의 배경은 요새 흔하게 떠도는 이야기라고 할 수 있죠. 도쿄에 올라와 직장 생활을 하는 미혼 여성 이즈미 소노코가, 고향 아이치현에 사는 오빠 이즈미 야스마사에게 한 통의 전화를 겁니다. 믿었던 상대에게 배신당했다는 얘기였어요. 그리고 그다음 날은 고향에 내려오겠다고 오빠에게 말했는데 아무리 기다려도 오지도 않고 연락도 안 됩니다. 전화가 온 게 금요일 밤이었지만, 오빠 야스마사는 밤샘 근무를 끝낸 월요일에야 도쿄에 올라가 소노코의 사체를 발견합니다.

교수 : 처음에는 수면제를 먹고 감전 자살을 한 것처럼 보였지만, 야스마사는 그런 자살설과는 모순되는 단서를 잡고 여동생은 살해되었다고 확신하게 돼. 이윽고 용의자로 보이는 두 사람의 존재를 파악했고, 개인적으로 복수하기로 맹세했어. 야스마사는 교통과 경찰관으로, 교통사고 흔적으로 상황을 추리하는 일에 익숙했고, 게다가 경찰이 어떻게 움직이는지도 잘 알고 있었거든. 흠, 썩 훌륭한 설정이야.

조교 : 그래서 명백히 자살한 것으로 보이게 하기 위해 야스마사는 증거를 인멸하고 현장의 물증들을 빼내기도 합니다.

교수 : 하지만 히가시노 게이고의 작품에 단골로 등장하는 형사 가가 교이치로는 이 자살설에 의문을 품었어. 그리고 야스마사가 뭔가를 숨기

고 있다는 것도 알아냈지.

조교 : 야스마사와 가가의 대결 장면은 〈형사 콜롬보〉나 〈후루하타 닌 자부로古畑任三郎〉+가 생각나던데요?

교수 : 야스마사가 범인을 쫓는 탐정 역할이면서 동시에 가가에게는 '유사 범인'으로 보인다는 게 재미있지. 범인 찾기와 서술 트릭이 합쳐진 것이라고 할 수 있어. 그리고 가가의 입장에서 보자면, 범인의 위장 공작과 함께 야스마사의 위장까지 더해진 수수께끼를 풀어야만 하는 거야. 어려운 일인 만큼 가가의 예리한 추리력이 한층 더 두드러지는 이 점도 있어. 범행에 이르게 된 삼각관계는 지극히 흔한 스토리지만, 이건 추리에 방해가 되는 부분은 과감하게 생략하겠다는 작가의 계산에서 나온 거야. 줄일 수 있는 부분은 대폭 줄이고 단순하면서도 교묘하게 공들인 구성으로 평범한 범인 찾기 추리 퍼즐과는 분명하게 다른 작품을 만들어냈어.

조교 : 어쨌거나 가장 중요한 범인 말인데요, 야스마사는 칼날에 붙은 부스러기를 보고……

교수 : 음. 제2장 49쪽 이후의 묘사는 특히 주의 깊게 읽어봐야 해. 52쪽에 테이블 주위에 남겨진 물건들(와인 잔, 빈 약봉지, 수첩용 연필 등)을 보고 '뭔가 마음에 걸렸다'라고 하는 묘사가 나오지? 이어서 부엌의 식기 바구니에 있던 식칼을 발견했어(54쪽). 칼날의 오른편에 전기 코드를 깎아낸 부스러기가 붙어 있었기 때문에 이건 자살을 위장한 살인이라고 확신하게 되지. 이 단계에서는 독자는 미처 알지 못하지만, 나중에 '소노코는 왼손잡이였기 때문이다. 그녀는 연필과 젓가락은 오른손으로 쥐었다. (중략) 하지만 그 이외의 물건을 잡을 때는 모두 왼손을

+ 일본 후지텔레비전 방송사의 형사 드라마 제목이자 주인공 형사의 이름.

썼다. 테니스를 할 때도 공을 던질 때도 왼손이었다. 그리고 소노코가 왼손으로 능숙하게 양배추 채를 써는 것을 야스마사는 수없이 보았다 (100~101쪽)'라고 밝히는 부분이 있어. 그러니 식칼을 사용한 사람은 소노코가 아니라는 답을 이끌어낼 수 있는 거야.

조교 : 그럼 오른손잡이냐 왼손잡이냐 하는 문제인가요? 에이, 너무 시시하네요!

교수 : 이봐, 이 소설이 그렇게 만만할 리가 있어?!

조교 : 크윽, 깜짝 놀랐어요, 갑자기 큰소리를 내시고.

교수 : 제5장부터 제6장까지 사건은 뜻하지 않은 방향으로 흘러가지?

조교 : 네, 가요코가 소노코에게 수면제를 먹여 죽이려 했다고 실토해요.

교수 : 하지만 전기 코드를 붙이는 데 반창고를 사용했다는 점을 보면 그 고백은 거짓말이라는 걸 알 수 있어. 반창고는 책장의 가장 위쪽 구급상자에 있었어. '일본 여자 중에서도 키가 작은 편(119쪽)'인 가요코가 그걸 사용하기는 어렵다는 논리야. 즉 범인이라면 금방 알았을 정보를 가요코는 모르고 있었어.

조교 : 그래서 가요코가 실토한 일들이 사실은 준이치가 한 짓이라는 역전이 가능했군요.

교수 : 그렇지, 첫 번째 수면제의 약봉지를 뜯고, 식칼로 코드를 깎아내는 행위는 준이치가 오른손으로 했던 거야. 준이치는 추리소설을 꽤 읽는(22쪽) 편이기 때문에 당연히 소노코가 어떤 손을 쓰는지는 확인했을 거야. 19쪽의 장면에서 둘이 이탈리아 요리를 먹었지만, 소노코는 나이프와 포크는 오른손을 쓰는 사람과 똑같이 쥐었다(217쪽), 라고 야스마사가 증언하고 있지? 그러니까 준이치는 소노코가 왼손잡이라는 것을 알지 못했다는 얘기야. 하지만 두 사람이 그렇게 실토한 시점에서는 식칼을 어떤 손으로 쥐었느냐 하는 점으로는 더 이상 범인을 특정할

수가 없게 돼.

조교 : 가요코도 오른손잡이였죠? 소노코의 통아에 찾아왔을 때 '그녀는 오른손으로 붓 펜을 들고(118쪽)'라고 나오잖아요?

교수 : 음, 하지만 소노코와 마찬가지로 젓가락이나 연필은 오른손을 쓰고 그 밖에는 왼손을 썼을 가능성도 있어. 120쪽을 잘 읽어보라고. 야스마사가 오른손에 든 종이컵의 커피를 가요코에게 건네주는 장면이 있어. 이런 경우, 악수를 하듯이 똑같이 오른손으로 받는 게 맞겠지? 그런데 잠시 두 사람의 대화가 이어진 뒤에 '유바 가요코는 오른손을 뺨에 댔다(122쪽)'라는 묘사가 나와. 두 사람은 제단을 마주한 파이프 의자에 앉아 있어. 즉 컵을 내려놓을 테이블이 없는 거야. 그러니까 가요코는 그 컵을 항상 편하게 쓰는 왼손으로 바꿔 들었다, 라는 추리도 가능하겠지?

조교 : 그래도 준이치는 오른손잡이고 가요코는 어느 쪽 손을 쓰는지 확실하지 않다는 이야기라면, 그건 결정적인 단서가 될 수 없잖아요?

교수 : 실은 이 문고본은 단행본으로 출간했을 때와는 달리, 삭제해버린 부분이 딱 한 군데가 있어. 그걸 삭제한 덕분에 난이도가 한층 높아졌지. 312쪽에는 '가요코는 잠시 망설이는 기색이더니 마지막에는 결심한 듯 약봉지를 뜯어'라고 나와 있어. '약봉지를 뜯어'의 바로 앞에 있었던 '×손으로'를 삭제한 거야.

조교 : 그럼 야스마사는 그 약봉지를 뜯는 방법을 보고 범인을 알아낸 거군요! 하지만 어느 쪽 손으로 약봉지를 뜯었는지 독자에게 밝혀주지 않는다면 이건 불공평한 게임이잖아요?

교수 : 하하하, 자네는 까맣게 몰랐겠지만, 독자들은 그 말을 삭제해도 다른 부분을 통해 충분히 논리적으로 추리할 수 있으니까 걱정 마. 215쪽부터 216쪽에서 가가는 소노코가 봉투를 어떤 방법으로 뜯었는

6

지 확인했지? 그러니까 수면제 약봉지를 뜯는 방법이 가장 중요했던 거야. 약봉지 하나는 본인이 고백한 대로 오른손잡이인 준이치가 뜯었어. 그건 소노코와는 반대 방향으로 뜯어져 있었지. 그리고 가가가 타살이라고 단정했다는 점에서 거꾸로 생각해보면, 직접적인 묘사는 없었지만 또 하나의 약봉지도 소노코와는 반대 방향으로 뜯어져 있었다고 추리할 수 있어. 야스마사가 52쪽에서 뭔가 마음에 걸린다고 느꼈던 것도 바로 이 점이야. 그리고 야스마사는 가요코가 뜯은 수면제 약봉지를 보고 범인을 특정할 수 있었어. 만일 가요코가 위장 공작을 했을 때와 똑같은 방법으로 그 약봉지를 뜯었다면 야스마사는 범인을 특정할 수 없었겠지. 야스마사가 대답을 얻어냈다는 건, 위장 공작 때와는 다른 방법으로 뜯었기 때문이야. 따라서 가요코는 '×손으로' 약봉지를 뜯었다는 추리가 성립되는 거지. 즉 범인은 ○○○야!

조교 : 앗, 교수님, 이름 부분이 잘 안 들렸어요! 어휴, 뭐가 뭔지 정말 복잡하네요.

교수 : 문고본으로 나올 때 단 한 마디를 빼버린 것 때문에 난이도뿐만 아니라 작품의 수준까지 몇 단계나 올라갔다고 할 수 있어. 근데 이걸로는 뭔가 부족하다고 생각하시는 독자라면 범인 찾기 제2탄 『내가 그를 죽였다』에 도전해보면 어떨까? 이쪽은 용의자가 세 명이나 되니까 훨씬 더 난해한 대학원 박사 정도의 수준이거든.

조교 : 어이쿠, 저한테는 너무 힘들겠네요. 교수님이 그때도 추리 안내서를 써주신다면 저도 읽을게요.

교수 : 아니, 아니, 나는 그때쯤에는 정년퇴직이야.

니시가미 신타西上太 1957년생. 와세다대학 법학부 졸업. 대학 재학 중 미스터리 클럽에서 활동. 일본 추리작가협회 회원이며, 주로 미스터리 작품의 평론을 맡고 있다.

조교 : (똑똑똑) 교수님, 계세요?

교수 : 음, 웬일이야, 머리에서 김이 폴폴 나는데?

조교 : 네, K라는 출판사에서 교정지를 보내왔거든요. 우리 스터디그룹의 교재로 쓸까 하고 읽어봤는데 이게 아주 재미있어요. 근데 끝까지 다 읽어도 범인 이름이 나오질 않더라고요. 담당 편집자가 매사에 덤벙거리는 친구라서 몇 장을 빠뜨리고 보냈나 봐요.

교수 : 어디 보자, 교정지 보내면서 몇 장을 빠뜨리다니, 그건 좀 이상한 소리네······. 아, 히가시노 게이고의 『둘 중 누군가 그녀를 죽였다』로군? 이봐, 이 작품은 일부러 범인의 이름을 밝히지 않고, 추리의 결정적인 단서를 독자에게 생각하게 하는 파격적인 구성의 본격 미스터리 소설이야. 주의 깊게 읽어보고 작품 안에 숨어 있는 단서를 바탕으로 추리해나가면 저절로 범인의 이름을 알게 된다는 취지로 쓴 거란 말이지. 매사에 덤벙거리는 건 바로 자네야.

조교 : 어휴, 정말 심술궂은 작가로군요. 독자를 고민에 빠뜨리는 게 재미있는 모양이죠?

교수 : 하하하, 그나저나 자네는 범인을 알아냈나?

조교 : 네, 저도 교수님의 미스터리 스터디그룹에서 그냥 멋으로 조교 생활을 해온 게 아닙니다. 아, 그렇긴 한데요, 두 사람까지는 좁혀졌는데 거기서부터 좀······.

교수 : 끙. 이 친구, 조교수 되려면 아직 한참 걸리겠군. 이봐, 용의자는 처음부터 두 사람뿐이었어. 뭐, 좋아, 자네처럼 깜깜하지는 않아도, 결정적인 단서를 찾지 못하는 독자가 많을 거라고 담당 편집자가 꽤나 근심 걱정을 했어. 그 바람에 이런 전대미문의 '추리 안내서(봉인 해설)'라는 것까지 붙였을 정도니까 좀 어려운 작품이기는 하지. 단행본으로 출간되자마자 편집부에 독자들의 문의 전화가 쇄도해서 그런 전화에 대응

추리 안내서

(봉인 해설)
—니시가미 신타

주의 : 봉인된 이 추리 안내서에는 범인의 실체에 대한 결정적인 단서가 등장합니다. 스포일러가 될 수 있으므로 소설 본문을 모두 읽고 난 뒤 개봉해 읽어 주시기 바랍니다.